民國文化與文學 研究文叢

七 編

第 25 冊

時代重構與經典再造（晚清與民國卷・1872～1949）
——國際青年學者專題學術論集（第二冊）

李浴洋 編

國家圖書館出版品預行編目資料

時代重構與經典再造（晚清與民國卷・1872～1949）——國
際青年學者專題學術論集（第二冊）／李浴洋 編 — 初版 —
新北市：花木蘭文化事業有限公司，2017〔民106〕
目 4+184 面；19×26 公分
（民國文化與文學研究文叢 七編：第 25 冊）
ISBN 978-986-485-065-5（精裝）
1. 中國當代文學 2. 文學評論 3. 文集
820.8　　　　　　　　　　　　　　　　106013226

ISBN-978-986-485-065-5

9 789864 850655

民國文化與文學研究文叢
七 編 第二五冊　　　　　ISBN：978-986-485-065-5

時代重構與經典再造（晚清與民國卷・1872～1949）
——國際青年學者專題學術論集（第二冊）

編　　者　李浴洋
總 編 輯　杜潔祥
副總編輯　楊嘉樂
編　　輯　許郁翎、王　筑　美術編輯　陳逸婷
出　　版　花木蘭文化事業有限公司
社　　長　高小娟
聯絡地址　235 新北市中和區中安街七二號十三樓
　　　　　電話：02-2923-1455／傳眞：02-2923-1452
網　　址　http://www.huamulan.tw 信箱 hml810518@gmail.com
印　　刷　普羅文化出版廣告事業
初　　版　2017 年 9 月
全書字數　885921 字
定　　價　七編 31 冊（精裝）新台幣 58,000 元
版權所有・請勿翻印

時代重構與經典再造（晚清與民國卷・1872～1949）
——國際青年學者專題學術論集（第二冊）

李浴洋　編

時代重構與經典再造

陳平原

目次

專題二・戰時中國的世變與文運

易代同時與遺民擬態
──北平淪陷時期知識人的倫理境遇（1937～1945）

袁一丹

（首都師範大學文學院）

引言：遺民之今昔

　　1938 年 10 月 31 日，《申報・自由談》上刊發了一篇雜感，題爲〈遺民之今昔〉，作者周黎庵從伯夷叔齊說起，一直講到遺民史上最輝煌的明清之際，忽然筆鋒一轉，指向「今日的學者之流」：「當舉國尚在一致抗爭中，勝負之數未可預卜，他們早已準備亡國後的事業，先把『遺民』的招牌掛出了。不信，有七七事變後六十有二天胡適博士致平友書爲證。」〔註1〕所謂「胡適博士致平友書」，即 1937 年 9 月 9 日胡適受命赴美從事對外宣傳工作，臨行前在長江舟中寫與北大留平教授的一封信。〔註2〕

　　七七事變發生次日，北大中文系主任羅常培到米糧庫四號拜訪文學院院長胡適，詢問其對時局的意見。胡適當時以爲盧溝橋只是局部事件，或許不至於擴大，所以按原定計劃離平南下〔註3〕。待 8 月初，北平淪陷已成定局，胡適從臺靜農處得知周作人、羅常培、魏建功等北大教授「決心居留」，以爲

〔註1〕 吉力（周黎庵），〈遺民之今昔〉，《申報・自由談》，1938 年 10 月 31 日；收入《橫眉集》（上海：世界書局，1939 年 7 月），改題爲〈遺民今昔〉。

〔註2〕 1952 年胡適在臺灣北大同學會的歡迎會上提及此信，覺得「不但私人應該保存，即在北大校史的材料中也很有價值」（胡頌平編著，《胡適之先生年譜長編初稿》第五冊，臺北：聯經出版事業公司，1984 年，第 1616 頁）。這封信不僅是抗戰八年北大校史上的重要文獻，對北平淪陷初期知識人的去留問題也造成了一定的影響。

〔註3〕 羅常培，〈七七事變後北大的殘局〉，《北京大學五十週年紀念特刊》（北京大學出版部，1948 年），第 37 頁。

「此是最可佩服之事」，赴美前去信鼓勵北大留平同人「忍痛維持松公府內的故紙堆」，充分利用這一難得的「閑暇」埋頭著述，並斷言「將來居者之成績必遠過於行者」〔註4〕。胡適信中提倡的閉門著述，卻被周黎庵視爲今之「遺民」的生存策略。

「不負博士所勸」，1937年8月至10月間，「北平城外是炮火喧天、屍橫遍野的恐怖世界，城內的教授們卻加倍的埋頭著述」。淪陷初期「居者之成績」，據周黎庵從《宇宙風》雜誌上摘錄的一篇賬單：孟森有《香妃考實》及《記海寧陳家》兩篇，羅常培整理《臨川音系》，鄭天挺作《十六國春秋箋注》，周作人翻譯希臘文學，魏建功校錄《十韻彙編》，毛子水重譯《幾何原本》。北大之外的學術成果，如輔仁大學，還有陳垣《舊五代史輯本發覆》及余嘉錫《四庫提要辯證》子史兩部〔註5〕。面對留平學者短短兩月內取得的不菲成績，周黎庵諷刺道：「『閉門著述』，善哉，善哉！在侵略者鐵蹄的籠城中，若不是掛了『遺民』招牌的諸公，恐怕早已束裝『飄蕭一杖天南行』〔註6〕，或是榮任『新民學院』教授了。」〔註7〕

周黎庵對今之「遺民」的嘲諷，說明胡適提倡的「閉門著述」面臨著士林內部的道義壓力。這種壓力滲透到留平學者的著作中，甚至左右其去留。以羅常培的《臨川音系》爲例，事變後羅常培暫居北平，閉門謝客，發憤著述，除去爲維持北大殘局四處奔走，和晚間聽中央廣播報告戰況外，每天總要花五個小時以上來整理臨川音系。「故都淪陷之後，是否應該每天關在屋裏還埋頭伏案的去作這種純粹學術研究？」羅常培當時的想法是，自己「既不能立刻投筆從戎的效命疆場；也沒有機會殺身成仁，以死報國；那麼，與其成天的楚囚對泣，一籌莫展，何如努力自己未完成的工作，藉以鎮壓激昂慷慨的悲懷」〔註8〕。〈《臨川音系》跋〉中的這段自白，既是回應外界的質疑，

〔註4〕1937年9月9日胡適致鄭天挺函，《鄭天挺紀念論文集》（北京：中華書局，1990年）。

〔註5〕這篇賬單出自程健健〈敵人蹂躪下的北京大學〉，《宇宙風》第74期，1938年9月1日。

〔註6〕「飄蕭一杖天南行」出自1938年8月4日胡適勸周作人南下的贈詩。周作人將胡之贈詩及其和詩，發表於《燕京新聞・文藝副鐫》第1期，1938年9月30日，題爲〈方外唱和詩鈔〉。

〔註7〕周黎庵，〈遺民之今昔〉。「新民學院」是由日僞背景的「新民會」創辦的官吏養成所。

〔註8〕羅莘田（羅常培），〈臨川音系跋〉，重慶《圖書月刊》第2卷第2期，1942年2月。

亦流露出留平學者自身的道德焦慮。羅常培稱《臨川音系》算是「胡先生 1937年 9 月 9 日在九江輪船上所發的那封信的一個共鳴」。然而 11 月中旬，羅常培與鄭天挺、魏建功等原本「決心居留」的北大教授結伴南下，終究辜負了胡適對留平同人的期待。

由「胡適博士致平友書」引出的，關於「遺民」的今昔之辨，必須考慮到抗戰時期京滬兩地生存環境的差異：上海陷落後讀書人尚可避入租界，北平則除了輔仁、燕京等教會大學，幾乎完全「在侵略者鐵蹄的籠城」中。周黎庵宣稱，全面抗戰爆發後，只有「順民」和「逆民」之分，而所謂「遺民」，骨子裏仍是服服帖帖的「順民」，「更進一步，接交官府，化爲山長；鴻博一開，榮任檢討」，便成爲奴才。況且今之「遺民」，即居留北平、閉門著述的文人學者，在周黎庵看來，不同於三代直至明清之際的正牌遺民。因爲亡國而後有遺民，哪有國家還在一致抗爭中，便搶先掛出「遺民」的招牌？

否定閉門著述的正當性，進而解構易代之際的遺民傳統，無異於取消了抵抗與妥協之間的灰色地帶。在非此即彼的輿論空氣中，對滯留於淪陷區的知識人而言，不爲「逆民」，便爲「順民」，捨此似無第三條路可走。然而，淪陷區扭曲的時空結構，卻在一定程度上激活了業已失去制度支撐的士大夫傳統，尤其是易代之際的遺民傳統。七七事變後留在北平的知識人，他們的歷史處境當然比改朝換代要複雜得多。所以他們沿襲的遺民姿態、遺民話語，包括「遺民」這個概念本身都有重新界定的必要。

一、「易代同時」：朝代間的類比

啓用「遺民」這一「背時」的概念，背後的問題意識是在近代民族國家觀念的勢力範圍以外，中國自身的歷史經驗，特別是易代之際的思想資源與話語模式，以及業已喪失政治合法性的倫理架構，對淪陷時期知識人的政治選擇、道義堅持起到了怎樣的作用。首先需要對「遺民」的概念作一個基本的分疏。傳統意義上與「貳臣」相對的「遺民」，作爲一種政治身份，是改朝換代的產物。遺民的譜系，從被奉爲鼻祖的伯夷、叔齊算起，最出彩的時段無疑是宋元之際、明清之際。而本文所涉及的清遺民與所謂「民國遺民」，可以說是遺民史的一個尾聲，一個不那麼光彩的尾聲。

遺民不僅是一種狹義的政治身份，它還形成了自身的文化傳統，爲易代之際——或自以爲身處易代之際——的士人提供一整套話語資源及可效法的

行爲模式〔註9〕。易代之際士人的出處進退，往往關係著道德標準及社會風氣之變遷。當新舊嬗蛻時，常呈現出紛紜錯綜的情態，新道德標準與舊道德標準、新社會風氣與舊社會風氣並存雜用，各是其是，各非其非。士林內部善於利用兩種甚至兩種以上標準的人，雖一生經二世，照樣身泰名遂；而僅持一桿秤，不懂得在新舊度量衡之間自由切換、買進賣出者，只能隨他所屬的時代一起湮滅。〔註10〕

借用梁啓超的說法，士的使命，不外乎「導民以知識」、「誨民以道德」〔註11〕。近代民族國家觀念的引入，使得士階層的道義使命被知識人與民族國家之間的從屬關係所掩蓋。然而正是晚清以降道德革命的未完成性——新道德未能完全取替舊道德——及三四十年代士大夫傳統的迴光返照，造成了淪陷時期知識人的倫理處境，既不同於近代民族主義，亦不同於「蠻夷猾夏」或易代之際的曖昧性。借用陳寅恪的話說，「吾徒今日處身於不夷不惠之間，託命於非馬非牛之國」〔註12〕。作爲道德團體的知識階層在淪陷下面對的，不是單一價值體系內部的抉擇，而是多重道德標準、新舊社會風氣之間的縫隙與衝突。

「淪陷」在這裡有雙重含義，不僅特指某一具體的歷史時空——1937 至1945 年間，處於軍事佔領狀態下的北平，更是士人群體反覆遭遇的政治倫理困境。值得關注的是，身陷其間的知識人如何調用固有的思想資源、修辭策略，來表達個人的身世懷抱，或爲自己的選擇辯護。

抗戰時期的詩文史論中反覆出現朝代間的類比，用以與當下處境相提並論的朝代，是東晉、南宋、晚明〔註13〕。爲什麼拿這三個朝代作類比？這種

〔註9〕話語資源的借用，參閱拙作〈隱微修辭：北平淪陷時期文人學者的表達策略〉，《中國現代文學研究叢刊》2014 年第 1 期。

〔註10〕參見陳寅恪《元白詩箋證稿》（上海古籍出版社，1978 年），第四章「豔詩及悼亡詩」，第 82 頁。

〔註11〕中國之新民（梁啓超），〈新民說十六〉，第十四節之續「論生利分利」，《新民叢報》第 20 號，1902 年 11 月 14 日。本文側重於士作爲道德團體的面向，而非其在知識傳承中扮演的角色。

〔註12〕陳寅恪，〈俞曲園先生病中囈語跋〉（1928），《清華週刊》1932 年第 2 期。

〔註13〕所謂「朝代間的類比」，近似於楊聯陞提出的「朝代間的比賽」（Dynastic competition or Dynastic comparison）。楊氏發明的「朝代形態學」，試圖擺脫進化論及循環史觀的束縛，重新勾勒朝代興衰的輪廓，用現代史家的眼光來看待易代修史時不得不面對的一些敏感問題：比如在分崩離析的時代如何描繪出邦國並峙的形態；破除正統論的迷思，關注「僭僞」的朝代，將王莽的統

修辭策略的有效性，很大程度上取決於「南渡」這一相似的歷史情境。類比的修辭法通常盛行於朝代交疊的時刻（inter-dynastic）。譬如宋元之際對明清之際的影響，趙園發現在戰或和、剿或撫的關鍵時刻，明朝一再受到來自宋代的提示，好似被隱喻系統牢牢控制住了一般。既往的歷史經驗戲劇性地介入現時的政治過程中，干擾著特殊關頭的抉擇。在明亡的過程中，宋朝好似幽靈，始終徘徊不去，士人隨時在已有的劇情中選擇、辨識自己的角色，因為關於易代之際的敘述幾乎窮盡了特定歷史情境中可供選擇的諸種可能性。〔註14〕

影響歷史進程的，與其說是真實的人物與事件，不如說是追慕者的「想像與敘述」，或者說一種修辭慣性。從明清之際切換到清末民初，本已被強制遺忘的晚明又復活過來。上至滿清政府，下至市井百姓，從朝廷議案到報章雜誌，從建祠立廟到戲劇演出，無不裹挾入一場「製造晚明」的運動中〔註15〕。當改朝換代的危機時刻，無論「新朝派」還是「故國派」都戰戰兢兢地召喚出亡靈來為自己效勞，借用前輩的名字、衣冠乃至臺詞來編排時事劇。

除了客觀情境的相似性，朝代間的類比還訴諸於一種「易代同時」的主觀感受。所謂「易代同時」，指不同時代人同處於易代之際，或自以為是易代之際而產生的同時代感。這種不同時代的同時代性（Gleichzeitigkeit des Ungleichzeitigen）背後是一種往劫重現的歷史觀。〔註16〕

陳寅恪回憶太平洋戰爭爆發後，其困居香港時，購得商務印書館「國學基本叢書」本《建炎以來繫年要錄》抱持誦讀，汴京圍困屈降諸卷所述之人事利害、國論是非，極盡世態之詭變，「然其中頗復有不甚可解者，乃取當日

治當作隋一般的短命大王朝來研究；如何切割朝代的起訖，處理「中興」以及如滿清入關後南明朝不保夕的「殘存」局面。從形態學的視角，最有意思的現象是朝代間的「重疊」，即易代之際的問題。這種「重疊」的形態，或許是外部的，如北宋與遼之間的長期共存；也可能是內部的，如經由禪讓而實現的朝代更迭，民國以後蜷縮在紫禁城內的小朝廷便是一個形象的特例。參見楊聯陞〈朝代間的比賽〉，《慶祝李濟先生七十歲論文集》（臺北：清華學報社，1965年），第139～148頁。

〔註14〕 趙園，〈再說想像與敘述——以明清之際、元明之際為例〉，《想像與敘述》（北京：人民文學出版社，2009年），第219頁。

〔註15〕 參考秦燕春《清末民初的晚明想像》（北京大學出版社，2008年）。

〔註16〕 「不同時代的同時代性」，參見（德）斯特凡‧約爾丹主編、孟鍾捷譯《歷史科學基本概念辭典》（北京大學出版社，2012年），第109～111頁。這種特殊的歷史經驗意味著「引入早期歷史，將不同時代的各種源泉疊加起來，融入到自身的當下時代中」。

身歷目睹之事，以相印證，則忽豁然心通意會。平生讀史凡四十年，從無似此親切有味之快感」〔註17〕。這種援古證今、以今釋古的閱讀體驗，未嘗不是基於「易代同時」的感受。陳寅恪之所以能從宋室南渡後的歷史中讀出如此「親切有味之快感」，正是在國土淪陷的陰影下，這一段往事已不再是紙上的歷史，而幻化為身歷目睹的現實。

又如淪陷末期史家陳垣所著的《通鑑胡注表微》，為「易代同時」提供了一個絕佳的例證：

昔宋亡，謝皐羽撰〈西臺慟哭記〉及〈冬青樹引〉，語多不可解。
明初張孟兼為之注，明亡黃梨洲重注之，曰：「余與孟兼所遇之時不同，孟兼去皐羽遠，余去皐羽近，皐羽之言，余固易知也。」〔註18〕

黃宗羲所謂之遠近，以常理度之，似不可解。張孟兼生在元末明初，黃宗羲乃明末清初人，距謝翱所處的宋元之際，自然是前者近，後者遠。然若以時勢論，張孟兼「所遇之時」，驅逐韃虜，恢復中華，其緬懷皐羽，猶清末革命家之於晚明的感情。而黃梨洲正值易代之際，有亡國之慟，皐羽之言亦即明遺民傷心痛切之言。

所謂「通鑑胡注」，是指宋元之際史家胡三省作的《通鑑》注。陳垣的《表微》事實上是對注釋的注釋，他將《通鑑胡注》拆散後，抽取條目分類作注。《表微》探究的不是《通鑑》本文如何，而是由「胡注」窺探宋元之際遺民史家胡三省的處境與心境。陳垣以為《通鑑》注為胡三省「居憂患時所作，故惟同居憂患之人讀之，乃覺其言之有味。居安樂之人讀之，有時不知其言之謂何也」〔註19〕。整部《通鑑胡注表微》與其說是陳垣為胡三省作注，不如說是胡三省為陳垣代言。代言者與被代言者之間的角色顛倒，即建立在「易代同時」的基礎上。計算古今之間距離的遠近，依據的不是線性的機械時間，而是往復的倫理時間。

二、「商量出處吾誰與」：角色扮演及其困惑

朝代間的類比，永遠是把雙刃劍，既提供了抵抗的榜樣，同時也提供妥

〔註17〕陳寅恪，〈遼史補注序〉，《讀書通訊》第56期，1942年12月。

〔註18〕陳垣，〈通鑑胡注表微〉，解釋篇「周民東亡」條，《輔仁學誌》第13卷第1、2合期，1945年12月。

〔註19〕陳垣，〈《通鑑胡注表微》稿〉，陳智超、曾慶瑛編《陳垣先生遺墨》（廣州：嶺南美術出版社，2006年），第248頁。

協的先例，問題是你預備在已有的劇情中扮演何種角色。南明史研究者司徒琳以遺民文集爲材料，從「被征服的一代」（conquest-generation）的自我表述中發現或隱或顯的「角色困擾」〔註20〕。明清之際的社會變動加劇了士階層的陞降轉移，使其不得不在短時間內選擇、調整自己扮演的角色，而可供選擇的「臉譜」（mask）十分有限，不外乎忠臣、貳臣還是遺民。

淪陷初期滯留在北平的文人學者，也試圖以「角色扮演」的方式，摸索個人在「道德團體」中的位置。七七事變後不久，任教於清華大學外文系的吳宓，從報上得知戰局危迫，預測「今後或則（一）華北淪亡，身爲奴辱。或則（二）戰爭破壞，玉石俱焚。要之，求如前此安樂靜適豐舒高貴之生活，必不可得」，斷言其「一生之盛時佳期，今已全畢」〔註21〕。既然清華園之安樂生活已不可得，吳宓不得不考慮出處去就的問題：「今後或自殺，或爲僧，或抗節，或就義，無論若何結果，終留無窮之悔恨。」〔註22〕他列出的這幾個選項，幾乎囊括了易代之際士人可能採取的行爲模式。

「國亡則吾輩將何作？」吳宓爲自己設想的結局，實則脫胎於民初其與湯用彤的對談：「上則殺身成仁，轟轟烈烈爲節義死，下則削髮空門遁跡山林，以詩味禪理了此餘生。」〔註23〕或死節，或逃禪，這兩種選擇固然有上下之別，但都是以亡國爲前提。距七七事變才一周，是戰是和尚不明朗，吳宓就開始考慮亡國後當如何的問題，可見他對抗戰的前景甚爲悲觀。〔註24〕

在亡國這一情境預設下，富於詩人氣質且不乏小說家的想像力的吳宓，進而將出處進退的不同選擇——「或自殺，或爲僧，或抗節，或就義」——分配到具體的歷史人物身上，挑選自己所要扮演的角色。吳宓聲稱習慣於把自己放進歷史或小說的人物、事實、環境中，對當下現實生活中之人事反而不太注意〔註25〕。由事變後的經驗，他愈發肯定「古來書史小說中所記敘之

〔註20〕 司徒琳（Lynn A. Struve），〈捉摸不定的早期現代性：以遺民文集爲個案〉，《世界時間與東亞時間中的明清變遷》下卷（北京：三聯書店，2009年）。

〔註21〕 1937年7月14日吳宓日記，吳學昭整理《吳宓日記》第六冊（北京：三聯書店，1998年），第168頁。

〔註22〕 同上。

〔註23〕 1914年4月6日吳宓日記，《吳宓日記》第一冊，第331頁。

〔註24〕 事變後以亡國爲前提來規劃一己之進退出處，絕非吳宓個人的想法，同在清華任教的陳寅恪便以爲「戰則亡國，和可偏安」，這一預判「蓋以勝敗繫於科學技術與器械軍力，而民氣士氣所補實微」。見1937年7月14日吳宓日記。

〔註25〕 1966年7月15日吳宓致西南師範學院黨委等函，吳學昭整理《吳宓書信集》（北京：三聯書店，2011年），第419頁。

人物，其情與事，極眞而非假。但必我有類似之境遇及經驗，然後方能感覺到，而信其眞」〔註26〕。

套用易代之際忠臣、貳臣、遺民的角色劃分，盧溝橋事變後吳宓的自我定位是：「不能爲文天祥、顧亭林，且亦無力爲吳梅村。」〔註27〕宋元之際的文天祥，無疑是「殺身成仁，轟轟烈烈爲節義死」的化身；對於同處明清之際的顧亭林與吳梅村，吳宓憑對其人其詩的體會，曾作二者之比較表如下：

顧亭林（1613～1681）：一、陽剛性。二、主道。三、注重政治（兼包軍事）鬥爭，地理，歷史。四、富於責任心：自爲英雄，從事復國抗清，以至講學術、傳文化，爲天下後世謀。五、恒覺自己堅強不屈，是守志而成功之人。六、其道尊，可敬。七、歸宿於宗教（儒教）。八、是正面人物，精深，博大，雄偉。九、所作是史詩（寓我之情）。十、其詩是自傳。

吳梅村（1609～1671）：一、陰柔性。二、主情。三、注重社會（特別是愛情）生活，文化，藝術。四、富於感受力：自覺無用，而瞭解同情一切人，各種事。五、恒覺自己軟弱，是偷生苟活而失敗痛苦之人。六、其情眞，可親。七、歸宿於文學（詩）。八、是旁觀者，細密，明敏，眞摯。九、所作是情詩（□國之詩〔註28〕）。十、其詩似小説。〔註29〕

表中歸納的要點，不無將二人「臉譜化」的嫌疑。其對吳梅村的概括，拈出一個「情」字，簡直就是吳宓個人的自畫像。「不能爲」顧亭林，「無力爲」吳梅村，「不能」與「無力」的微妙差別，暗示出吳宓跟這兩個角色的親疏遠近。若擱置道德評判，單就個人性情而言，恒以情聖、失敗者、旁觀者自居的吳宓，自然更親近背負污名、草間偷活的吳梅村，而非被他塑造成偉丈夫的顧亭林。

1937年7月16日吳宓日記云：「晝寢。醒後，讀《顧亭林詩集》。」〔註30〕即日起，連續近十天都在讀顧詩。讀詩是自我帶入的過程，也是揣摩角色的最好方式。明知「不能爲」顧亭林，爲何還要讀顧詩？7月22日吳宓作〈讀

〔註26〕1937年7月22日吳宓日記，《吳宓日記》第六冊，第174～175頁。
〔註27〕1937年7月14日吳宓日記，《吳宓日記》第六冊，第168頁。
〔註28〕據前後文似爲「亡國之詩」。
〔註29〕轉引自王泉根〈重慶發現的吳宓佚文〉，《多維視野中的吳宓》（重慶出版社，2001年），第529～530頁。
〔註30〕1937年7月16日吳宓日記，《吳宓日記》第六冊，第171頁。

顧亭林詩集〉二首，附注曰盧溝橋事變後，人心惶惶，「宓時在清華圖書館尋得山陽徐嘉詳注《顧亭林先生詩》木刻本，細心閱讀，並錄其要點於宓藏之《顧亭林詩》，上寫有黃師《講義》之要點。至七月二十二日閱讀完畢，遂作詩二首如上」〔註31〕。由此可知，吳宓重讀顧亭林詩集，誠然以盧溝橋事變為契機，但起因於 1934 年秋其師黃節在北大講顧詩。

1934 年北平已淪為邊陲上的危城，黃節在北大講顧亭林詩，不免有「如此江山，漸將日暮途窮」之感〔註32〕。該年 11 月吳宓在東安市場舊書店購得《顧亭林詩集》木刻本，次年年初至黃節處借講義，黃節為其闡述顧亭林事跡，「極矜重熱誠」，謂顧氏「既絕望於恢復，乃矢志於學術。三百年後，中華民族，由其所教，卒能顛覆異族，成革命自主之業。今外禍日亟，覆亡恐將不免，吾國士子之自待自策當如亭林」〔註33〕。這是從詩教而非詩法的層面，闡發顧亭林詩的意義。黃節說詩的目的，在以詩教挽救世道人心，維護道德禮法，使學者「繇詩以明志」〔註34〕。吳宓送還講義時，黃節已病重不能相見，數日後即辭世。周作人的輓聯點出黃節說詩之用心：「及今歸去，等是風流雲散，差幸免作顧亭林。」〔註35〕

1935 年 12 月吳宓作〈讀顧亭林吳梅村詩集〉，題注曰：「顧詩集始讀，吳詩集則宓自十五六歲時讀之已熟，今重取讀之。」為何將顧、吳二人的詩集參合讀之？其詩云：

> 史可為詩吳祭酒，身能載道顧亭林。殊途壹志忠和愛，隔代相憐古類今。

〔註31〕 吳宓，〈讀顧亭林詩集〉，1937 年 7 月 22 日作，吳學昭整理《吳宓詩集》卷十三「故都集下」（北京：商務印書館，2004 年），第 326 頁。

〔註32〕 周作人挽黃節語，出自〈黃晦聞〉（1939），《書房一角》（北京：新民印書館，1944 年）。黃節 1933 年有詩云「朱顏明燭何處歸」，意謂中國之前途日本、Red（赤俄）而已。（據 1969 年 12 月 24 日吳宓致郭斌龢函，《吳宓書信集》第 424 頁）

〔註33〕 吳宓，〈空軒詩話〉，十、黃節注顧亭林詩，吳學昭整理《吳宓詩話》（北京：商務印書館，2007 年），第 190 頁。

〔註34〕 黃節對「詩教」的理解，見〈阮步兵詠懷詩注自敘〉（《學衡》1926 年第 57 期）：「世變既亟，人心益壞，道德禮法，盡為姦人所假竊，黠者乃藉辭圖毀滅之。惟詩之為教，最入人深。獨於此時，學者求詩則若饑渴。余職在說詩，欲使學者繇詩以明志，而理其性情，於人之為人，庶有裨也。」

〔註35〕 周作人輓聯附注云：「近來先生常鈐一印曰如此江山。又在北京大學講亭林詩，感念古昔，常對諸生慨然言之。」（〈黃晦聞〉）

天下興亡原有責，江山文藻盡哀音。商量出處吾誰與，豹變龍
潛看陸沉。〔註36〕

黃節「以亭林自待，且勖其門人勉效亭林」。吳宓讀顧詩、抄講義，便是爲了
「商量出處」、變化氣質，或用其師之語，「繹詩以明志，而理其性情」〔註37〕。
但吳宓自知其「性之所近」，仍在自幼便已熟讀的吳梅村，故只能學梅村之「龍
潛」，而不能爲亭林之「豹變」。北平籠城後，當「商量出處吾誰與」的考驗
迫在眉睫時，吳宓的選擇比事變前更趨消極：非但不能爲顧亭林，且亦無力
爲吳梅村──「志事亭林難學步，梅村才薄奈予何。」〔註38〕預感大禍將臨，
吳宓本打算隱居北平，閉戶讀書，以逃於宗教、哲學，遁世斂志爲正途〔註39〕，
最後亦敵不過同事及親友的勸駕，於 1937 年 11 月初離平南下。

淪陷初期吳宓的「角色困擾」並非個例，抗戰勝利後，淪陷八年留居北
平的常風回憶，他「在事變之後和一切讀書人一樣常在故書中古人的言行中
尋求自己的心境的印證」〔註40〕。「古人每在更換朝代之際在以前的朝代亡國
的時候的人中找尋知己」，常風覓得的異代「知己」是明清之際的黃宗羲、顧
炎武。將顧、黃奉爲「人範」，不僅是因爲他們在異族入侵時能「有節有守」，
常風更看重二人「雖然恥事異族，卻並沒有不食周粟，一個既要明夷待訪，
一個又要守先待後」。這種人格上的矛盾，在他看來正是「古代志士仁人之用
心」，即「獨善其身之後仍然明白那些不能獨善其身的芸芸大眾應該有個安
排」。可見常風引顧、黃爲「知己」，並不是單純地表彰二人的潔身自好，反
而是要質疑傳統的貞節觀──「各人忠於各人的時代，各人交代了各人」。常
風再三強調「現代確實是異於古代」，淪陷八年的苦痛經驗，理應催生出一個
「非個人主義的道德觀念」，而不是照搬古代的道德標準，表彰現代的伯夷叔
齊。

〔註36〕 吳宓，〈讀顧亭林吳梅村詩集〉，《吳宓詩集》卷十三，故都集下，第 306 頁。
〔註37〕 黃節，〈阮步兵詠懷詩注自敘〉。
〔註38〕 吳宓，〈奉酬陳柱尊題《吳宓詩集》依韻〉，錄自 1937 年 8 月 2 日吳宓日記，
　　　　《吳宓日記》第 6 冊，第 185 頁。
〔註39〕 吳宓自稱事變後「益覺道味濃而世緣衰，不但欲望盡絕，淡泊無營，即愛國
　　　　憂民之心，亦不敵守眞樂道之意。隱居北平城中，而每日所讀者，乃爲宗教
　　　　及道德哲學書籍，不涉及政治時局，非爲全身遠禍，實以本性如斯，行其所
　　　　好所樂而已」。（1937 年 9 月 3 日吳宓日記）
〔註40〕 常風，〈從菲希脫到伯夷叔齊〉，《大公報・文藝》津新 5 期，1946 年 1 月 6
　　　　日。

三、後遺民時代：「遺民」概念的污名化與理想化

復活「遺民」這一固有概念，是爲了鋪設一個思想史的內在視野，在近代民族國家的框架內重新引入士大夫傳統。借用趙園對「士」與「遺民」的關係辯證，「遺民」以易代之際的特殊境遇凸現出「士」作爲道德團體的面向。甚至可以說，「遺民」未必是「士」的特殊形態，「士」本身就是某種意義、某種程度上的「遺民」〔註41〕。

當然在復活固有概念的同時，必須時時警惕它的闡釋限度，即遺民傳統與現代中國的不兼容性。辛亥革命以後，隨著君臣秩序的解體，遺民傳統的合法性也就岌岌可危了。「遺民」這個概念亦隨之被污名化，從新文化人口中「遺老」「遺少」之蔑稱，不難感受到遺民傳統與現代社會之間的緊張關係〔註42〕。在新文化人看來，「夫遺老者前清之遺老，而非民國之人民也，雖寄居中國，當然無國民之權利與義務，中國當以亡國民或『無領事管束西人』之禮待之，除以中國現行法律管理外，並沒有別的關係」〔註43〕。換言之，清遺民非但沒有國民的資格，而且是民國潛在的威脅。〔註44〕

「遺民」概念的污名化，至 1924 年溥儀被馮玉祥逐出紫禁城後達到頂點。新文化陣營中的激進派錢玄同在「恭賀愛新覺羅溥儀君遷升之喜」──廢除帝號，晉升爲一品大百姓──的同時〔註45〕，指出「遺老」可走的幾條路：要麼由效忠於一家一姓的奴才，轉變爲民國國民；要麼開倒車，明目張膽地從事復辟運動；要麼繼續其捧戲子、逛窯子、上館子、做詩鐘、打燈謎的生活。清遺民遵奉的三綱五倫、忠孝節義，在他看來「都是二千年以前宗法社會之舊道德，與民國國體絕對牴觸」。即就遺老自身而論，錢玄同質問：「公等立身行己，果與此等灰堆之舊道德底教條符合否耶？！」〔註46〕在新文化

〔註41〕 參閱趙園《明清之際士大夫研究》（北京大學出版社，1999 年），第 265 頁。

〔註42〕 有時這種緊張關係轉而表現爲彼此疏離的狀態。王風在《追憶王國維》（北京：三聯書店，2009 年）的後記中分析清遺民形象的變化，指出清末民初不能視爲一般的朝代更迭，「民族」與「民主」是革命黨人的兩大法寶，清遺民有爲異族守節的嫌疑，且授人擁護君主專制的口實。

〔註43〕 開明（周作人），〈善後會議裏的遺老〉，《京報副刊》1924 年 12 月 29 日。

〔註44〕 參見林志宏《民國乃敵國也：政治文化轉型下的清遺民》（北京：中華書局，2013 年）。

〔註45〕 錢玄同，〈恭賀愛新覺羅溥儀君遷升之喜並祝進步〉，《語絲》第 1 期，1924 年 11 月 17 日。

〔註46〕 錢玄同，〈告遺老〉，《語絲》第 4 期，1924 年 12 月 8 日。

人眼裏，「遺老」皆「道德卑污」、「腦筋朽腐」之徒，與共和體制絕不相容。流寓民國的清遺民，也自比爲贅餘物，其與民國的關係，「譬如骨附疽，頗類頸生瘦。屈伸乃隨人，那許共馳騁」〔註47〕。

遺民傳統與共和體制的緊張關係，在另一方面也造成了「遺民」概念的抽象化。抽象化，其實是一種偷梁換柱的改造手法，爲適應時代需要。從1927年王國維之死這一特殊事件，即可看出遺民傳統被時代改寫（overwrite）的痕跡。同在清華國學院任教的梁啓超，在悼辭中將王國維之死納入伯夷叔齊的譜系，即孔子所云「不降其志、不辱其身」的遺民傳統〔註48〕。與王國維交往甚密的吳宓斷言「王先生此次捨身，其爲殉清室無疑。大節孤忠，與梁公巨川同一旨趣」〔註49〕。而梁巨川之子梁漱溟在王國維自沉昆明湖後亦稱：

> 我聞訊趕往目睹之下，追懷我先父昔年自沉於積水潭後，曾有知交致輓聯云：「忠於清，所以忠於世；惜吾道，不敢惜吾身。」恰可移用來哀挽靜安先生。〔註50〕

「惜吾道，不敢惜吾身」一聯不難理解，但「忠於清」即意味著「逆」世而行——如梁啓超悼辭所言，「既不能屈服社會，亦不能屈服於社會」〔註51〕——如何在「忠於清」與「忠於世」之間建立起因果關聯？梁巨川遺書開篇即敬告世人：「梁濟之死，係殉清朝而死也。」〔註52〕然而梁濟已意識到自身所殉之「道」在民國失卻了普遍的道德約束力，無法用自家信奉的那套道德標準來要求同時代人，只願各盡其職，各行其是，「各各有聯鎖鞏固之情」：身爲民國國民，自應維護共和體制；梁濟殉清，亦不過是盡他個人的職分。梁濟試圖用一己之死來調和「忠於清」與「忠於世」，即遺民傳統與現代中國的矛盾。

〔註47〕 鄧邦述，〈題項易庵自畫小像，畫以朱筆爲之，崇禎甲申三月作〉，《古學叢刊》第 1 期，1939 年 3 月。
〔註48〕 梁啓超講演，吳其昌、姚名達記錄：〈王靜安先生墓前悼辭〉，《國學月報》第 2 卷第 8 號，1927 年 10 月。
〔註49〕 1927 年 6 月 2 日吳宓日記，吳學昭整理《吳宓日記》第三冊（北京：三聯書店，1998 年），第 345 頁。
〔註50〕 梁漱溟，〈王國維自沉昆明湖實情〉，陳平原、王風編《追憶王國維》增訂本（北京：三聯書店，2009 年），第 110 頁。
〔註51〕 梁啓超，〈王靜安先生墓前悼辭〉。
〔註52〕 梁濟，〈敬告世人書〉，黃曙輝編校《梁巨川遺書》（上海：華東師範大學出版社，2008 年），第 51 頁。

如果說梁濟對「忠」字的重新定義，無不與時勢妥協的成分；陳寅恪撰〈王觀堂先生挽詞並序〉則藉「文化」之名，將遺民傳統及其依託的倫理秩序抽象化、理想化。王國維之死，在陳寅恪看來，與其說是「殉清室」，不如說是「殉文化」。據吳宓日記轉述，陳寅恪謂「凡一國文化衰亡之時，高明之士，自視爲此文化之所寄託者，輒痛苦非常，每先以此身殉文化」，如王國維之死，即其顯著之例〔註53〕。吳宓繼而預言，無論陳寅恪還是他自身「皆不能逃此範圍」，換言之，都會以某種方式「殉文化」，「惟有大小輕重之別耳」。文化與其所化之人的此種依存關係，按陳寅恪在挽詞序中提出的假說：

> 凡一種文化値衰落之時，爲此文化所化之人，必感苦痛，其表現此文化之程量愈宏，則其所受之苦痛亦愈甚；殆既達極深之度，殆非出於自殺無以求一己之心安而義盡也。〔註54〕

這一假說將王國維之死從「一人之恩怨」（羅振玉逼債說）、「一姓之興亡」（殉清室說）〔註55〕，乃至近代民族國家的範圍中超脫出來，放置到文化史的脈絡下掂量其意義。

陳寅恪聲稱王國維所殉的「中國文化」，其精神內核「具於《白虎通》三綱六紀之說」〔註56〕。以「三綱六紀」定義中國文化，看似回到道德保守主義的立場，但若仔細分辨，陳寅恪將這一前現代的倫理秩序比作柏拉圖所謂的 Eîdos（原型），即「抽象理想最高之境」，也就是將「三綱六紀」高度理想化〔註57〕。被抽象爲理想型的綱常倫理，據陳寅恪解釋，「以君臣之綱言之，君爲李煜亦期之以劉秀」，即將亡國之君奉爲中興之主；「以朋友之紀言之，友爲酈寄亦待之以鮑叔」，即把賣友之徒視同生死之交。從這個意義上說，王國維「所殉之道，所成之仁，均爲抽象理想之通性，而非具體之一人一事」。換言之，「其所傷之事、所死之故，不止局於一時間一地域而已，蓋有超越時間地域之理性存焉，而此超越時間地域之理性，必非同時間同地域之眾人所

〔註53〕 1927 年 6 月 14 日吳宓日記，《吳宓日記》第三冊，第 355 頁。
〔註54〕 陳寅恪，〈王觀堂先生挽詞並序〉，《國學論叢》1928 年第 3 期。
〔註55〕 陳寅恪，〈清華大學王觀堂先生紀念碑銘〉，《金明館叢稿二編》（北京：三聯書店，2001 年），第 246 頁。
〔註56〕 陳寅恪，〈王觀堂先生輓詞並序〉。
〔註57〕 作爲理想型的「三綱六紀」，在陳寅恪的假說中，並非絕對不變之物，其存廢取決於「有形之社會制度」，尤其是經濟制度。據此，晚清以降倫理秩序的崩潰，被其歸因於社會經濟制度的根本變遷，而非外來學說之衝擊。

能共喻」〔註58〕。剝離具體的歷史語境與人事糾葛，王國維所殉之文化及此種士大夫文化派生出的遺民傳統，被陳寅恪提升爲「超越時間地域之理性」。

陳寅恪〈王觀堂先生挽詞〉云「一死從容殉大倫」。何謂「大倫」，吳宓解釋說，「五倫，第一是君臣，以下父子、兄弟、夫婦、朋友，故日大倫」〔註59〕。吳宓〈挽詞解〉修正了其日記中「殉清室」的判斷，更傾向於陳寅恪提出的「殉文化」說，即將綱常倫理抽象化，謂王國維投身昆明湖時，宣統尙未死，其所殉者「君臣（王先生自己對清朝）之關係耳」。〈王觀堂先生挽詞並序〉意在將忠於一家一姓的政治遺民，改造成具有普世價值——「忠於世」之文化遺民。這並非陳寅恪個人的發明，辜鴻銘就曾爲自己辯解道，「許多外人笑我癡心忠於清室。但我之忠於清室，非僅忠於吾家世受皇恩之王室——乃忠於中國之政教，即係忠於中國之文明」〔註60〕。惟有以「超越時間地域」的政教、文明爲效忠對象，才可能將「遺民」概念抽象化、理想化，從以君王爲本位，到以文化爲本位，進而得出「忠於清，所以忠於世」的斷語。

抗戰初期，上海作家文載道提出文藝界要「掃除逸民氣」，「目前到底不是任何人『逸』的時代」〔註61〕。所謂「逸民氣」，是沿用魯迅的說法，以爲明亡後「活得最舒服橫恣的是漢奸；而活得最清高，被人尊敬的，是痛罵漢奸的逸民」〔註62〕。「逸民」得以「逸」出時代，除愛惜羽毛外，多半是由於「身有餘蔭，家多累積」。有一定的物質條件，才能於亡國之際不忘風雅，「而且往往滲以微痛，寄以幽憤，似乎是在表示『不忘國難』」。但文載道以爲，「將嚴肅附於風雅，將殘酷化爲頹廢」，無裨於邦國之存亡。「雖然雅人的用心不易給『未能免俗』如我輩者所懂，但逸民的行徑在淪陷地上終也不是可以喝彩的。」不事敵、不附逆，僅限於「消極的個人的榮辱」，「掃除逸民氣」則要求正視集團的力量，從合群的生活中去實踐抗戰建國的責任。原本在無條

〔註58〕 陳寅恪，〈王靜安先生遺書序〉，1934 年作，《海寧王靜安先生遺書》（商務印書館，1940 年）。

〔註59〕 吳宓，〈王觀堂先生挽詞解〉，吳學昭《吳宓與陳寅恪》（清華大學出版社，1992 年）。

〔註60〕 溫源寧，〈辜鴻銘〉，林語堂譯，《人間世》第 12 期，1934 年 9 月。

〔註61〕 文載道，〈掃除逸民氣〉，《申報‧自由談》1938 年 10 月 12 日；收入《橫眉集》（上海：世界書局，1939 年）。

〔註62〕 魯迅，〈半夏小集〉，原載《作家》第 2 卷第 1 期，1936 年 10 月，收入《且介亭雜文末編》。

件的抵抗與無原則的妥協之間，還留有一片模糊的中間地帶。「掃除逸民氣」無異於取締了這片「灰色地帶」（gray zone），在死心塌地的「順民」與殺身成仁的「逆民」之間劃出一條非此即彼的分界線，也就變相否定了遺民傳統的合法性。

四、泛化的遺民意識

頗為弔詭的是，抗戰爆發實則暗中緩和了遺民傳統與現代社會之間的緊張關係，甚至加速了遺民意識與國族意識的互滲。譬如山西太原縣一位以遺民自居的前清舉人劉大鵬，在東三省失陷後，逐漸放棄「清代」與「民國」的區分，而基本以「中國人」為其身份認同〔註63〕。滿洲建國反而打破了一部分清遺民的迷夢，造成清遺民內部的分化。劉大鵬初聞日本人將迎宣統帝復辟，還以為是「上天所命」，略有欣喜之喜；到確知宣統僅以「執政」身份登位，已不認同「非驢非馬」之偽滿洲國，此後即再也未見其以清遺民的口氣記事。外敵入侵淡化了劉大鵬對前朝舊主的眷念之情，使其轉而關注當下中國的存亡。

其實當劉大鵬指責中央政府的不抵抗政策時，已默認國民政府為中國之合法政府；到1938年聽聞偽「華中維新政府」成立，劉氏終於自認為「亡國奴」，實已將中國等同於他此前遺棄——或遺棄他的「民國」。日益迫近的外患，加強了民族國家的內部凝聚力，無意間抹平了朝代更迭殘留的痕跡。同樣，「寧做民國遺老」的章太炎〔註64〕，雖不認同以青天白日旗為標幟的國民政府；作為中國人，他卻不能忽視國家這一實體正在遭受侵略的事實。在國難深重之際，章太炎終於走出遺民心態，放棄對以五色旗為象徵的「民國」的追思，回覆到其慣有的「國士」立場上來，打破沉默對時局發言。〔註65〕

以君臣為首的倫理秩序解體後，衍生出一種特殊的「遺民」形態，姑且稱為「民國遺民」。一般而言，亡國而後有遺民，抗戰時期民國未亡，何來「民國遺民」？滯留在淪陷區的「民國遺民」，類似於靖康南渡後入金的宋遺民。

〔註63〕劉大鵬，《退想齋日記》（太原：山西人民出版社，1990年）。

〔註64〕1927年11月27日章太炎致李根源書，《近代史資料》總36號（北京：中華書局，1978年），第151頁。

〔註65〕詳見羅志田〈中外矛盾與國內政爭：北伐前後章太炎的「反赤」活動與言論〉，《亂世潛流：民族主義與民國政治》（北京：中國人民大學出版社，2013年），第266～268頁。

就與具體政權的關係而言，「民國遺民」中又有南北之別，要看是北洋「餘孽」，還是國民政府的追隨者。更特殊的一類「民國遺民」，與政府毫無瓜葛，僅爲「中華民國」所象徵的義理而遺。

相對於淪爲殖民地的臺灣、僞滿洲國，淪陷北平的特殊性在於「中華民國」的實亡而名猶存。從盧溝橋事變後日僞在北平扶植的「中華民國臨時政府」，到以汪精衛爲首的南京「國民政府」，都頂著「中華民國」這塊招牌與重慶方面爭奪法統。對滯留在淪陷區，熟悉春秋筆法的文人學者而言，正朔雖在西南，但能繼續使用「民國」紀年，未嘗不是種心理補償。

據 1937 年 11 月 18 日竹内好「北京日記」，事變後與周作人過從漸密的尤炳圻跟他談起新文化人的動向，透露周作人決意在「中華民國」這一名號被取消時南下〔註 66〕。傳聞的眞僞雖無從驗證，但至少反映出北平淪陷初期周作人在去留問題上給自己劃了一條底線。他信守的「中華民國」，與具體政權無關，只是一個虛名及其象徵的「邦國再造」的理想。

周作人淪陷時期流露出的「遺民」意緒，並不能粉飾他附逆的事實。按史傳傳統，周作人「落水」後理應是被寫入民國「貳臣」傳的人物，他有何顏面以「遺民」自居？不妨從苦雨齋中的一方印章說起。這方印的朱文云「知堂五十五以後所作」，乃是借用釋家「僧臘」的說法，從受戒出家之日起，計算自己的年歲，在家的部分則拋去不計〔註 67〕。周作人自稱五十五歲以後是他的「僧臘」，即是從 1939 年算起，而這一年正是他遇刺幸免後，接受僞職的開始。這樣說來，豈非是以出山爲出家？

「僧臘」不僅是佛門慣用語，還時常出現在易代之際，尤其是明清之際遺民「逃禪」的語境中。「逃禪」實乃「逃生」，明遺民之出家，不過是「借僧活命」而已〔註 68〕。套用遺民話語，周作人的出山，亦不過是「借官活命」而已。周氏調用遺民逃禪的修辭策略在詩文中營造出一個「模擬的自我」〔註 69〕，

〔註 66〕1937 年 11 月 18 日竹内好《北京日記》，《竹内好全集》第十五卷（東京：築摩書房，1981 年），第 178 頁。

〔註 67〕周作人，〈《苦茶庵打油詩》前言〉，上海《雜誌》第 14 卷第 1 期，1944 年 10 月 10 日。

〔註 68〕「豈能爲僧，借僧活命而已」，語出明遺民陳洪綬《寶綸堂集》卷四詩題。轉引自知堂〈賀貽孫村謠〉，1937 年 7 月 6 日作，《宇宙風》第 48 期，1937 年 10 月 1 日；收入《秉燭後談》，改題爲〈水田居存詩〉。

〔註 69〕「模擬自我」（the analog-I）的概念，參見（捷）丹尼爾・沙拉漢《個人主義的譜系》（長春：吉林出版集團有限責任公司，2009 年），第 31～48 頁。

即苦住庵中的「老僧」形象，藉以維持一種「遺民」的幻覺，不同於他實際扮演的角色。但正如其打油詩中所言：「粥飯鐘魚非本色」，老僧的形象只是周作人的面具。「僧臘」云云不過是劇場中的老僧腔，而「老僧本色是優伶」〔註70〕。

　　通過對「僧臘」一說的症候式分析，不妨將周作人「落水」後露出的士大夫相，稱爲「僞遺民」，即以遺民自居的貳臣。「僞遺民」的「僞」，不是眞僞之僞，而是誠僞之僞。心態之誠僞有待進一步的辨析，但貳臣的遺民心態、遺民論述本身就是一個有意思的話題。如果以故國之思、亡國之痛爲「遺民情懷」的表徵，趙園指出此種情懷在明清之際失節者的文字中吐露得更爲深切：

　　　　具有諷刺意味的是，「遺民情境」、「遺民情懷」，在由錢謙益一
　　類「僞遺民」（錢氏確常以「遺民」、「遺老」自我指稱）寫來，有時
　　像是更充分，更淋漓盡致；錢謙益、吳偉業較之某些正牌遺民，其
　　文字也像是更足以令人認識「士之處易代之際」。〔註71〕

然而周作人與錢謙益、吳偉業這樣的「僞遺民」的最大區別在於他根本不承認君臣倫理。忠君是劃分遺民與貳臣的首要標準。無論是遺民錄，還是貳臣傳，其實都是維持、修復君臣秩序的手段。周作人之「僞」，卻是以「無父無君」爲前提，無異於掏空了「遺民」概念的倫理內核。〔註72〕

　　四十年代泛化的遺民意識，在淪陷北平的範圍內，除了「落水」文人周作人，還包括陳垣這樣的「愛國史家」。將陳垣納入後遺民時代的「遺民」譜系，不僅是基於他的政治立場、道義堅持，更是從著述中發現其與遺民傳統的內在關聯，即寓於史法與史事中的遺民心事〔註73〕。換言之，陳垣與遺民傳統的關係，並非繫於某一具體的政治實體，而是以他效忠的志業——史學爲媒介。

〔註70〕　「老僧本色是優伶」，出自錢澄之〈失路吟・行路難〉，《藏山閣詩存》卷十三，
　　　　龍潭室叢書；轉引自趙園《明清之際士大夫研究》，第 290 頁。
〔註71〕　趙園，《明清之際士大夫研究》下編，餘論（之一），第 476 頁。
〔註72〕　周作人以「無父無君」爲前提，對儒家思想的徹底改造，參閱拙作〈作爲空
　　　　名的儒家思想——周作人1940年代正經文章之再闡釋〉，《中國現代文學論叢》
　　　　第八卷第 2 期，南京大學出版社，2013 年 12 月。
〔註73〕　從修辭的角度切入陳垣淪陷時期的著作，關注的不是他處理的歷史對象，而
　　　　是史家自身的心事懷抱，以及運用何種技藝來傳達自己的心事。詳參拙作〈史
　　　　學的倫理承擔：淪陷時期陳垣著述中的「表微」機制〉，《中華文史論叢》2013
　　　　年第 2 期。

　　淪陷時期陳垣皈依的「遺民史學」，並不等於「遺民的史學」。「遺民史學」之「遺民」，與其說是對著者身份的限定，在陳垣的著作中，毋寧說是一種倫理承擔，一種潛在的道德標準，滲透到史事乃至史法的層面。陳垣史著中的遺民心態，首先體現在取法對象的轉變上：從服膺錢大昕，專重考證；到事變後推尊顧亭林，趨於實用；進而表彰全祖望，提倡「有意義之史學」〔註74〕。取法對象的變化，暗示陳垣對史學的社會功能有不同的理解。所謂「有意義的史學」，以全祖望《鮚埼亭集》爲代表，旨在「排斥降人，激發故國之思」〔註75〕，具有「正人心、端士習」的功能，可謂遺民史學之正統。

　　從著述動機上亦可讀出史家的遺民心事。落實到選題上，以被統稱爲「宗教三書」的《明季滇黔佛教考》、《清初僧諍記》、《南宋初河北新道教考》爲例，「明季」、「清初」、「南宋初」都是改朝換代、夷夏對峙之際，陳垣處理的不是宗教內部的問題，而是宗教與政治的糾葛，故「宗教三書」均可作爲易代之際的政治史來讀〔註76〕。陳垣曾坦言《明季滇黔佛教考》的著眼點不在佛教，而在佛家與士大夫遺民之關係〔註77〕。明末滇黔佛教之興盛，正緣於「中原淪陷，滇黔猶保冠帶之俗，避地者樂於去邠居岐」〔註78〕。《佛教考》可視爲留居中原的陳垣向「去邠居岐」、避地西南的文人學者表明心跡之作。

　　史家的遺民意識在《清初僧諍記》中甚至內化爲全書的劇情主線，所謂「故國派」與「新朝派」的勢力之爭。法門紛爭又牽涉到明清之際士林內部的派系分歧，以錢謙益和黃宗羲爲代表。《僧諍記》簡直是陳垣對新朝派代表木陳忞的批判書，他極力把木陳忞塑造成「僧門中的錢謙益」。《南宋初河北新道教考》中，全眞、大道、太一三教的創始者被看作「抗節不仕」的宋遺

〔註74〕 1943 年 11 月 24 日陳垣致方豪函，《陳垣來往書信集》增訂本（北京：三聯書店，2010 年），第 326 頁。

〔註75〕 1950 年初陳垣致席啓駟函，《陳垣來往書信集》（增訂本），第 247 頁，轉引自劉乃和〈紀念陳垣校長誕辰一百週年〉，《陳垣校長誕生百年紀念文集》（北京師範大學出版社，1980 年）。

〔註76〕 參見陳寅恪〈明季滇黔佛教考序〉，收入陳垣《明季滇黔佛教考》（北平：輔仁大學，1940 年 8 月）。

〔註77〕 1940 年 5 月 3 日陳垣致陳樂素函，《陳垣來往書信集》（增訂本），第 1113 頁。

〔註78〕 陳垣《明季滇黔佛教考》敘目。「去邠居岐」典出《孟子》，原指外夷入侵，周太王放棄世守之國土，離開邠地，遷居岐山之下，於是邠地之民面臨去與留這兩種選擇。陳垣用這個典故暗示自己雖身陷北平，仍奉「猶保冠帶之俗」的滇黔爲神州正朔所在。

民，只是「儒門收拾不住，遂爲道家扳去」。陳垣將「新道教」視爲「遺民之淵藪」〔註79〕，並賦予其「用夏變夷」的社會功能。

成書於事變後的《舊五代史輯本發覆》，鈎稽《舊五代史》輯本中「胡虜夷狄」等字樣的忌諱與改竄，以彰顯潛伏於人心的夷夏之防。四庫本的此類竄改，通常被認作異族統治者的陰謀，爲了掩蓋滿漢之間的種族界限。但陳垣卻從中讀出四庫館臣的良苦用心，認爲館臣對清廷的態度，與明遺民無異，不過明遺民是「陽斥之」爲「胡虜夷狄」，館臣則是借忌諱與改竄來「陰指之」〔註80〕。

到淪陷後期投入全副精力寫作的《通鑑胡注表微》，陳垣以胡三省爲代言人，將自己的心事懷抱投射到這位被遺民錄忘卻的「眞隱士」上。在「表微」的部分，難以分清到底是胡三省的心聲，還是陳垣的自白。因此可將《表微》視爲史著中的代言體。《表微》無疑是「遺民史學」進入「後遺民」時代的典範之作，既復活了這一史學傳統，亦在學術倫理上付出了一定的代價。

四十年代泛化的遺民意識，暗示著與單線時間、與大歷史相脫節的生存狀態，甚至是某種悼亡傷逝的文化立場，所以未必全是糟粕，而可以轉換爲面對不僅是軍事佔領意義上的「淪陷」，作爲道德團體的知識階層所肩負的倫理承擔。從這個意義上說，北平淪陷時期的知識人，不論其與現實政治的親疏遠近，也不論其在出處進退上如何選擇，都呈現出某種遺民的「擬態」。所謂「擬遺民」，不是易代之際與貳臣相對的遺民，抽象地說，是難以掙脫現代民族國家觀念的「僞遺民」。淪陷北平這一特殊的歷史情境，部分治癒了「擬遺民」的「時代錯亂症」（anachronism）〔註81〕，暫時緩和了遺民傳統與現代中國的緊張關係。

主要參引文獻

1. 《北京大學五十週年紀念特刊》，北京大學出版部，1948 年。
2. 劉大鵬，《退想齋日記》，太原，山西人民出版社，1990 年。
3. 陳寅恪，《元白詩箋證稿》，上海古籍出版社，1978 年。

〔註79〕 陳垣，《南宋初河北新道教考》（北平：輔仁大學，1941 年），第 20 頁。
〔註80〕 陳垣，《舊五代史輯本發覆》（北平：輔仁大學，1937 年 7 月），卷末「論曰」，第 51 頁。
〔註81〕 參閱王德威《後遺民寫作》（臺北：麥田出版社，2007 年），序：時間與記憶的政治學，第 8～9 頁。

4. 陳寅恪，《金明館叢稿二編》，北京，三聯書店，2001 年。

5. 陳智超、曾慶瑛編，《陳垣先生遺墨》，廣州，嶺南美術出版社，2006 年。

6. 《陳垣來往書信集》增訂本，北京，三聯書店，2010 年。

7. 陳垣，《舊五代史輯本發覆》，北平，輔仁大學，1937 年。

8. 陳垣，《明季滇黔佛教考》，北平，輔仁大學，1940 年。

9. 陳垣，《南宋初河北新道教考》，北平，輔仁大學，1941 年。

10. 陳平原、王風編，《追憶王國維》增訂本，北京，三聯書店，2009 年。

11. 吳學昭整理，《吳宓日記》，北京，三聯書店，1998 年。

12. 吳學昭整理，《吳宓詩集》，北京，商務印書館，2004 年。

13. 趙園，《明清之際士大夫研究》，北京大學出版社，1999 年。

14. 趙園，《想像與敘述》，北京，人民文學出版社，2009 年。

15. 林志宏，《民國乃敵國也：政治文化轉型下的清遺民》，北京，中華書局，2013 年。

16. 《鄭天挺紀念論文集》，北京，中華書局，1990 年。

17. 黃曙輝編校，《梁巨川遺書》，上海，華東師範大學出版社，2008 年。

18. 《橫眉集》，上海，世界書局，1939 年。

19. 王德威，《後遺民寫作》，臺北，麥田出版社，2007 年。

（原刊《文學評論》2015 年第 3 期）

超克匱乏：關於延安勞動政治與文化實踐的理論思考

李　靜

（北京大學中文系）

　　1942 年是抗戰救國最爲艱難的時期，彼時的國共兩黨各自在尋找著救亡之道與危中之機。這期間，延安面臨著日軍的敵後掃蕩和國民黨的全面封鎖，外援全部斷絕。大量國統區的人民、解放區的幹部、一部分軍隊和知識分子也陸續到達延安，不事生產的人口迅速增加。此外，1940～1942 年邊區也遭受了嚴重的自然災害。1942 年 12 月，毛澤東在陝甘寧邊區高級幹部會議上作了〈經濟問題與財政問題〉的報告，在第一章〈抗日戰爭時期的經濟問題與財政問題〉中他談道：「我們曾經弄到沒有衣穿，沒有油吃，沒有紙，沒有菜，戰士沒有鞋襪，工作人員在冬天沒有被蓋。」〔註1〕物質的極度匱乏構成了中國共產黨的生存性危機，從而成爲了當時中共亟需解決的首要矛盾。即使是建立在雄厚的官僚資本基礎上的國民黨，在國民政府自身的財政危機和 1942 年河南大饑荒的重壓下，在同一時期也不得不面對經濟危機的時局。

　　可見，中共和國民黨在戰時階段，都面臨著物質匱乏的困境。而在如何克服匱乏危機的道路選擇中，國共兩黨卻籍此發展出判然有別的生產方式、政治形態和文化形式。因此，1942 年可謂一個重要的轉捩點，新的政治制度與文化生態孕育其間〔註2〕。需要申明的是，在物質絕對匱乏的原始社會和物

〔註 1〕《毛澤東選集》第三卷，北京：人民出版社 1991 年版，第 892 頁。

〔註 2〕按照李書磊的說法，「這一年抗日戰爭進入了最艱難的階段，中國的文化人經受了嚴峻的生存考驗，中國文化在迎戰外來侵犯中表現出了充沛而新鮮的活力。同時，這一年也是中國共產黨的文化思想和體制的形成時期，這種行程對整個 20 世紀後半期的文化狀態具有決定性的意義」，見李書磊：《一九四二：走向民間》，濟南：山東教育出版社，第 1 頁。

質極大豐富的共產主義社會中，匱乏並不構成社會政治問題。只有在物質相對匱乏的經濟條件下，如何更有效率地生產與更公平地分配有限的資源才成為問題的關鍵。也就是說，在這一情境中經濟基礎與上層社會關繫緊密連接在一起。故而，尋找更有效的生產組織方式、政治動員方式以及文化表達形式成為了「匱乏」表徵背後更為內在與急迫的時代「催逼」。當匱乏構成「難題性」的時刻，也就是召喚克服匱乏的全新的政治行動的契機。本文並非要對史實作鋪陳式的梳理，抑或對國共兩黨的政治行動做出簡單的價值判斷，而是意在對國共兩黨應對匱乏的模式——亦即如何處理經濟基礎與上層建築這一馬克思主義理論的經典範疇——做出相應的理論思考。

一、超克匱乏的兩條道路：1942 年的標本意義

1942 年 8 月至 9 月，蔣介石在西北進行了為期一個月的視察。9 月 21 日，回到重慶的蔣介石發表了〈視察西北之感觀及中央同人今後應有之努力〉的演講，並提出「如果西南各省是我們現在抗戰的根據地，那麼，西北各省就是我們將來建國最重要的基礎」的著名口號。次日，蔣介石密令裁減中央公務員，此舉乃是蔣介石深思熟慮的結果。首先，抗戰中期重慶國民政府面臨嚴重的經濟困難，官僚機構臃腫，行政效率低下，將一部分不必留在中央的行政機構轉移至西北既可以緩解經濟困難和財政赤字，又可以屯墾實邊，開發西北。其次，這也是打通「關中——河西走廊——新疆」戰略要道的需要，同時能夠起到限制中共發展的作用。然而，蔣介石的西北計劃缺乏推行的現實基礎，在執行過程中各級權力機關也多有掣肘。不到半年，西北計劃便宣佈破產。蔣介石希望通過「移民實邊」的方式轉移經濟危機，卻又無力對臃腫低效的官僚機構進行動員與整頓。這意味著單純在「經濟版圖」上騰挪轉移，而不從政治組織方式和分配方式上作出根本性的變革，必然會使所謂的「改革行動」受制於盤根錯節的利益聯繫，進而逐漸將其行動的有效性消磨殆盡。

與此同時，河南爆發了嚴重的大饑荒。由於國民政府當時面臨著嚴重的經濟困難，而河南一直又都是抗戰時期的納糧大戶，因此國民政府遂對河南大饑荒置若罔聞，堅持向災民催逼納糧。當然，這也是國民政府一貫的以民保兵的應對思路使然〔註3〕。駐重慶的《時代週刊》記者白修德赴河南考察的

〔註 3〕1938 年為了阻止日軍西進，國民政府炸開花園口，造成大量黃泛區，受災人口達千萬。這與 1942 年河南饑荒有一定的關係。

報導見諸報端後，國際輿論界一片譁然。至此，國民政府才迫於壓力救災。但諷刺的是，賑災款項卻多被官員中飽私囊，盤剝幾淨。面對嚴重的物質匱乏和大規模的饑荒，國民黨官員大發國難財，「嘴上全是主義，心裏全是生意」。阿倫特和鮑曼的研究揭示出，現代理性主義的官僚科層制使大規模的屠殺以及對人類災難的置之不理成為可能。官員只需機械地完成自己的專項工作即可。所謂的專業主義懸置了道德判斷，工作的目的只是為了盡可能多的收益。「平庸的惡」在 1942 年的河南結下了苦果，薩特筆下的「梅杜薩之筏」變做現實。

可見，國民黨應對經濟危機的方法不外二途，「轉嫁」危機或趁亂撈利。這種只問經濟而政治無能的克服路徑，封閉了國民黨改革自身的可能性，進而逐漸使其喪失掉執政的活力。而當時作為在野黨的中共對國民黨的這種作風顯然抱有清醒的反思，將之形象地比作「官僚主義的灰塵」。1943 年 11 月 29 日，毛澤東在中共中央招待陝甘寧邊區勞動英雄大會上作了〈組織起來〉的著名演講，他指出：「如果我們做地方工作的同志脫離了群眾，不瞭解群眾的情緒，不能夠幫助群眾組織生產，改善生活，只知道向他們要救國公糧，而不知道首先用百分之九十的精力去幫助群眾解決他們『救民私糧』的問題，然後僅僅用百分之十的精力就可以解決救國公糧的問題，那麼，這就是沾染了國民黨的作風，沾染了官僚主義的灰塵。國民黨就是只問老百姓要東西，而不給老百姓以任何一點什麼東西的。如果我們共產黨員也是這樣，那麼，這種黨員的作風就是國民黨的作風，這種黨員的臉上就堆上了一層官僚主義的灰塵，就得用一盆熱水好好洗乾淨。」﹝註4﹞從 1939 年 2 月中共中央在延安召開生產動員大會到 1947 年 3 月中共中央撤離延安，陝甘寧邊區八年的大生產運動就是上述「國民黨的作風」的反面，背後是兩種克服匱乏的思路，象徵著兩個中國之命運。

在〈抗日戰爭時期的經濟問題與財政問題〉這篇大生產運動的綱領性文件中，毛澤東首先批評了只重財政而忽視經濟的做法，指出經濟才是活水之源，節流的前提是開源。經濟歸根結底要靠發展人民經濟和公營經濟。封鎖恰好提供了根據地建立公營經濟的基礎。其次，毛澤東指出在發展人民經濟的過程中，要反對「冒險的無根據的發展」，也要反對片面的「仁政」思想，更明確指出「不顧人民困難，只顧政府和軍隊的需要，竭澤而漁，誅求無已。

﹝註4﹞《毛澤東選集》第三卷，北京：人民出版社 1991 年版，第 933 頁。

這是國民黨的思想，我們決不能承襲。我們一時候加重了人民的負擔，但是我們立即動手建設了國營經濟。」〔註5〕

延安大生產運動通過廣泛的政治動員，將軍隊、各黨政機關學校以及一切老百姓的力量都納入到生產勞動中。同時，建立互助合作社來組織群眾，進而將勞動上升爲政治（公共）問題，破除了片面的經濟決定論（亦即經濟基礎——上層建築的二分論）。正是通過生產領域的公共化，軍民同生產，領導幹部和普通百姓共同勞動，才創造了延安時期的平等政治，激發了人民勞動參與勞動的政治熱情。而且，勞動也成爲個人自我價值實現的手段，勞動者獲得了生存的尊嚴和希望。中共由此也獲得了底層百姓的廣泛認可，在某種程度上奠定了邊區政權本身的人民性。值得一提的是，這並非只是中共在戰時的特殊舉措，正如毛澤東所說：「不把經濟工作看作是一個廣大的運動，一個廣大的戰線，而只看作是一個用以補救財政不足的臨時手段。這就是另外一種方針，這就是錯誤的方針」〔註6〕。這種「錯誤的方針」，正是用經濟主義和官僚主義的手段來克服匱乏。國民黨的失誤便在於只用經濟上的「騰挪轉移」來解決匱乏問題，沒有意識到人與物匱乏的問題背後是人與人的關係問題，沒有眞正動用政治力量去改變造成匱乏的社會性結構，進而實現自己的經濟目的。共產黨在關乎生死的匱乏面前，激蕩出自身的政治智慧，藉此完善了自身的執政能力、經濟組織與文化建設。

二、匱乏的辯證法：《矛盾論》對經濟主義的揚棄及其在延安的現實展開

在匱乏的形勢（conjuncture）下，經濟基礎和上層建築的關係得以被重新思考。薩特在 1960 年完成的長篇巨著《辯證理性批判》中，對「匱乏」曾有過精彩的分析，「匱乏」作爲書中的核心概念，正是他建立歷史人學和存在主義馬克思主義的基礎。「匱乏」最初是經濟學用語，指物質上的短缺。而晚年薩特將「匱乏」擴大爲人類的生存環境和既定命運，匱乏是每個人的宿命，人是匱乏的歷史產物，匱乏甚至相當於人的存在本身。匱乏具有不以人的意志爲轉移的普遍性，人類迄今的歷史就是一部與匱乏做鬥爭的歷史。在匱乏本體論之下，他人是對自己生活的威脅，每一個人都是一種「物質可能性」，

〔註5〕《毛澤東選集》第三卷，北京：人民出版社 1991 年版，第 894 頁。
〔註6〕《毛澤東選集》第三卷，北京：人民出版社 1991 年版，第 930 頁。

都是非人的存在。匱乏以物為中介，很容易發動起一場人反對人的戰爭。譬如，1942 年的河南大饑荒以及國民黨的處理辦法就曾導致「人反對人的戰爭」出現。

薩特認為，為了滿足自己的生存需求，個人必須進入與他人的合作或是衝突中。群體構成的階段包括：續列──群集──集團──制度。如果說前三個階段都實現了個人的能動性，那第四個階段的「制度」則是高於個人意志的硬性安排，「它依靠並在自身的慣性存在中把自身設定為實質，而把人規定為它的永久性的非實質性手段」﹝註7﹞。在既定的制度面前，個人陷入「惰性──實踐」當中，在自我持存而非存在的意義上勞動，只需服膺程序理性而不必「公開運用自己的理性」。最終導致了物對人的統治，人成為物質的奴僕，另一輪克服異化的努力隨之開始。薩特描繪了一幅「異化──克服異化──再異化」的永無止境的歷史圖景，人類將永遠陷於匱乏的否定性之中。所以，雖然薩特始終以個人的能動性為出發點，卻又認為人始終因為物質的壓力而陷於異化之中，匱乏成為人類不可戰勝的宿命。薩特將匱乏這一經濟問題推進到人與人關係的層面，但在克服匱乏的問題上他卻退回到人與物的關係層面，認為物化是不可避免的﹝註8﹞

然而，匱乏並不像康德筆下的理性，平均分配在每個人的頭上，而是被一定的生產方式和與之相適應的社會交往方式生產出來的。如果清除掉匱乏背後有機的社會基礎，也就將匱乏形而上學化了，超克匱乏就變得無從下手了。其實，正如薩特意識到的：「匱乏是人類歷史可能性的基礎。但不是它的實在性的基礎。換言之，它使歷史成為可能，但是如果要產生歷史，那麼其他（尚未被規定的）因素也是必要的」﹝註9﹞。匱乏導致的人同環境之間，人與人之間的緊張關係提供了變革的「潛能」，歷史正產生於生產方式和社會關係的突然失衡之中。匱乏問題對於 1942 年的國民黨來說也許並不是直接關乎生死的危機，但國民黨卻未能藉此「產生歷史」，新的路徑並沒有被

﹝註7﹞ 轉引自〔美〕斯塔爾著，曹志為、王晴波譯：《毛澤東的政治哲學》，北京：中國人民大學出版社，第 105 頁。

﹝註8﹞ 阿爾都塞反對物化論，認為物化論的意識形態處處把人的關係當作「物」，它根據「貨幣是物」這個樣板去思考全部社會關係，從而把社會關係混同於「物」的範疇，參見〔法〕阿爾都塞著，顧良譯：《保衛馬克思》，北京：商務印書館 2010 年版，第 226 頁。

﹝註9﹞ 〔法〕讓・保羅・薩特著，林驤華等譯：《辯證理性批判》，合肥：安徽文藝出版社 1998 年版，第 264～265 頁。

打開，而是在「物質」與「經濟」的淺薄表層上轉移進而深化危機。

此外，薩特明確拒絕「階級」這樣的結構性概念，「社會分工是一種積極的差異，爲什麼應該轉變爲階級鬥爭，即轉變爲消極的差異？」，「爲什麼要打破社會統一性並製造出階級來？」〔註 10〕他反對恩格斯提倡的分工規律是階級劃分的基礎，認爲階級是非人道主義的，將別的階級作爲非人的存在。薩特認爲，階級鬥爭的起源是以物爲中介的人和人關係的異化。其實，人道主義者又何嘗不是設置了「人—非人」的對立呢？在阿爾都塞看來，「馬克思在《德意志意識形態》中談到人和人道主義的觀念時指出，在人性或人類本質的觀念後面，隱藏這一個對偶性的判斷，確切地說，就是人與非人的對偶，他寫道：『和「人」一樣，「非人」也是現實條件的產物；這是該產物的否定方面。』人與非人這對矛盾是一切人道主義的隱蔽的本原，這一本原無非是體驗、經受和解決該矛盾的方式。資本主義人道主義把人作爲一切理論的本原。人類本質的這一光明面是非人的黑暗面的外表」〔註 11〕。這是對以「人道主義」反對「階級」的有力反擊，因爲「人性論」也是以所謂「人——非人」的區分爲基礎的。薩特希望避免「冷的歷史」和歷史主義的霸權，試圖回到個人實踐的原點來重構歷史的「可理解性」。然而，他筆下的歷史人學因爲脫離具體的社會關係和矛盾結構，「異化——克服異化——再異化——克服異化」的階段論反而演變爲他所批判的歷史形而上學。更爲遺憾的是，在他的「形而上學」中，歷史自我救贖的希望變成了零。薩特歷史哲學的出發點仍是康德和費希特意義上的抽象個人，即「孤立的獵人和漁夫」和「十八世紀缺乏想像力、虛構的自然人」（馬克思語），而非「一切社會關係的總和」（馬克思：《關於費爾巴哈的提綱》）。列維——斯特勞斯對薩特的批評是有道理的：爲了把握歷史，必須把握歷史的結構及其運動邏輯，「冷的歷史」或許是不可避免的。

阿爾都塞關於馬克思主義和人道主義的思辨完成了對薩特的揚棄。他區分了「階級人道主義」（無產階級人道主義）和意識形態的人道主義〔註 12〕，後者是一種以主體的經驗主義和本質的唯心主義作爲前提的虛構。在階級社

〔註 10〕〔法〕讓·保羅·薩特著，林驤華等譯：《辯證理性批判》，合肥：安徽文藝出版社 1998 年版，第 286 頁。

〔註 11〕〔法〕阿爾都塞著，顧良譯：《保衛馬克思》，北京：商務印書館 2010 年版，第 234 頁。

〔註 12〕或言之社會主義和人道主義的理論差別。

會中，馬克思主義者的人道主義只能是對無產階級的人道主義，即無產階級專政。阿爾都塞指出，人道主義是意識形態的問題，而馬克思主義是科學的問題。意識形態只點明不合理存在的事實，科學則致力於提供的認識和改變事實的手段。阿爾都塞的「多元決定論」正是達到科學認識的手段。超克匱乏，必須對匱乏（矛盾）的結構及運動邏輯做出科學的把握和認識。

必須要指出的是，阿爾都塞的「多元決定論」（又譯作「過度決定論」）受到了毛澤東《矛盾論》的直接啓發。在《矛盾論》中，毛澤東指出主要矛盾決定次要矛盾，矛盾的主要方面決定矛盾的次要方面。主次矛盾和矛盾的主次方面在一定的條件下可以互相轉換。在不同的「情勢」中，克服矛盾的手段和策略是不同的，人的主動性就體現在選擇合適的政治行動之中。在經濟基礎和上層建築的關係中，毛澤東指出：「在一定情況下，上層建築可以決定經濟基礎，生產關係可以決定生產力」〔註13〕。而延安正是借助了廣泛的政治動員結成勞動組織來提高生產效率，克服經濟困難的，這不能不說是毛澤東《矛盾論》的一種直接運用。匱乏的否定性矛盾成為延安發展自身的動力，這是矛盾運動發展的普遍性的體現。而延安匱乏矛盾的特殊性在於上層建築在一定的條件下可以轉化為矛盾的主要方面，從而促進了經濟層面困境的解決。

如果按照「經」與「權」的關係進行界分，那麼延安大生產運動期間，「減租減息」的統一戰線和黨政機關參與勞動是特殊時期的「權」，是在具體矛盾中採取的策略，不變的「經」則是「組織起來」、生產的公共化和平等政治。政治上的「三三制」民主政權建設、經濟上的減租減息和大生產運動、文藝上的「為工農兵服務」是根據地建設的三個重要組成部分，也是社會總體的有機組成部分。毛澤東提供了特定歷史條件下政治生活、經濟生活和文化生活的新的組織形式，將「人的哲學」由意識形態上升/深化為科學。阿爾都塞評價馬克思的話同樣可以用在毛澤東的頭上：毛澤東的哲學不是一種新的哲學（實踐哲學），而是一種新的哲學實踐。

〔註13〕《毛澤東選集》第一卷，北京：人民出版社 1991 年版，第 325 頁。左翼思想家齊澤克曾反對社會發展的動力是生產力與生產工具非政治性的發展，因為這種「非政治性的發展」規定了生產關係的純經濟論；他也反對「未經經濟污染的政治」──這二種錯誤一體兩面。他指出：「正是在經濟的最核心處，階級鬥爭才成為政治」，階級鬥爭「這個中項也同時代表了發生在經濟核心處那無法還原的政治時刻。」參見〔斯洛文尼亞〕齊澤克：《經濟的決定作用──馬克思與弗洛伊德》，http://myy.cass.cn/sflw/201410/t20141019_1969513.shtml。

三、勞動政治及其文化表述：重審延安新秧歌運動

　　延安農業生產建立在小土地佔有之上，如何動員小農參加集體生產是延安政治動員的重要內容。如何在新民主主義革命的條件下，去實現社會主義的目的，也就成爲了矛盾論再展開過程中要處理的核心問題。換言之，將小農改造爲合格的勞動者成爲了大生產運動的內在訴求。其中，改造二流子運動和樹立勞動模範對培育勞動者起到了重要的作用。日本學者杉原薰指出東亞經濟復興的基礎是「勤勞革命」，即相對廉價但熟練的勞動力，在相對小規模的單位工作，發展勞動密集型產業，推崇勤勞致富的工作倫理。改革開放來中國勞動密集型產業的迅速發展正是建立在延安以來合格的勞動者的基礎上。當然，杉原薰只注意到了勞動技能的層面，而忽視了延安時期新的勞動觀與勞動政治的成熟。關於次點，學界已有不少討論，此處不再贅述。

　　值得注意的是，在勞動者（「新人」）的養成過程中，新秧歌運動起到了重要的作用。文藝「運動」成爲生產戰線外的另一條戰線——文藝戰線。「文藝」與「生產」二者相輔相成，共同的動力因是「運動」/「動員」。問題在於，爲什麼是新秧歌成爲政治的美學，成爲延安時期勞動政治的藝術形式？

　　新秧歌戲的藝術形式及其特徵已有不少研究，但需要進一步指出的是，如果文化戰線需要通過群眾路線的方式組織，那麼文藝的形式必須具有相當的群眾基礎。新秧歌運動對陝北地區民間秧歌的調用，正是利用了民眾喜歡看戲、聽戲的民俗。而所謂新秧歌，也就不僅是順應民眾既有的文化與社會生活習俗，更包括經由一系列改造，將秧歌這一傳統曲藝形式現代化。眾所周知，新秧歌利用街頭劇、廣場劇的形式，將觀眾動員起來，通過「現場圍觀」的方式將觀眾與劇中人物融合在一起，甚至出現二流子演二流子，或者二流子和勞動英雄同時作爲觀眾的局面。群眾通過「演劇——觀劇」主動地進行自我反思和自我教育，最終有可能完成「生活——戲劇——生活」的一次完整「移情」和自我教育，進而在生活中致力於「上升」爲一個合格的勞動者。借用柏拉圖的說法，投入勞動成爲了觀看「新秧歌劇」的「二次航行」。秧歌戲中沒有絕對的主角，主角是勞動者和人民。觀眾在觀劇「共鳴」之後，創造了一個新的自己，將這部劇在現實生活中繼續演下去。

　　　　群眾歡迎新的秧歌，不是沒有理由的，這些秧歌演的都是他們
　　切身的和他們關心的事情，劇中很多人物就是他們自己。鍾萬財看
　　了《鍾萬財起家》一劇完全的材料，他看了這個劇的預演，而且當

這個劇來他的鄉里演出的時候，他幾乎是每場必到的觀客，其餘群
眾都以羨妒的眼光看著他，他們都願在劇中看到自己，實際上他們
是已經看到了，不過姓名不同罷了。當演到鍾萬財從二流子轉變的
過程的時候，觀眾中的二流子就被人用指頭刺著背說：『看人家，你
怎辦？』像這樣觀眾與劇中人物渾然融合的例子，還可以舉出許多的。

　　……一隊隊的組織好的佃戶、婦女、兒童提前入場，地主、二
流子也被請來，幹部組織觀眾，解釋劇情，民兵維持秩序。〔註14〕
有的秧歌戲在演出結束後，還會有故事的原型登臺演說，強化了秧歌戲的感
染力。對於延安農民演劇的盛況，當時在延安的美軍觀察組感到非常驚訝，
作爲專業戲劇評論家的布魯克斯曾經對戴維說：「他們是怎麼訓練這些農民在
舞臺上演得這麼出色的，你能想像得出嗎？」〔註15〕從「文明戲」到新秧歌，
高雅藝術開始轉變爲參與性的大眾藝術，生活和藝術眞正結合在一起。高雅
藝術出於對專業性和審美趣味的追求，始終與瑣屑的經驗世界充滿隔閡與張
力。而對於延安的新秧歌運動來說，生活本身就是一齣眞正的戲劇，勞動者
作爲主人翁登上歷史舞臺，平凡的生活中蘊藉了眞正的戲劇衝突，那是新時
代與舊時代、「組織起來」的農民和未被「組織起來」的農民，有覺悟的農民
和沒有覺悟的農民之間的矛盾。「1944年延安縣勞動英雄大會的閉幕式上，吳
滿有上臺號召所有勞動英雄與他比賽，當場就有二十幾人應戰，『有的是個人
計劃，有的是代表全村計劃』。最後，勞動英雄在莊嚴、熱烈的氛圍中，完成
了革命政治中的劇場效應，通過了《勞動英雄公約》」〔註16〕，日常生活和勞
動實踐也由此產生了歷史感。

　　新秧歌的「新」與其說是形式上的「新」，毋寧說過是內容上的新。形式
的改造由內容所決定，而形式本身的意識形態又構成了內容生產的有機組成
部分。鼓勵生產（「人人都把勞動英雄來做」、「加緊生產不分男女」，見《兄
妹開荒》）和改造二流子是新秧歌戲的基本表現主題。這些主題借由秧歌戲的
形式得以廣泛傳播，內容與形式也得到了完美結合。1944年2月23日延安八

〔註14〕　文蔚：《憶晉綏七月劇社》，見王一民等：《山西革命根據地革命運動回憶錄》，
　　　　　轉引自孫曉忠：《當代文學中的「二流子」改造》，《文學評論》2010年第4期。
〔註15〕　〔美〕包瑞德等著，萬高潮等譯：《美軍觀察組在延安》，濟南：濟南出版社
　　　　　2006年版，第81頁。
〔註16〕　王建華：《鄉村社會改造中「公民塑造」的路徑研究——以陝甘寧邊區發展勞
　　　　　動英雄與改造二流子爲考察對象》，《江蘇社會科學》，2008年第4期。

大秧歌隊在楊家嶺會演後，周揚曾贊許道，勞動主題取得了在新藝術形式中的地位，可以說，勞動與藝術的關係構成了延安文藝實踐的突出貢獻，也為日後的共和國文藝的發展奠定了方向與基礎。通過新秧歌運動的文化實踐，延安的勞動政治得到了藝術的表達，廣場戲劇和平等的觀看結構成為平等政治在藝術上的反映。延安的文藝戰線與生產戰線一道，成為克服匱乏過程中新的創造。

1955 年 9 月到 11 月，薩特和波伏娃曾到中國進行了為期 45 天的訪問。1955 年 11 月 2 日，薩特在《人民日報》上發表了〈我對新中國的觀感〉一文。他在文中指出「人人為我，我為人人」的精神是一種深切的人道主義，「我非常欽佩在你們的國家裏，群眾不斷地影響自己，並且通過一種互相推動得到解放，這種互相推動不斷地使每一個人和大家都更加密切起來」〔註 17〕，由於共同的目標，在集體中的個人並不是完全被動的，而是自我決定（auto-determination）的。薩特也由此對自己的人道主義理念進行了反思。

然而，這種薩特意義上的深切的人道主義或真正的人道主義還是不能科學地認識世界。正如阿爾都塞所說：「真正人道主義自命是以實在對象為內容的人道主義，而不是以抽象對象或思辨對象為內容的人道主義，去社會和歷史當中尋找人道主義。然而通向實在的過程必須將人的概念替換為生產力、生產關係、生產方式、上層建築、意識形態等嶄新的概念。」〔註 18〕具體來說，在理解延安的匱乏困境及其超克之道時，僅僅有人道主義的關懷，或是經濟主義的視野是遠遠不夠的。「經濟壓倒政治」的二元論視角無力理解匱乏危機背後的真正根源與解決之道，只有真正對延安大生產運動和新秧歌運動等一系列政治文化實踐做出科學思考，才能理解延安道路的普遍性意義，從而理解其對馬克思主義理論「經濟基礎──上層建築」辯證關係的深化。延安的勞動政治與文化實踐直接發展了馬克思主義關於經濟基礎和上層建築關係的辯證思考，而毛澤東《矛盾論》在其間的創造性應用進一步促進了馬克思主義的中國化和中國共產黨的成熟。這些無疑都是具有普遍的辯證法意義的。

〔註17〕 秦悅主編：《薩特和波伏娃：對新中國的觀感》，上海：上海辭書出版社 2014 年版，第 10 頁。
〔註18〕 〔法〕阿爾都塞著，顧良譯：《保衛馬克思》，北京：商務印書館 2010 年版，第 234 頁。

主要參考文獻

1. 李書磊：《一九四二：走向民間》，濟南：山東教育出版社，2002。

2. 《毛澤東選集》，北京：人民出版社，1991。

3. 〔美〕斯塔爾著，曹志爲、王晴波譯：《毛澤東的政治哲學》，北京：中國人民大學出版社，2006。

4. 〔法〕阿爾都塞著，顧良譯：《保衛馬克思》，北京：商務印書館，2010。

5. 〔法〕讓‧保羅‧薩特著，林驤華等譯：《辯證理性批判》，合肥：安徽文藝出版社，1998。

6. 王一民等：《山西革命根據地革命運動回憶錄》，太原：北嶽文藝出版社，1988。

7. 〔美〕包瑞德等著，萬高潮等譯：《美軍觀察組在延安》，濟南：濟南出版社，2006。

8. 秦悅主編：《薩特和波伏娃：對新中國的觀感》，上海：上海辭書出版社，2014。

知識與革命：
被「誤讀」的〈甲申三百年祭〉

劉　奎

（廈門大學臺灣研究院）

　　按傳統的甲子紀年，一九四四年是甲申年，上距崇禎殉明三百年。時在陪都重慶的郭沫若寫下了一篇關於甲申年的文章〈甲申三百年祭〉（後文簡稱〈甲申〉，引文照錄），旋即引起軒然大波，不僅激發了學術論爭和政治論爭，而且還參與到了政黨政治文化的確立過程之中，毛澤東在解讀出李自成因驕傲而失敗的經驗教訓後，將其欽定爲整風文件，建國後的歷屆領導也將其作爲政治思想遺產而不斷加以強調，以至於它本身已生成了一個強有力的傳統，成了現代學術史和政治史上一個神話。

　　學界對〈甲申〉的研究已所在多有，但多從歷史學視野作史料考辨，或臧否郭沫若的研究方法或歷史結論。但對於這樣一個政治意義大於學術意義的文本，或許我們不僅要從學術內部對其進行分析，還需將其置於四十年代的學術、思想與政治的關係域中，探討它所具有的時代話題性與問題性，通過再歷史化的方式分析這個神話的語法結構，也就是意識形態工程是如何圍繞這個學術文本建造起來的。而在祛除這個文本的政治迷魅之後，我們還試圖從文本內部尋找研究者的主觀意圖，並將其置於四十年代的歷史情境中，考察其歷史想像的獨特性。

一、甲申年間說「甲申」

　　〈甲申〉本身已成傳奇，但它誕生時卻無異兆。文人本來就好發思古之

幽情，更何況是甲申年，這樣一個士大夫的憑弔已成傳統的時刻。周作人對此便深有感觸，1944 年初他就寫道，「甲申年又來到了。我們這麼說，好像是已經遇見過幾回甲申年似的，這當然不是。我也是這回才算遇見第二回的甲申年，雖然精密一點的算，須得等到民國三十四年，我才能那麼說，因為六十年前的今日我實在還沒有出世也。說到甲申，大家彷彿很是悶心，這是什麼緣故呢？崇禎十七年甲申是崇禎皇帝殉國明亡的那一年，至今恰是三百年了。這個意義之重大是不必說的」〔註1〕。知堂老可能是身在淪陷區的緣故，所以感受特別深，但身在大後方的鼎堂也是如此，他的文章不僅篇名「甲申三百年祭」讓人感慨，開篇更是如此：「甲申輪到他的第五個週期，今年是明朝滅亡的第三百週年紀念了。」〔註2〕看似平實的起筆，讀來卻不無波瀾，歷史循環的重壓尤其讓人感受甚深。祭奠甲申似乎是士大夫的一個心結。

但這個文本的產生也並非僅僅源於士大夫的文化傳統這麼簡單，而是一開始就有政黨力量的介入。1944 年（甲申年）初，重慶文化界曾在郭沫若家討論如何紀念明亡三百年的問題，熱衷南明史研究的柳亞子，被大家一致推舉為牽頭人。按他回憶是，「今年一月卅一日，受到於懷兄同月十六日從渝都發出的一封信，說道：『今年適值明亡三百年，我們打算紀念一下，沫若先生們都打算寫文章。昨天在郭先生家和一些朋友閒談，大家都一致認為你是南明史泰斗，紀念明亡，非你開炮不可』」〔註3〕。於懷是喬冠華的筆名，此時任中共黨刊《群眾》的主編，並主持《新華日報》「國際專欄」。皖南事變後，中共將國統區的鬥爭主要轉向文化領域，常通過節慶、紀念日與為名人做壽等方式開展文運工作〔註4〕。《群眾》每逢節慶都會組織紀念文章，甲申三百年這樣一個含義豐富的歷史時刻自然不會錯過；而柳亞子既有民主人士身份，有強烈的南明情懷，又在從事南明史研究，讓柳亞子打頭陣在情理之中。

然而，當柳亞子收到約稿信時，恰逢「神經衰弱病還很厲害，腦子像頑石一般，不能發生作用」，只好回信謝絕，打頭陣的任務也就落到了郭沫若身上。郭文於 3 月 10 日完稿，並將文章直接交給了中共南方局負責人董必武，

〔註1〕知堂：〈甲申懷古〉，《古今》，兩週年紀念號（1944 年 4 月 1 日），第 1 頁。
〔註2〕郭沫若：〈甲申三百年祭〉，《新華日報》第四版，1944 年 3 月 19 日。
〔註3〕柳亞子：〈紀念三百年前的甲申〉，《群眾》，第 9 卷第 7 期（1944 年 4 月 15 日）。
〔註4〕〈南方局關於文化運動工作向中央的報告（1942 年）〉，收入《南方局黨史資料・文化工作》，南方局黨史資料編輯小組編，重慶：重慶出版社，1990 年，第 13 頁。

由董轉交《新華日報》，從 3 月 19 日起分四期連載，這或許是《新華日報》有史以來刊載的最長的文章。《新華日報》也不是簡單連載，而是配合了其他相關文章一起刊載，這些文章具有引導、解釋甚至校正的作用。如郭文一開始流露出的對崇禎的同情，尤其是他將重點放在明朝政治弊端的積重難返以及自然災害方面，認為「崇禎的運氣也實在太壞」〔註5〕。相對而言，同期刊載的宗顧的〈三百年前〉則要直露得多，他認為「甲申三百年週年祭的意義本不是在於抒發思古之幽情而已的啊！」〔註6〕從而將重點從文人情懷轉到了甲申年的政治意義上，認為「這段歷史雖是整三百年前的事，但特別因為現在我們正掙脫出一次新的亡國危機，回味起來，是更能感受到新鮮的意義的」〔註7〕。

除了宗顧的文章，《新華日報》次日又附載了兩篇文章，一是舒蕪的〈在情理之上——讀史筆記〉，他對士大夫情懷作了更為直接的攻擊，他認為明代皇帝大多昏庸殘暴，士大夫卻仍念念不忘，是一種「奴隸習慣的殘餘」。該文主旨是「強者是可以拉下來，可論以常理而應於常情的」〔註8〕。與宗顧將文人情懷轉移到歷史經驗稍有不同，舒蕪是從士大夫情懷轉移到了革命實踐問題。另外一篇則以名詞解釋的形式出現，將明亡歸之於「明政權本身的腐敗」〔註9〕。

在〈甲申〉連載完不久，《新華日報》就登載了《群眾》即將推出「甲申三百年紀念專號」的廣告〔註10〕。由喬冠華組織的《群眾》「甲申紀念專號」於四月十五日推出，共收錄四篇文章：柳亞子的〈紀念三百年前的甲申〉、翦伯贊（署名商辛）的〈桃花扇底看南朝〉、魯西良的〈明末的政治風氣〉、寓曙的〈明末清初史學的時代意義〉。總體來看，這組文章的政治傾向雖然明顯，但都不失學術水準。如翦伯贊形容崇禎皇帝為「抱著『攘外安內』之『大志』」〔註11〕，不免是對蔣介石的譏刺，但他的文章整體上卻是對《桃花扇》的學術探討，因而這些文章引起的反響並不強烈。

〔註5〕 郭沫若：〈甲申三百年祭〉，《新華日報》第四版，1944 年 3 月 19 日。

〔註6〕 宗顧：〈三百年前〉，《新華日報》第四版，1944 年 3 月 19 日。

〔註7〕 宗顧：〈三百年前〉。

〔註8〕 舒蕪：〈在情理之上——讀史筆記〉，《新華日報》第四版，1944 年 3 月 20 日。

〔註9〕 〈甲申事變——明末亡國的歷史〉，《新華日報》第四版，1944 年 3 月 20 日。

〔註10〕《新華日報》第一版廣告，1944 年 4 月 17 日。

〔註11〕 商辛：〈桃花扇底看南朝〉，《群眾》，第 9 卷第 7 期（1944 年 4 月 15 日）。

　　然而，郭沫若的文章甫一發表，受到了當局的嚴厲批判。國民黨《中央日報》兩度以社論的形式批判〈甲申〉。第一篇是〈糾正一種思想〉於四月二十四日刊出，反應很及時，該文開篇就將郭著指斥為「鼓吹戰敗主義和亡國思想」〔註12〕。該社論實際上出自陶希聖之手〔註13〕。早在二十年代末的社會性質論戰中，二人就已有交鋒；而陶此時剛協助蔣介石完成《中國之命運》，不僅視中共為匪患，而且也為中國的「命運」勾勒一幅新圖景。《中央日報》的另一篇社論是〈論責任心〉，該文認為，那些將抗戰建國的中國，比擬為「宋末或明亡時代的中國」的人，是缺乏知識分子責任心的表現〔註14〕。除此之外，《商務日報》也以社論的形式點名批評〈甲申〉「散播戰敗思想」〔註15〕。聯繫到翌年淪陷區的刊物也轉載了郭沫若的這篇文章〔註16〕，那麼從國民政府的角度看，這種批判也並非無的放矢，或者說〈甲申〉確實存在解讀上的模糊地帶。

　　對來自國民黨的批判，郭沫若保持了沉默，陽翰笙曾數次詢問郭對《中央日報》社論有何意見，郭沫若都表示只好置之不理，「即使要答覆。也沒有地方登載得出來」〔註17〕。在學術與政治的較量中，郭沫若一開始就處於不利地位。

　　與國民黨的批判相反，共產黨方面卻給了〈甲申〉以極高的評價。但與「壽郭」和《屈原》劇運不同，這次出面的不是中共南方局，而是延安的毛澤東。在1944年4月12日的延安高級幹部會議，也是為中共七大做準備的會議上，毛澤東指出：「近日我們印了郭沫若論李自成的文章，也是叫同志們引為鑒戒，不要重犯勝利時驕傲的錯誤。」〔註18〕毛澤東之所以強調「驕傲」的問題，與他的整風思路相承，同時也與他對時局的判斷有關。

　　整風運動初期，主要針對的是「教條主義」，也就是王明等有留蘇經歷的派系，後期則轉向整頓「經驗主義」，這主要是那些在實際革命鬥爭中較有經驗，且具有較高威望的人，如周恩來、彭德懷等。在〈學習與時局〉中，毛

〔註12〕　〈糾正一種思想〉，《中央日報》第二版社論，1944年3月24日。
〔註13〕　陶希聖：《潮流與點滴》，臺北：傳記文學出版社，1979年，第217頁。
〔註14〕　〈論責任心〉，《中央日報》社論，1944年4月13日。
〔註15〕　〈論赫爾的名言〉，《商務日報》社論，1944年4月1日。
〔註16〕　鼎堂：〈甲申三百年祭〉，《文史》，復刊第3期（1945年7月28日）。
〔註17〕　陽翰笙1944年3月26日、4月2日日記，《陽翰笙日記選》，成都：四川文藝出版社，1985年，第254、255頁。
〔註18〕　毛澤東：〈學習與時局〉，《毛澤東選集》第3卷，北京：人民出版社，1991年，第948頁。

澤東依然還在強調深入「進行整風學習」，克服「教條主義和經驗主義思想形態的殘餘」〔註19〕，試圖將整風運動深入到其他根據地。毛澤東對時局的判斷，則基於「軸心國」的失敗已成定局的國際局勢，而中共則積極準備搶佔大城市和交通要道，並「學習好如何管理大城市的工商業和交通機關」〔註20〕。鑒於這些因素，毛澤東將〈甲申〉列爲整風文件，目的既是煞根據地那些富有鬥爭經驗的將領的威風，也是爲佔領城市作思想準備。

在毛澤東講話之後，《解放日報》很快予以跟進，於4月18日、19日全文轉載了〈甲申〉，並加了編者按。按語針對的是《中央日報》的社論，爲郭沫若洗清「亡國思想」的嫌疑，同時也將注意的焦點投在李自成身上：「在這篇論文裏，郭先生根據確鑿的史實，分析了明朝滅亡的社會原因，把明思宗的統治與當時農民起義的主將李自成的始末作了對照的敘述和客觀的評述——還給他們一個本來面目。」〔註21〕無論是強調郭沫若的「愛國愛民族的熱情」，還是強調李自成的抗清事跡，都是在《中央日報》的邏輯之內，從民族大義的角度爲〈甲申〉尋求合法性，這是抗戰時期將〈甲申〉作爲中共文件所必需的大前提。6月7日，中共中宣部和總政治部聯合發出〈通知〉，將郭沫若的〈甲申〉與蘇聯高涅楚克的劇本《前線》作爲學習文件，並由新華社全文廣播，該通知進一步細化了學習〈甲申〉的內容：

> 郭文指出李自成之敗在於進北京後，忽略敵人，不講政策，脫離群眾，妄殺幹部，「紛紛然，昏昏然，大家都像以爲天下就已經太平了一樣」，實爲明末農民革命留給我們的一大教訓。〔註22〕

〈通知〉還進一步要求各地「將兩書翻印，在幹部中散發，展開討論，其不能讀者並予幫助解釋」；同時強調「在鞏固的根據地，如有條件，並可將《前線》上演，以達幹部們深刻瞭解與警覺之目的」〔註23〕。這是將延安的整風

〔註19〕 毛澤東：〈學習與時局〉，《毛澤東選集》第3卷，第940頁。

〔註20〕 毛澤東：〈學習與時局〉，《毛澤東選集》第3卷，第945～946頁。

〔註21〕 〈甲申三百年祭・編者按〉，《解放日報》，1944年4月18日。

〔註22〕 中央宣傳部 總政治部：〈關於學習〈甲申三百年祭〉的通知〉，收入郭沫若紀念館 中國郭沫若研究會 四川郭沫若研究學會編：《〈甲申三百年祭〉風雨六十年》，北京：人民出版社，2005年，第92～93頁。按，該題爲編者所加，原載蘇中出版社1944年版《甲申三百年祭》，筆者未找到該版本，該文亦未收入《中共中央文獻選編》。

〔註23〕 中央宣傳部 總政治部：〈關於學習〈甲申三百年祭〉的通知〉，《〈甲申三百年祭〉風雨六十年》，第93頁。

運動深入到各根據地的具體舉措之一。作爲學習文件，〈甲申〉的印量不知幾何，據根據地工作人員回憶，「華中新華書店鉛印了幾千本不夠用，各地還油印了上萬冊，使參加整風學習的幹部、黨員，基本上達到了人手一本」〔註24〕。整風學習要做學習筆記，並且要交領導審查，從當時學員的筆記來看，他們理解的重點也都是〈學習和時局〉與〈通知〉所強調的思想改造。如當時三師七旅二十二團宣傳副科長曹醒群的筆記就是這樣記的：「劉宗敏思想，在我身上有很嚴重的反應，自以爲進過抗大，在一一五師當過戰士，就目空一切，誰也看不起……要是大家都像我，還成個什麼革命隊伍，也不會有比李自成更好的下場。」〔註25〕另一位宣傳大隊分隊長劉德才也在筆記中寫道：「我們現在還沒有進城，但是已經被城裏的花花世界迷了眼，總想吃得好一點，穿得好一點，還要打扮打扮，怕人家說自己土氣；要是進了城，還能不被金錢、美女俘虜了去嗎？李自成起義軍的悲慘下場，眞該我們警惕啊！」〔註26〕這基本上都是按照毛澤東的整風思路和時局判斷來理解〈甲申〉的。

解放區除了大量印行〈甲申〉單行本外，還產生了一系列的衍生文本，這包括阿英據〈甲申〉改編的話劇《李闖王》〔註27〕，由吳天石、夏徵農和西蒙改編的五幕劇《甲申記》〔註28〕，擊楫詞人也就是國民革命時期郭沫若的老戰友李一氓，則將其改編爲二十五場平劇《九宮山》〔註29〕。這些劇本都產生於整風運動期間，不僅在華南、華東地區上演，後來還曾在東北地區上演，劇本先後都經新華書店出版。

由此可以看出，解放區對〈甲申〉的徵用，是一個逐漸「脫域」的過程，基本上是從毛澤東的問題意識出發，在針對經驗主義的整風運動中，以及在中共即將從農村包圍城市的時勢判斷下確立起來的。也就是說，毛澤東的解讀其實是非政治的，只是將〈甲申〉作爲一種「格言」來加以利用。但正是毛澤東斷章取義式的讀解，成爲解放後人們閱讀〈甲申〉的前理解，甚至是經典解讀。

〔註24〕 曹晉傑 朱步樓 陰署吾：〈《甲申三百年祭》在鹽阜等老解放區的影響〉，《郭沫若研究學會會刊》，第 2 集，1983 年 11 月。
〔註25〕 曹晉傑 朱步樓 陰署吾：〈《甲申三百年祭》在鹽阜等老解放區的影響〉。
〔註26〕 曹晉傑 朱步樓 陰署吾：〈《甲申三百年祭》在鹽阜等老解放區的影響〉。
〔註27〕 阿英：《李闖王》，無錫：蘇南新華書店，1949 年。
〔註28〕 吳天石 夏徵農 西蒙：《甲申記》，上海：新華書店：1950 年。
〔註29〕 擊楫詞人：《九宮山》，無錫：蘇南新華書店，1949 年。

二、〈甲申〉的政治性

對毛澤東敘事語法的考察及其流變，爲我們重新回到歷史時刻提供了可能。毛只是在自己的問題域中，對郭沫若的一個脫離上下文的徵引，對他來說，問題的中心不在郭的歷史研究，而是當時的文化與政治鬥爭形勢。那麼在四十年代的語境中，〈甲申〉的政治性到底是什麼？它爲何會引起知識分子和各政黨的廣泛關注？要探討這個問題，需要回到〈甲申〉文本以及它的生產和發表語境。

正如前文所說，紀念甲申部分地是源自士大夫的文化情結，與南渡思往事一樣，民國士大夫也有南明情結。如柳亞子即爲典型，而郭沫若的話劇題材也正逐漸轉向南明，在寫〈甲申〉之前，他已完成的《南冠草》正是以明末詩人夏完淳爲原型。然而，在當時的情形中，士大夫情結雖爲紀念甲申提供了思古的情感動力，但它並不構成甲申的問題性，這一點「托派」葉青在批判郭沫若時說得尤爲清楚：

> 明末大亂造成明亡，從君主政治上說，沒有特殊的意義。它與歷史上很多王朝底滅亡相同。因此，就說明末大亂全由崇禎負責，那亦不過表明他對於明朝來說是一亡國之君，是一不肖子孫而已。這對於我們今日來說，即站在潮流已爲民主的世界，和國體已爲共和的中國來說，有什麼不合不是之處嗎？一點兒也沒有。那麼〈甲申三百年祭〉就毫無必要了。所以郭沫若底悼念甲申，其用意當不在於明亡之一點。〔註30〕

在葉青看來，士大夫式的悼亡在共和制的語境中不會帶來新的政治性，這其實就從根本上否定了紀念甲申的意義。既然甲申本身不具有政治的生產性，知識分子的關注點便只能是隱喻式的對位思考，從結構的意義上把握歷史的教訓。甲申又恰好提供了這種可能，它的特殊性在於，較之其他危機時刻的歷史經驗，它與抗戰時期的權力格局更爲相似：即明王朝不單要面對外族的入侵，更重要的是農民運動的內憂，這就形成了一個權力的三角關係；這與抗戰時期的權力格局極爲相似，連農民運動的根據地都同在陝西地區〔註31〕。因

〔註30〕 葉青：〈郭沫若〈甲申三百年祭〉平議〉，《關於〈甲申三百年祭〉及其他》，重慶：獨立出版社，1944 年 8 月，第 13～14 頁。

〔註31〕 葉青在〈郭沫若〈甲申三百年祭〉平議〉一文結尾處就指出：「日寇大兵壓境，政府竭力抗戰已將滿七年，陝北自稱『農民運動領袖』的人必須懸崖勒馬，以促成真正的意志集中，力量集中，切勿口是心非，致蹈明末陝北農民運動

此，這極容易建立起一種對位的歷史敘事，郭沫若也自覺地建立了這樣一個結構，如在確認紀念甲申的必要性時，他就認爲：

> 然而甲申年總不失爲一個值得紀念的歷史年。規模宏大而經歷長久的農民運動，在這一年使明朝最專制的王權統治崩潰了，而由於種種的錯誤卻不幸換了異族的入主，人民的血淚更潛流了二百六十餘年。這無論怎樣說也是值得我們回味的事。〔註32〕

專制王權、農民運動與異族入侵，構成了郭沫若甲申敘事中的三個支點，而他的歷史判斷是農民運動推翻了專制王權，這就爲被史家視爲「流寇」的農民運動翻了案。但甲申的複雜性在於，與陳勝、吳廣或太平天國不同，它還帶有民族主義的維度，因而必然涉及歷史責任的問題，對此郭沫若的看法是，「從民族的立場上來說，崇禎帝和牛金星所犯的過失最大，他們都可以說是兩位民族的罪人」〔註33〕。郭沫若很大程度上沿襲了舊說，既強調明亡的原因在於明王朝的腐敗，同時讓農民運動也分擔部分責任。

其實最先對此做出反應的並非國民黨，而是中共一方。《新華日報》在連載〈甲申〉時所配合刊載的文章，其觀點就與郭沫若有差異，集中於明亡的原因到底是內憂還是外患的區別。如在宗顧的敘述中，明王朝是將「封建主義的一切特質」「都表現到了最高度」，農民起義也是在封建勢力投降派如吳三桂和洪承疇勾結外族剿滅的〔註34〕；另一篇則認爲農民起義和外族入侵都是明朝的腐敗造成的，因此，「問題只是起義的農民和入侵的滿清，誰先到北京。結果是李自成搶了先」〔註35〕。這篇未署名的文章可算作《新華日報》編者的觀點，那麼，在中共的歷史對位結構中，歷史責任就全落在了明王朝的腐敗這一內部因素上。鑒於郭沫若與他們之間的分歧，在隨後由野草書店出版的〈甲申〉單行本中，他們不僅將《解放日報》的編者按作爲前言，並附上了《新華日報》上配合登載的三篇文章；同時，還附加了一篇〈本文大意〉，將文章分爲三部分，其一是「說明明朝末年，政治腐敗，災荒嚴重，崇禎皇帝，剛愎自用，刻薄自私，不能採納正確意見，不肯改良內政，而一味

　　領袖之覆轍，害國家，害自己，徒作民族的罪人！」（葉青：〈郭沫若〈甲申三百年祭〉平議〉，《關於〈甲申三百年祭〉及其他》，重慶：獨立出版社，1944年8月，第22頁）。

〔註32〕郭沫若：〈甲申三百年祭〉，《新華日報》第四版，1944年3月19日。
〔註33〕郭沫若：〈甲申三百年祭〉。
〔註34〕宗顧：〈三百年前〉，《新華日報》第四版，1944年3月19日。
〔註35〕〈甲申事變——明末亡國的歷史〉，《新華日報》第四版，1944年3月20日。

說漂亮話騙人，結果引起民變，弄出亡國之禍」〔註36〕，側重的是內憂，而且是明王朝自身的政治弊病；而對李自成的總結則是：「李自成佔領北京之後，不聽李岩的主張，而被勝利衝昏頭腦、忽略敵人、不講政策，脫離群眾，妄殺幹部，最後終於失敗。」〔註37〕與毛澤東一致，把李自成的經驗看作革命內部的經驗和教訓。

國民黨的社論也是從明亡的歷史責任出發，但重點是民族主義，故認爲歷史的教訓是「內憂外患互爲策應，每每演成亡國的慘劇」〔註38〕，既強調外患，也強調內憂，但內憂是指農民起義。這與其說是針對郭沫若，不如說是在批判延安。由此也可看出，政黨介入後，歷史責任問題的實質其實是中共存在的合法性問題，對於歷史研究來說則是如何評價農民運動的政治性問題。在正史中農民運動向來被視爲匪徒、流寇，帶來的是生產的破壞，毫無建設性可言。現代不少知識分子也持此看法，如錢穆依舊以「流寇」稱李自成〔註39〕，葉青則從制度建設的層面揭示農民運動不會帶來任何新的政治因素，談不上制度創新。他認爲農民運動，「由於農民底生活條件之決定，除開封建割據和君主專制外，不能產生任何新的制度。農民運動底結果。不是分裂國家釀成混亂，就是推翻一王朝後又建立一王朝。中國底歷史全可作爲證明」〔註40〕。實際上馬克思也認爲小農經濟缺乏眞正的集體意識，馬克思視野中農民與革命之間的這種距離，也被《中央日報》的社論作爲反駁郭沫若的理論依據。

但對於中共來說，爲農民運動正名正是建構其歷史合法性的方式，這從毛澤東確立由農村包圍城市的戰略時起，便是中共意識形態建構的一個重要組成部分。四十年代，太平天國運動已得到較多學者的關注，有的地方還修建了紀念堂，如廣西桂平的太平天國紀念堂便於1944年4月1日正式開放〔註41〕，

〔註36〕 〈本文大意〉，《甲申三百年祭》，北平：野草出版社，1946年，第29頁。按，馬榕認爲〈本文大意〉是到1949年的人民出版社版才增加的，（馬榕：〈《甲申三百年祭》：一篇史學長文的政治意義〉，〈中華讀書報・文化週刊〉，2012年7月4日），但據筆者所見的野草版（北平版）已經該附錄。

〔註37〕 〈本文大意〉，《甲申三百年祭》，北平：野草出版社，1946年，第29頁。

〔註38〕 〈糾正一種思想〉，《中央日報》第二版社論，1944年3月24日。

〔註39〕 錢穆：《國史大綱》（下冊），上海：商務印書館，1947年，第590頁。

〔註40〕 葉青：〈郭沫若〈甲申三百年祭〉平議〉，《關於〈甲申三百年祭〉及其他》，重慶：獨立出版社，1944年，第20頁。

〔註41〕 《新華日報》第二版「要聞簡報」欄，1944年4月4日。

並於 4 月 8 日舉行盛大開幕式，學者羅爾剛、梁岵廬作了報告，而且還上演話劇《忠王李秀成》〔註 42〕。除了建築與儀式之外，重慶地區的左翼文化工作者還寫有相關的話劇，如陽翰笙的《天國春秋》；史學家的關注更多，身在延安的范文瀾就寫有《太平天國革命運動》，郭沫若也與此有關。

郭沫若在收到延安發行的〈甲申〉單行本後，曾致信毛澤東予以感謝。毛澤東在回信中說：「你的〈甲申三百年祭〉，我們把它當做整風文件看待。小勝即驕傲，大勝更驕傲，一次又一次吃虧，如何避免此種毛病，實在值得注意。倘能經過大手筆寫一篇太平軍經驗，會是很有益的；但不敢作正式提議，恐怕太累你。」〔註 43〕雖然郭沫若後來並未寫太平軍經驗方面的著作，但他與毛澤東的歷史意識和鬥爭策略無疑心有靈犀，他此前的翻案文章就多循此思路展開。不過，左翼知識分子對太平天國的翻案，很大程度上還是利用了民族主義話語，太平天國雖然是造反，但既然反叛的對象是滿清，也就獲得了漢族士大夫的部分認可。但甲申故事不同，李自成所針對的主要是大明王朝，這難免使農民運動合法性議題複雜化了，而成爲政黨政治角逐的舞臺。

明亡歷史責任的內憂是農民起義，還是政治弊端的問題，對國共兩黨來說，是借助民族主義話語爭正統；但對於知識分子來說，則意味著立場問題，背後關聯的則是如何建國的問題。指出這一點的，首先是《中央日報》的社論。在批判郭沫若時，社論直接將民族意識轉化爲立場問題，「假如他期待內憂的發展，期待外患煎逼，以發泄他一腹牢騷，不是居心難問，就是時代錯誤」〔註 44〕。之所以說是個立場問題，主要是鑒於此時民族問題的退場，這與 1944 年的時局和時代問題的轉變有關。翻看 1944 年的報刊，我們會發現，與前兩年因國共黨爭而造成的沉寂不同，該年知識界又再度活躍了起來，大量的文章在討論民主建國問題。這與 1944 年的國際形勢有關，隨著 1943 年 11 月蘇美英三國首腦在德黑蘭會議中確定次年開闢第二戰場，以及同月中美英三國元首會晤開羅，並於 1943 年 12 月 1 日發表〈開羅宣言〉，確立了戰後對日本的處置問題，這意味著日本的戰敗已只

〔註42〕〈桂平太平天國紀念堂在黃花節舉行開幕，籌備會招待遊金田村遺跡〉，《新華日報》第二版，1944 年 4 月 10 日。

〔註43〕毛澤東：〈致郭沫若〉，《毛澤東書信選集》，北京：人民出版社，1983 年，第241 頁。

〔註44〕〈糾正一種思想〉，《中央日報》第二版社論，1944 年 3 月 24 日。

是時間問題。因此，知識分子的關注點又重新轉向中國向何處去這個問題，具體則包括民主建國和實施憲政等方面。因而，民族主義此時並不是知識分子關注的首要對象，因而，對他們來說，甲申民族主義維度的重要性，逐漸讓位於選擇何種政治前景的問題。而政黨實際上都已描繪出了各自的政治想像，延安是「新民主主義」，重慶則是「中國之命運」。如果從當時的執政黨國民黨的角度出發，知識分子的建國問題實際上連立場問題都不存在，正如國民黨《中央日報》社論〈論責任心〉所強調的，「一個人要談政治，就要先把自己擱在裏面」〔註 45〕，並且認爲在前方戰士和後方生產者都在爲抗戰建國奮鬥之際，「何地何時容許一個知識分子作無責任的旁觀與清談？何地何時更容許一個知識分子發無責任的怨望和牢騷？我們要求他把自己擱在國家和民族乃至於政治的裏面，油然發生一份責任心」〔註 46〕。對清談與旁觀的否定，實際上是否定了其他選擇的可能性。但在建國後的歷史敘述中，郭沫若等國統區的左翼知識分子的歷史選擇又完全是倒向延安一邊。在政黨政治的這種二元敘事中，郭沫若這些國統區的知識分子並沒有多大的選擇空間。但實際情形似乎又不完全如此，如〈甲申〉的批判者葉青，他便從兩個層面澄清了他的立場：從「政治的立場」上來說，「是同情李自成的」；但「從民族立場」上來說，則「不同情李自成」。從中不難感受到民族與建國問題在遇到政黨問題時的複雜性。那麼，對於無論從民族還是政治立場出發，都同情李自成的郭沫若來說，他是否已完成歷史選擇了呢？從某種程度上說，他可能確實不存在立場上的矛盾，但立場的選擇並不能完全決定革命的道路與方式。

三、「李岩，我對他有無限的同情」

無論是毛澤東從自身問題域中對〈甲申〉的引用，還是國共之爭中關於甲申的論辯，正如上文的分析，其實都未深入〈甲申〉文本；而郭沫若在經歷〈甲申〉事件之後，也並未就此事申辯。這些因素共同促成了關於〈甲申〉的歷史敘事，但在釐清這個神話的語法結構之後，也爲我們提供了回到歷史時刻之不確定性的可能。這種對〈甲申〉的祛魅工作，學界已有相關成果，如臺灣學者潘光哲就從「〈甲申〉問世的政治脈絡」、「郭沫若寫作的心路歷程」

〔註 45〕 〈論責任心〉，《中央日報》社論，1944 年 4 月 13 日。
〔註 46〕 〈論責任心〉。

及〈甲申〉所激起的社會反響等方面，作了翔實的考論〔註 47〕。然而，郭沫若之所以創作〈甲申〉，可能並不僅僅是聽將令或「將歷史題材戲劇化」的興趣，而是有他的現實關懷和歷史意識，這除了政黨政治以外，還有他對革命的歷史走向、知識分子與革命之間的關係等問題的思考。

國共關於〈甲申〉的爭議都是從社會與政治權力結構出發的，因此，他們注重的是甲申與當下的權力對位結構，而不是歷史人物。正如葉青所說，「而且我底意思還不注重在人物方面，因爲那是很明白的。我以爲應注重故事方面，我們要從這方面來考察他對於現實的認識和主張」〔註 48〕。但郭沫若此時的研究恰恰更注重人物。

作爲學者的郭沫若，其研究對象在抗戰時期發生了一些較爲顯著的變化，這就是從蟄居日本時期的甲骨文研究，轉向了歷史人物研究。這除了《十批判書》中對先秦諸子研究，及與話劇《屈原》《高漸離》等相關的人物研究以外，還包括對秦漢以來諸多歷史人物——如詩人曹植、音樂家萬寶常、政治家王安石等人的關注。而創作於 1944 年的〈甲申三百年祭〉，則與〈論曹植〉〈隋代大音樂家——萬寶常〉等一起收入《歷史人物》研究一書，可見，對於郭沫若來說，他研究的雖然是三百年前的明亡故實，但興趣的著眼點則可能是歷史人物。郭沫若對歷史人物的關注，與另一位左翼史學家翦伯贊對他的批評有關。抗戰初期，翦伯贊曾從「客觀條件與主觀創造」的雙重視角，對中國早期的唯物史觀和社會經濟學的方法有所批評，認爲「郭沫若呂振羽都閉口不談個人，這至少是過於偏重了歷史之經濟的動因，而忽視了歷史之主觀的創造的動因」〔註 49〕。而重慶時期翦伯贊與郭沫若過從甚密，雖然這可能不是影響郭沫若的決定性因素，但抗戰時期郭沫若的研究對象確實較爲側重歷史人物。

〔註47〕 潘光哲：〈郭沫若與〈甲申三百年祭〉〉，《中央研究院近代史研究所集刊》，第 30 期，1998 年 12 月。另外大陸學界也作了大量的資料輯錄工作，如由郭沫若紀念館、中國郭沫若研究會和四川郭沫若研究學會聯合整理的《〈甲申三百年祭〉風雨六十年》就幾乎彙括了〈甲申三百年祭〉發表、評價、傳播與學術爭議等方面的資料；另外還有明新勝編的《以史爲鑒——〈甲申三百年祭〉相關文獻彙編》（淅川縣史志研究室，2004 年）等資料。

〔註48〕 葉青：〈郭沫若〈甲申三百年祭〉平議〉，《關於〈甲申三百年祭〉及其他》，重慶：獨立出版社，1944 年 8 月，第 22 頁。

〔註49〕 翦伯贊：《歷史哲學教程》，生活書店，1938 年，第 119 頁。

　　郭沫若的人物研究往往寄寓著自己的政治意識，如屈原的愛國而不見
用、曹丕的文武之才、王安石的經世治國，尤其是他的變法，以及隋代音樂
家萬寶常的藝術抱負與尊嚴等，都與郭沫若自身的政治際遇和政治抱負相
關。〈甲申〉也是如此，不過，該文中他的重點並非李自成，而是李岩。

　　關於李岩，郭沫若在《歷史人物》的序言中曾一再提醒讀者：「關於李岩，
我們對他的重要性實在還敘述得不夠」；對於別人根據〈甲申〉改編的劇本，
他也有所不滿：「不過我還有一種希望，我們應該把注意力的焦點，多放在李
岩的悲劇上。這個人我們不要看他只是一位公子哥兒的讀書人，而是應該把
他看成人民思想的體驗者、實踐者。雖然關於他的資料已經遭了湮滅，在思
想史上也應該有他的卓越的地位的」〔註 50〕。而從〈甲申〉內容著眼，李岩
的事跡也佔了全書一半左右的篇幅，這一點歷史學者早已指出，「當分析到李
自成在『作風上也來了一個劃時期的改變』時，郭沫若傾注了相當濃厚的情
感來讚揚李岩的參加農民軍。整篇文章差不多有一半是論述李岩其人、其事，
並兼而對照牛金星、宋獻策，徵引史籍也最多。《明史》相關傳記、《明亡述
略》、《烈皇小識》、《明季北略》以及《剿闖小史》、《甲申傳信錄》、《芝龕記》
等，反覆比勘、對照」〔註 51〕。然而，建國以來的史家爭論的重點並不是郭
沫若如何看待李岩，而是李岩這個人物是否存在的問題，進而質疑郭沫若學
術研究的嚴謹性。李岩是否存在的問題本來就是一大學術公案，從清代開始
兩種觀點便各有所據，互不相讓，一時難以釐清。但與這個問題同樣重要的，
是郭沫若為何如此重視李岩？問題的關鍵或許還在於，他所說的李岩是「人
民思想的體驗者、實踐者」這句話的具體內涵，這對於理解郭沫若的政治立
場、社會實踐和他對革命前景與方法的設想有何意義？

　　在寫作《孔雀膽》之後，周恩來曾對郭沫若有委婉的批評。在周恩來看
來，《孔雀膽》的政治性無法與《屈原》相媲美。郭沫若對此並不否認，因
為他創作《孔雀膽》的初衷，是出於對阿蓋公主這個人物的同情。李岩很大
程度上正是郭沫若這種個人意識的延續。郭沫若之寫作〈甲申〉，並不僅僅
是因左翼文化人紀念甲申的政治需要而趕寫的應景文章，實際上，他是從歷
史劇創作素材的角度關注甲申的：「在這前後，（1944 年 1 月——引者按）我

〔註50〕 郭沫若：〈我的歷史研究——序〈歷史人物〉〉，《大學》第 6 卷第 3、4 期合刊
　　　　（1947 年 8 月 20 日）。
〔註51〕 謝寶成：〈還其本來面目——重讀〈甲申三百年祭〉〉，《郭沫若研究》第 12 輯，
　　　　文化藝術出版社，1998 年，第 30 頁。

以偶然的機會得以讀到清初的禁書《剿闖小史》的古抄本。明末農民革命的史實以莫大的力量引起了我們的注意。恰逢這一年又是甲申年，是明朝滅亡的三百週年紀念。我的史劇創作欲又有些蠢動了。」〔註 52〕他關注的重心也並非農民運動，而是關於李岩的傳奇故事：「我想把李岩與紅娘子搬上舞臺。」〔註 53〕關於紅娘子的傳說，郭沫若在〈甲申〉中對紅娘子的故事的流傳版本曾有所稽考，認爲是「極好的小說材料」〔註 54〕。對歷史題材戲劇化的興趣，可以看出他進入這個研究領域的某種個人化的視角，而與這種創作興趣同樣重要的，是他對李岩的政治性評價。

　　在郭沫若看來，李岩政治實踐的有效性在於，他將農民運動由單純的造反引入了制度建設：「有了他的入夥，明末的農民運動才走上了正軌。」〔註 55〕對知識分子革命作用的這種評價，在解放後曾遭致批評，如六十年代姚雪垠就認爲「且不說不應該把一代波瀾壯闊的階級鬥爭和農民戰爭的發展歸功於一個大地主大官僚家庭出身的知識分子的作用，更不用說從現存許多文獻資料的綜合分析中得不出這個結論，我們只談一個較簡單的問題，過份強調個人的作用就沒法說通。」〔註 56〕建國後學界的這些責難，正表明郭沫若四十年代對知識人如何參與歷史的不同想像，在郭沫若的敘述中，李自成的從失敗轉向成功主要有兩個原因：一是天災所促成的大批災民，造反的群眾爲他提供了人力基礎；另一方面則是他作風上「也來了一個劃時期的改變」，這個改變正是因爲有了知識分子的加入，「勢力的轉變固由於多數饑民之參加，而作風的轉變在各種史籍上是認爲由於一位『杞縣舉人李信』的參加。」〔註 57〕李信入夥後改名李岩。李岩的加入之所以能改變李自成的作風，既在於他爲李自成出謀劃策，並作文字宣傳，更爲重要的是因爲李岩的觸發，有更多的知識分子加入李自成的隊伍，這樣才能「設官分治，守土不流」，從流寇轉而建設政權，「氣象便迥然不同了」〔註 58〕。郭沫若爲知識分子參與革命提供一

〔註 52〕 郭沫若：〈我怎樣寫〈青銅時代〉與〈十批判書〉〉，《民主與科學》，第 1 卷第 5、6 期，1945 年。
〔註 53〕 郭沫若：〈我怎樣寫〈青銅時代〉與〈十批判書〉〉。
〔註 54〕 郭沫若：〈甲申三百年祭〉，《新華日報》第四版，1944 年 3 月 20 日。
〔註 55〕 郭沫若：〈甲申三百年祭〉。
〔註 56〕 姚雪垠：〈給〈羊城晚報〉編輯同志〉，《關於長篇歷史小説〈李自成〉》，上海：上海文藝出版社，1979 年，第 137 頁。
〔註 57〕 郭沫若：〈甲申三百年祭〉。
〔註 58〕 郭沫若：〈甲申三百年祭〉。

個極爲大膽的設想，這較之二十年代中後期革命文學論爭中所討論的知識分子爲革命的「同路人」模式，李岩的意義在於，他試圖以知識改變革命的性質和走向。郭沫若所描述的知識分子與革命道路之間的這種關係模式，與毛澤東彼時所設想並付諸實踐的對知識分子的改造也截然不同。可見抗戰末期郭沫若的歷史設想，既不同於國民黨爲中國所劃定的「命運」，與延安的道路也有一定的分歧。從這個角度，我們可以進一步理解郭沫若，及其他國統區知識分子革命理想與方法的獨異性。

此外，對於知識分子與革命者之間的關係，郭沫若通過李岩與李自成的經驗，也勾勒一種理想模式。這首先是知識分子對革命者和革命隊伍的選擇，李岩當時選擇了李自成而不是張獻忠等其他起義軍，在郭沫若看來這不僅是地理的因素，而是有點「雲龍風虎」的作用。也就是說，李自成與李岩在理想上有一致性，而且能相互爲用，「兩人都有知人之明，在岩要算是明珠並非暗投，在自成卻眞乃如魚得水」〔註 59〕。在郭沫若看來，李岩既擔任了儒家「王者師」的角色，爲李自成進行制度設計，並提供道統上的支持，同時，李岩也通過李自成而實現了「平天下」的功業抱負。還需注意的是，李岩與李自成之間又具有相對的獨立性，從而保持了各自的尊嚴。這表明，此時郭沫若對知識分子參與革命的方式的想像，屬雜了他的儒家事功與實踐的意識，也有傳統士大夫的際遇思想，更有現代知識分子所強調的獨立與尊嚴。在重慶時期，周恩來的禮賢下士確實讓很多知識分子有知遇之感〔註 60〕，而同在政治部工作期間，郭沫若與周恩來雖爲上下級，但實爲友朋關係，而寫作〈甲申〉之後，無論是中共將其列爲整風文件，還是毛澤東的來信，或許讓郭沫若也難免產生風雲際會之想。

但無論是中共對〈甲申〉的徵用方式，還是革命的實際走向，都表明郭沫若的設計是知識分子的一廂情願。不過後來他還是試圖重新傳達〈甲申〉被遮蔽的一面。爲此，次年他寫了〈關於李岩〉一文，不僅補充了李岩與紅娘子的材料，並聲言要把李岩和紅娘子寫成劇本；同時他也坦承「特別關於李岩，我對於他有無限的同情」〔註 61〕。並且認爲，李岩之參加起義，並非

〔註 59〕 郭沫若：〈甲申三百年祭〉，《新華日報》第四版，1944 年 3 月 20 日。
〔註 60〕 許滌新：〈對南方局統戰工作的回憶〉，《重慶文史資料》，第 18 輯，中國人民政治協商會議四川省重慶市委員會文史資料研究委員會編，1983 年，第 76～85 頁。
〔註 61〕 郭沫若：〈關於李岩〉，《清明》創刊號，1946 年。

單出於現實原因，而是思想上已有準備。該文也收入《歷史人物》一書。即便如此，在毛澤東的李自成經驗、左翼歷史學者對農民起義合法性的探究中，李岩這個知識分子的悲劇命運始終是被遮蔽的，而他偶而引起學界關注的原因，也並非是他的政治寓意，而是他的階級屬性問題。因此，郭沫若對於知識分子參與革命的想像，也像李岩的存在一樣，先是被其他敘述遮蔽，之後更成了不切實際的幻想。

從郭沫若寫作〈甲申〉的初衷與政黨對〈甲申〉的闡釋，則可發現他們彼此之間問題意識的差異。當郭沫若還在思考知識分子如何改造革命的問題時，政治卻正在著手改造知識分子，而且將〈甲申〉作爲整風文件，作爲知識分子自我改造的文本。但即便是面對這個充滿爭議的文件，受眾對它的理解也幾乎一致，都以李自成的驕傲自戒，而它內含的傳奇美學、知識分子的革命情懷、知識分子對於農民起義者的優越感，以及要通過知識和制度改造革命的理想，都被忽略了。這不僅是學術與政治之間的差異、郭沫若的詩人氣質與職業革命者之間的不同，更爲重要的是，大後方知識分子此時所面對的問題與解放區並不相同，這種差異是解放後知識分子問題進一步突顯的原因。

餘　論

一向被視爲保守者的錢穆，在四十年代對新史學有個評價。他先將中國近代史學分爲傳統、革新與科學三派，傳統派也就是「記誦派」，偏材料，重博洽；科學派則承胡適所提倡的「以科學方法整理國故」的潮流而起，大多爲現代的學院派專家，該派與傳統派一樣重材料，但也重新方法。但錢穆二者皆不取，他認爲：「二派之治史，同於缺乏系統，無意義，乃純爲一種書本文字之學，與當身現實無預」〔註62〕。而由「急於功業、有志革新」之士倡於清季的革新派則不同，「其治史爲有意義，能具系統，能努力使史學與當身現實相縮合，能求把握全史，能時時注意及於自己民族國家已往文化成績之評價」〔註63〕。因此，革新派史學往往能「不脛而走，風靡全國」，產生巨大的社會能量。不過，他對革新派史學在材料方面的不足感到遺憾，又對革新派史學對傳統的破壞有所顧忌。因此，錢穆選擇了折衷的方式，即「以記誦、

〔註62〕錢穆：《國史大綱・引論》，上海：商務印書館，1947年，第3頁。
〔註63〕錢穆：《國史大綱・引論》，第3頁。

考訂派之工夫，而達宣傳革新派之目的」〔註 64〕。錢穆的史學方法提醒我們的是，在評價新史學的學術成就時，不僅要著眼於其學術成就，也要著眼於其社會影響，對於郭沫若這種革新派尤其如此。

郭沫若在錢穆的描述中，屬於革新派的第三期。他抗戰時期的歷史研究，雖然從社會研究轉向了人物思想研究，但其方法依舊挾帶著「革新派」的餘威，具有較大的社會能量。而〈甲申〉一定程度上甚至超出了錢穆的劃分範圍，不僅廣泛波及學術、文化與思想領域，更是與政黨政治有著不可分割的聯繫。但如果歷史地看，該文本雖然爲政黨徵用，但也發揮了它的歷史效能。如文中所揭露的明王朝的腐敗，對當時國民政府的貪腐現狀形成了有力批判，同時也有效聲援了當時的民主化運動，是知識分子發揮其社會批判性的重要成果。而〈甲申〉被中共作爲戒除驕傲的文件，雖不免誤讀，但從中共革命史的角度，這個文本也在革命工作由農村轉入城市的歷史轉折點，及時提供了歷史和理論的支持。而郭沫若通過李岩對知識分子如何介入革命這一問題的探討，更是豐富了中國現代知識分子參與革命的可能性圖景。

主要參考文獻

1. 郭沫若：〈甲申三百年祭〉，《新華日報》第四版，1944 年 3 月 19 日。

2. 郭沫若：〈我怎樣寫〈青銅時代〉與〈十批判書〉〉，《民主與科學》，1945 年第 1 卷第 5、6 期。

3. 毛澤東：〈學習與時局〉，《毛澤東選集》第 3 卷，北京：人民出版社，1991 年。

4. 郭沫若紀念館、中國郭沫若研究會、四川郭沫若研究學會編：《〈甲申三百年祭〉風雨六十年》，北京：人民出版社，2005 年。

5. 曹晉傑、朱步樓、陰署吾：〈〈甲申三百年祭〉在鹽阜等老解放區的影響〉，《郭沫若研究學會會刊》第 2 集，1983 年 11 月。

6. 葉青：〈郭沫若〈甲申三百年祭〉平議〉，《關於〈甲申三百年祭〉及其他》，重慶：獨立出版社，1944 年。

7. 潘光哲：〈郭沫若與〈甲申三百年祭〉〉，《中央研究院近代史研究所集刊》第 30 期，1998 年 12 月。

8. 錢穆：《國史大綱》，上海：商務印書館，1947 年。

〔註 64〕 錢穆：《國史大綱・引論》，第 7 頁。

戰時「山水」間的「工作」與「責任」
——論馮至《十四行集》及《山水》的審美及現實之關係

徐　鉞

（中國青年政治學院中文系）

　　抗日戰爭爆發之後不久，馮至來到了昆明，於西南聯大任教。據後來〈昆明往事〉中的自述，他「在昆明住下，首先感到的是生活便宜，也比較安定」，但沒過多久，「生活便宜」就因「通貨膨脹」而發生了變化，且在「空襲警報」之間自然也不能再稱之「安定」。1939 年 8 月 22 日，同濟大學學生吳祥光爲他介紹提供了距昆明十五里地的「林場茅屋」，這被馮至隨即「看中了」的臨時居所在此後給詩人提供了生活上和審美上的特殊意義。後來卞之琳就曾在回憶中說，相比於八百里滇池（位於昆明市南的西山），馮至「更受惠於東山的一泓清泉，泉脈所滋養的方圓二十里松林，所供養的一排林場管理處簡易瓦房及其圍牆內一角的兩小間茅頂閒屋。」在馮至自己的敘述中，更是將這裡的生活稱爲「清福」：

> 此後一有空閒，就到那裏去住兩三天。這種「周末」的清福，我過去不曾、後來再也沒有享受過。

1940 年 10 月 1 日，因躲避空襲，馮至全家搬入茅屋居住，直至 1941 年 11 月 4 日都集中居於此地。也就是在這「林場茅屋」中，此前數年都沒有什麼創作實績的詩人創作了二十七首十四行詩，後編爲《十四行集》。而且「40 年代初期寫的詩集《十四行集》、散文集《山水》裏個別篇章，以及歷史故事《伍子胥》都或多或少地與林場茅屋的生活有關。」——儘管《山水》和《伍子胥》

的完成或結集已是他搬離茅屋後的事了。馮至的回憶敘述很容易讓人感到，「林場茅屋」是為他提供了一個同外部的/城市的經驗相隔絕的獨立空間（既是生活空間也是審美空間），使他從「戰爭的氣氛」中解脫出來，使他得以和「自然」對話，得以靜觀並沉思世界。但事實上，所謂的隔絕可能並不絕對，詩人此一階段創作的審美與時代現實之關係可能也並不如此簡單。

1988 年底在談及《十四行集》的寫作時，馮至說道：

> 在抗日戰爭時期，整個中華民族經受嚴峻的考驗，光榮與屈辱、崇高與卑污、英勇犧牲與荒淫無恥……等等對立的事跡呈現在人們面前，使人感到興奮而又沮喪，歡欣鼓舞而又前途渺茫。我那時進入中年，過著艱苦窮困的生活，但思想活躍，精神旺盛，緬懷我崇敬的人物，觀察草木的成長、鳥獸的活動，從書本裏接受智慧，從現實中體會人生，致使往日的經驗和眼前的感受常常融合在一起，交錯在自己的頭腦裏。這種融合先是模糊不清，後來通過適當的語言安排，漸漸呈現為看得見、摸得到的形體。把這些形體略加修整，就成為一首又一首的十四行詩，這是我過去從來沒有預料到的。但是我並不曾精雕細刻，去遵守十四行嚴謹的格律，可以說，我主要是運用了十四行的結構。

馮至在這一段敘述中的邏輯關係是值得思考的：「整個中華民族經受嚴峻的考驗」的外部現實是怎麼和「緬懷我崇敬的人物，觀察草木的成長、鳥獸的活動，從書本裏接受智慧，從現實中體會人生」的創作審美經驗結合起來的？也即是說，在「林場茅屋」和「城裏」這相距十五里的、兼具事實性和象徵性的空間構成中，那些個人與社會、主體與時代、外部經驗與內部經驗……之間的體驗，是怎麼在詩人的主體內部交錯的？有學者在解釋馮至十年間「詩作很少」的狀態後寫出《十四行集》時，強調了里爾克的哲學與詩學對馮至的影響，認為這是一種自覺的沉潛和期待。〔註1〕

〔註 1〕如解志熙所論：「應當說，當馮至介紹里爾克的時候，他也就在述說著自己的人生態度和詩學觀念。明白了這一點，就不會奇怪他在 1928 年初獲現代性的藝術自覺與存在體驗之後，卻為什麼在整個 30 年代的十年間遲遲不見有創作上的動靜了。同時，我們也可以隱約體會到，馮至在抗戰爆發的前一年裏如此鄭重地向新詩壇推薦里爾克，其實是有所針對和有所期待的……」解志熙，〈精深的馮至與博大的艾青——中國現代詩兩大家敘論〉，《清華大學學報（哲學社會科學版）》2005 年第 4 期（2005 年 8 月），第 35 頁。

這自然是有道理的，但詩人在沉潛期間究竟有什麼內部的準備麼，或者，在沉潛和期待中，詩人對自身集中創作之開始有什麼預見與安排麼？這些又很難證實。至少在作者自己的敘述中，《十四行集》寫作的開始更像是一個偶然：

> 那時，我早已不習慣寫詩了，——從 1930 到 1940 十年內我寫的詩總計也不過十來首，——但是有一次，在一個冬天的下午，望著幾架銀色的飛機在藍得像結晶體一般的天空裏飛翔，想到古人的鵬鳥夢，我就隨著腳步的節奏，信口說出一首有韻的詩，回家寫在紙上，正巧是一首變體的十四行詩。這是詩集裏的第八首，是最早也是最生澀的一首，因為我是那樣久不曾寫詩了。

雖然「這開端是偶然的」，但詩人漸漸地感受到了更多的東西——「一個要求」（或「一個責任」〔註2〕）：「有些體驗，永久在我的腦裏再現：有些人物，我不斷地從他們那裏吸收養分，有些自然現象，它們給我許多啟示。我為什麼不給他們留下一些感謝的紀念呢？⋯⋯取出這二十七首詩重新整理謄錄時，精神上感到一種輕鬆，因為我滿足了那個要求。」

「偶然」和「責任」、「要求」之間的生發關係並未被作者解釋，但它們對於創作的具體事實而言，卻非常重要。彼時，昆明上空的熱鬧已經持續不短的時間了，「住在離飛機場不太遠的地方」的馮至也早該習慣，對「飛機在藍得像結晶體一般的天空裏飛翔」所做的聯想和審美工作實在更像是一次偶然；「隨著」、「信口」、「正巧」既暗示了並無準備，也說明作者觀察這熟悉之物的輕鬆狀態。當然，與空襲警報所帶來的審美不同（如汪曾祺〈跑警報〉中帶有戲謔的書寫），這些己方的飛機會給人帶來更趨正面的感受，但「是一箇舊日的夢想，/眼前的人事太紛雜，/想依附著鵬鳥飛翔/去和寧靜的星辰談話」這種遐想仍顯「飛翔」得太遠，和具體的歷史語境顯得隔膜，以一種相對超脫的姿態出現。詩人對熟悉之物的偶然觀察在這裡首先顯現為對具體的抽象化，對片段的恒常化，將對象和主體構成玄想的聯繫（從飛機想到可以依附著去和星辰談話的鵬鳥）；而在這「偶然」之後，這些對熟悉之物的觀察竟讓詩人漸漸感受到了某種「責任」／「要求」。固然，不能簡單說作者在過往就

〔註 2〕 該文初發表於《中國新詩》時，題為〈《十四行集》再版序〉，此處與下文的「要求」一詞均為「責任」，細節上另有幾處小的差異。馮至，〈《十四行集》再版序〉，《中國新詩》第 3 期，1948 年 8 月。

是有著某種目的性的「等待」，直至等到某個「偶然」來激發「責任」／「要求」，但其所說的「責任」／「要求」在此確實像是早已深埋的。

有趣的是，對馮至有深刻影響的里爾克的〈致俄耳甫斯的十四行詩〉於穆佐城堡創作的主要動因也具有某種觀察熟悉之物的要素：一副掛在書房裏的、描繪用歌聲吸引動物的俄耳甫斯的畫，這幅畫並不是他在穆佐城堡偶然看到的，而是他自己掛上去的。〔註3〕也即是說，里爾克創作〈致俄耳甫斯的十四行詩〉的重要啓發物其實已經爲詩人所熟悉，但他在具體寫作之前從未提及自己有創作這樣一系列以俄耳甫斯爲核心的十四行組詩的意圖，——其突然間神啓般的創作看似也是一個偶然。而從里爾克整體的創作及思想歷程、從對他的諸多研究之中可以看到，〈致俄耳甫斯的十四行詩〉的哲學與詩學顯然不是一個短期「偶然」的閃現，儘管其具體寫作的題材和形式可能源於某個具體的「偶然」。

本文並非試圖作深入的比較文學研究，但諸如德國浪漫主義、里爾克和梵・高等對馮至的影響無疑是重要的，通過對相關影響來源的分析掌握，顯然有助於深入對受其影響的馮至的研究和理解。僅就「觀察」而言，對任何人來說，任何於不同時期所觀察的同類對象，都可能帶來不同的審美體驗和審美訴求；作爲詩人的馮至和里爾克也是如此，只不過，他們「工作而等待」的態度會不斷喚起過去的體驗，〔註4〕「要求」一種「責任」：將外部經驗與內部經驗、主體與更廣泛的客體、此刻與更長久的時間聯繫起來。不同的是，里爾克是在戰後的穆佐城堡中發現了他在戰時所無法處理的可能性，而馮至則是在戰爭時期偏於一隅的「林場茅屋」中得之，其對具體時境中物象（如飛機）的處理，更有實際意義上的複雜。

在七年後的國共戰爭時期，當聽到「充滿了殺氣」的飛機聲，馮至於《郊外聞飛機聲有感》一文中又回憶起《十四行集》中所提及的飛機：

〔註3〕〔美〕朱迪思・瑞安曾在《里爾克，現代主義與詩歌傳統》一書中做過解釋：「十四行詩最爲明顯的動機是一副奇馬・達・科內利亞諾（Cima da Conegliano）畫於 14 世紀的鋼筆畫的複製品，該畫由里爾克的朋友芭拉黛・克囉索斯卡（Balladine Klossowska）所贈，他將其掛在慕佐居所書桌對面的牆上。」〔美〕朱迪思・瑞安著，謝江南、何加紅譯：《里爾克，現代主義與詩歌傳統》（上海：上海人民出版社，2011 年），第 199 頁。

〔註4〕關於馮至論及里爾克之「工作而等待」的話語，可參見馮至《工作而等待》一文。

　　……每天每夜飛機起落的聲音與現在聽到的並不兩樣，但它在
我心情上發生的作用卻迥然不同。那時我在山坡上，或田埂間，望
著銀色的飛機在藍得像結晶體一般的天空裏迴旋，無往而不自如，
至於一起一落時發出的那種特別急躁的聲音並不曾攪擾過我，只是
更鎮定了我的心情。

當詩人開始更多關注「地上造成的苦難」〔註5〕而感到「迥然不同」的「作用」
時，「飛機」作爲「對象」（康德的 Gegenstand）和其作爲「事情」（海德格爾
的 Sache）的存在已經不同了。來自於主體經驗和意識之內的「飛機」並不僅
僅如其所是，在彼時和此時，它都有著既有的類似柄谷行人所說的「場」的
部分效應。在林場所見的飛機被置身在「山坡上，或田埂間」，本身就在「觀
察」中處於既有的「場」中——在根本上，這可以還原爲一種對於山水/風景
的觀察。這種「觀察」的影響來源和其呈現涉及的方面很多，亦與詩人對待
「經驗」的方式、其所受的影響有關。

　　關於馮至《十四行集》中的存在主義等思想（克爾凱郭爾、尼采、雅斯
貝爾斯等），其在詩中談及的魯迅、杜甫、歌德、梵高等人的影響，其和傳統
的聯繫，其創作和里爾克（特別是〈致俄耳甫斯的十四行詩〉）的關係，其對
十四行的使用和對新詩音律的貢獻〔註6〕……等等的研究，都已經比較充分，
對其中具體篇章的分析亦頗爲不少，無須贅述。但在根本的層面上，有一個
細節問題卻非常重要：像對艾略特〈傳統與個人才能〉中的「個性」與「經
驗」一樣，許多人對於里爾克在《馬爾特‧勞利茲‧布里格隨筆》（以下簡稱
《布里格隨筆》）中那句「因爲詩並不像一般人所說的是情感（情感人們早就
很夠了），——詩是經驗」和其後對觀察與沉思之必須的論述，〔註7〕經常會

〔註5〕馮至在《十四行集》的序中曾說：「如今距離我起始寫十四行時已經整整七年，
　　　北平的天空和昆明的是同樣藍得像結晶體般，天空裏仍然時常看見銀色的飛
　　　機飛過，但對著這景象再也不能想到古人的鵬鳥夢，而想到的卻是銀色飛機
　　　在地上造成的苦難。」

〔註6〕如鄭敏在〈憶馮至吾師——重讀《十四行集》〉所說「十四行集捨棄了西方拼
　　　音語言的音步規定，而創造了漢語的詞的結合與頓的音樂美」。鄭敏，〈憶馮
　　　至吾師——重讀《十四行集》〉，《當代作家評論》2002 年第 3 期（2002 年 5
　　　月），第 88 頁。

〔註7〕這一段經常被引用以論述里爾克對馮至的影響，不再贅述；值得注意的是，
　　　其後的段落接道「但是我的詩都不是這樣寫成的，所以它們都不是詩。」——
　　　——里爾克自己後來表達過對其《旗手》的羞愧，而馮至則在讀過里爾克的詩
　　　文後表達了對《北遊》中詩作的羞愧。

存在或多或少的誤解。而這一問題在理解馮至的十四行詩寫作中的「觀察」時，則是非常關鍵的。

　　艾略特並不是否定「個性」本身，其所說的「逃避感情」和「逃避個性」正是在擁有感情和個性的條件下提出的，文中那個著名的化學比喻強調「個性」是「許多經驗的集中」過程中的催化劑，而非轉化中的物質本身；〔註8〕同樣，里爾克所說的「詩是經驗」也在於強調「對象」（Gegenstand）在主體的觀察中的顯現，其詠物詩（Dinggedicht）的對象來自長時間的觀察的累加，來自於他從羅丹處學到的、在觀察中將其「從過去與未來的時間凝成一個持久的元素」的欲望，使之在工作中顯現——也即強調「物/事物」在個體主體感知中的命名可能性，而非忽視擁有經驗和情感的個體。〔註9〕事實上，里爾克受到羅丹影響之處首先就在於其「觀察與生活的方式」，在這種方式下，他才發現了「藝術之物存在（ist）」。〔註10〕另一方面，在穆佐的書信中，里爾克曾提到他非常欣賞的瓦萊里，並對其創作的間斷做出解釋：「他很早就以一些值得注意的、與利奧納多〔註11〕的觀點自然吻合的思考和個別詩歌嶄露頭角，當時已相當引人注目；此後二十年間或更久一些他卻放棄了一切創作，潛心研究數學……在那些研究活動中他似乎只是為自己尋求新的規範和精確，以便無可爭議地道出他的情感空間之恢宏壯觀，以及其中可經歷的事物的位置。」〔註12〕——「尋求新的規範和精確」作為詩人個體的內在活動，正是為了道出「可經歷的事物的位置」；此前多年的「放棄」與「潛心」，也因此具有了價值。而且，里爾克這種觀點的源頭，也正來自雕塑家對靜物、畫家對山水/風景的觀察與呈現，——如他在《沃爾普斯維德》導言中所說的那樣。

〔註8〕　〔英〕T.S.艾略特著，卞之琳譯，〈傳統與個人才能〉，收於陸建德，《艾略特文集》之《傳統與個人才能》卷（上海：上海譯文出版社，2012年），第1～11頁。

〔註9〕　〔奧〕R.M.里爾克著，梁宗岱譯，〈羅丹論〉及〈羅丹（一個報告）〉，收於葉廷芳、李永平，《上帝的故事——里爾克散文隨筆集》（北京：中國廣播電視出版社，2000年），第3～74頁。

〔註10〕　〔奧〕R.M.里爾克著，林克、袁洪敏譯，《穆佐書簡——里爾克晚期書信集》（北京：華夏出版社，2012年），第258頁。

〔註11〕　即萊昂納多・達・芬奇（Leonardo da Vinci）。

〔註12〕　〔奧〕R.M.里爾克著，林克、袁洪敏譯，《穆佐書簡——里爾克晚期書信集》（北京：華夏出版社，2012年），第28頁。

　　馮至顯然是瞭解里爾克對物、對山水之「觀察」的認識的。早在 1932 年於德國讀書期間，在翻譯〈豹〉、《布里格隨筆》等名作的同一時段，馮至就翻譯過里爾克的散文〈論「山水」〉。該文第一段便論述古希臘的繪畫：「山水不過是：他們走過的那條路，他們跑過的那條道，希臘人的歲月曾在那裏消磨過的所有的劇場和舞場……這些都是『山水』，人在裏邊生活。」而如果沒有「人」或「人體形的群神」在其中，則「它們不值得一談」。在「基督教的藝術失去了這種同身體的關係」之後，在塵世與天堂的「讚美」之關係之後，一種新的認識誕生了：

> 　　但同時有一個大的發展：人畫山水時，並不意味著是『山水』，卻是他自己；山水成為人的情感的寄託、人的歡悅、樸素與虔誠的比喻。它成為藝術了。雷渥那德〔註13〕就這樣接受它。他畫中的山水都是他最深的體驗和智慧的表現……

> 　　還沒有人畫過一副『山水』像是〈蒙娜麗莎〉深遠的背景那樣完全是山水，而又如此是個人的聲音的獨白……這樣的『山水』不是一種印象的畫，不是一個人對於那些靜物的看法，它是完成中的自然，變化中的自然……

> 　　若要成為山水藝術家，就必須這樣；人不應再物質地去感覺它為我們而含有的意義，卻是要對象地看它是一個偉大的現存的眞實。〔註14〕

「山水」中「山水」與「個人的聲音的獨白」的關係構成了里爾克所說的「大的發展」，顯然，在這裡，里爾克認為人對於「靜物」的看法與「自然」自身的完成是不同的，但個體審美主體本身在這裡究竟構成了（或可能構成）怎樣的認識機制呢？

　　柄谷行人在其關於「風景之發現」的著名論述中，曾引用宇佐見圭司在日本山水畫和西洋透視畫法間的區別：「山水畫的場並不具有個人對事物的關係，那是一種作為先驗的形而上學的模式而存在著的東西。」並分析道：「也就是說，在山水畫那裏，畫家觀察的不是『事物』，而是某種先驗的概念。」——在那些山水畫家那裏「他們並沒有看到『風景』。」此後，柄谷行人還引

〔註13〕　即萊昂納多‧達‧芬奇（Leonardo da Vinci）。
〔註14〕　〔奧〕R.M.里爾克著，馮至譯，〈論「山水」〉，收於韓耀成等，《馮至全集》
　　　　　第 11 卷（石家莊：河北教育出版社，1999 年），第 326～330 頁。

用了瓦萊里的論述，指出「這樣一種傾向：大海、森林、原野等僅僅作爲大海、森林、原野使多數人得到欣賞的滿足。」這裡涉及到的，是畫作作者個體本身對「外界」的發現這一問題，在於「內在的人」的存在。柄谷指出「正如里爾克（Rikle）所暗示的那樣，蒙娜麗莎的神秘微笑封存著內在的自我」，在這裡，「對象」、「物」、「現實」與主體之間的關係被柄谷更複雜地呈現出來，指向康德的「美」與「崇高」（它可能不是美的）——似乎來自內面的「風景之崇高」的感受被人們賦予到「客觀對象之中」，是爲發現。〔註15〕而這也正是馮至面對山水的經驗和觀察方式，如他在《山水》的「後記」中所寫，儘管他所使用的仍是「美」這一概念。

這種經驗和觀察方式在馮至 40 年代初期的寫作中得到了紛繁的展現。在 1941 年所作，後來收入《山水》的散文〈一顆老樹〉中，詩人講述了他搬來林場所見到的第一個人：一個放牛的老人。這個老人似乎並不生活在一個具體而變換的時代現實之中，不僅「時間對於他已經沒有意義」，而且連水牛都「好像不是屬於這個生物紀的」，「因爲他們同樣有一個忘卻的久遠的過去，同樣拖著一個遲鈍在這靈巧的時代。」可是，這種感受終究是來自作者的，是「在山上兩年的工夫，我沒有同他談過一句話」的情況下被觸發到的思想，因此其中的恒常之感更像是作者在觀察中從「內在的自我」發出的：「他自從開始放牛以來，已經更換過好幾隻牛，但在他看來，彷彿從頭到了，只是一隻，並無所謂更換。」老人和水牛及其在文中所呈現的畫面不能說是「美」的，卻給人提供了一種特殊的審美感受，一種恒常時間中的「崇高」和它的破滅。當「這老人面前的不變起了變化」，當「老牛病死，小牛淋死」之後，老人離開了這座山，最終也「如同一顆老樹，被移植到另外一個地帶，水土不宜，死了。」「山水」之中可以「忘卻了」的「死亡」在山水之外降臨。

當千萬計的人正在面臨戰爭帶來的恐懼與死亡時，這種對於時間和死亡的感觸是有些特別的，「人」在山水之中似乎被風景化了，而其個體運命卻是被更加恒常的山水所見證，是內在於其中的，無關時代，亦無關善惡。《十四行集》中亦有些詩篇如此，如〈看這一隊隊的馱馬〉、如〈原野的小路〉……而同在《山水》中的散文〈一個消逝了的山村〉裏那「在人類以外，不起一些變化，千百年如一日，默默地對著永恒」的山水和已經消逝的村落則更爲

〔註15〕　〔日〕柄谷行人，趙京華譯，《日本現代文學的起源》，（北京：三聯書店，2006年），第 1～34 頁。

典型：作爲人類活動象徵的山村在作爲永恒象徵的「山谷」與「泉水」之間只是留下「餘韻」，和此刻的具體現實和更多生命的消逝早已沒了關係，而且，作者在最後亦將自身納入進去，感受著「我踏著那村裏的人們也踏過的土地」。

本文以爲，搬住去林場茅屋中的馮至可能並不單純是「在雲南或是四川的小城裏，遠離了烽火，看不見人民流離之苦與抗爭的英勇……早已失去了理解中國新詩的公正態度」，〔註16〕因爲如其〈自傳〉一文所說，他一直記得1935 年楊晦所說「要睜開眼睛看看現實，有多少人在戰鬥，在流血，在死亡」的話，儘管從客觀上說，他在此一階段的林場茅屋中確實所見不多。不過，相對的「看不見」也許並不意味著「不知道」。馮至在對山水的觀察中所得到的，也讓他確認了主體對經驗和外界現實「超越」的「責任」與「要求」，其書寫中置於畫框中的人生（如〈原野的哭聲〉中哭泣的個體就在「框中」看著他們的人生與世界）其實和詩人「個人的聲音的獨白」並置，一同面對著山水的內與外。當在〈給一個戰士〉（竟像是卞之琳《慰勞信集》裏的題目）中寫到「一旦你回到這墮落的城中，/聽著這市上的愚蠢的歌唱」時，山水之外的世界（以「城中」和「市上」爲象徵）已經被詩人納入審美的否定性一面，「你超越了他們，他們已不能/維繫住你的向上，你的曠遠」是詩人在二者之間所做出的價值性判斷，亦象徵著正在進行的戰爭時代的「墮落」和「另一世界」中「不朽」的價值。馮至在這一時段寫作中對具體戰爭實際的忽略，既源於他所處「林場茅屋」在事實上和象徵上的隔絕，也源於自身對紛亂與平靜之世界的不同態度——「死亡」在這裡也就構成了不同的審美價值，正如詩人在〈山村的墓碣〉中寫到的：「如今的人類正在大規模地死亡。在無數死者的墳墓前，有的刻上了光榮的詞句，有的被人說成是可鄙的死亡，有的無人理會。可是瑞士山中仍舊保持著昔日的平靜……」

可以說，「工作」（特別是個體的）、「生/死」、「山水」在馮至這裡被放置在同一審美向度之中觀察，而這一向度的核心即是恒常。在這個基礎上，戰爭作爲變動的事實本身，以及戰爭所帶來的更多的不穩定的「墮落」，在詩人那裏就必然以否定性的面目出現，如他在 1944 年〈憶平樂〉所寫：

> 在這六年內世界在變，社會在變，許多人變得不成人形，但我
> 深信有許多事物並沒有變：農婦依舊春耕秋收，沒有一個農夫把糧

〔註16〕艾青，〈論抗戰以來的中國新詩——樸素的歌序〉，《文藝陣地》第 6 卷第 4 期（1942 年 4 月），第 12 頁。

> 食種得不成糧食；手工藝者依舊做出人間的用具，沒有一個木匠把
> 桌子做得不成桌子，沒有一個裁縫把衣服縫得不成衣服；他們都和
> 山水一樣，永久不失去自己的生的形式。真正變得不成人形的卻是
> 那些衣冠人士：有些教育家把學校辦得不成學校，有些政客把政治
> 弄得不成政治，有些軍官把軍隊弄得不成軍隊。

在山水恆常之外，詩人並不以正面的姿態來書寫戰時變動的人事——無論是
對抗戰精神的頌揚，還是對戰時苦難的鼓舞與撫慰；但在具體的時代語境下，
這種態度卻可能被閱讀者附會式的誤解。如在《十四行集》的出版後不久，《詩》
雜誌就刊發了楊番〈讀《十四行集》〉這一評論，其中多為讚揚，言辭本身較
為空虛，但其中仍有一段值得一提：「如小飛蟲在他的飛翔內時時都是永生。
詩人暗示我們，苦難的人們，在奮鬥中時時都是永生。同樣的警醒在我們心
頭，同樣的命運在我們肩頭……」〔註 17〕這裡所論的，是《十四行集》的第
24 首〈這裡幾千年前〉，原詩為：

> 這裡幾千年前
> 處處好像已經
> 有我們的生命；
> 我們未降生前
>
> 一個歌聲已經
> 從變換的天空
> 從綠草和青松
> 唱我們的運命。
>
> 我們憂患重重，
> 這裡怎麼竟會
> 聽到這樣歌聲？
>
> 看那小的飛蟲，
> 在它的飛翔內
> 時時都是新生。

在這一段中，詩人未必就是在暗示：「苦難的人們，在奮鬥中時時都是永生。
同樣的警醒在我們心頭，同樣的命運在我們肩頭……」而更像是暗示了這樣

〔註 17〕楊番，〈讀《十四行集》〉，《詩》第 3 卷第 4 期（1942 年 11 月），第 40 頁。

一種觀念：有些事物是恒久而超越時代的，在這恒久之中終有「我們」的短暫的生命，一如飛蟲，但「我們」聽到運命時的「憂患重重」卻是不必，因為一如飛蟲，在恒久的每一刻中都有死亡和新生。這種態度和詩人在《山水》中的表述是相近的，是一種將個體生命泛化進廣泛存在之中的理解，就像作者見到「山村的墓碣」所記的那不知名的途中死者時覺得「竟像是所有行路人生命中的一部分」，只不過散文化的語言更直白一些。這裡的「我們」在本質上並非就是處在此一時代的「苦難的人們」，而是處在更長久的時間（永恒/恒久）之中的此一時代，是萬物蛻變之中短暫的一代人類存在的泛指。「飛蟲」在此起到了比「我們」更短暫的存在物的象徵作用，同時也是被人「觀察」的自然中的一種抽象；這在《十四行集》中不止一次出現，如第一首〈我們準備著〉中著名的結尾：

> 我們讚頌那些小昆蟲，
>
> 它們經過了一次交媾
>
> 或是抵禦了一次危險，
>
> 便結束它們美妙的一生。
>
> 我們整個的生命在承受
>
> 狂風乍起，彗星的出現。

當把這兩段和〈這裡幾千年前〉中的書寫聯繫起來，便可看得清楚，「我們」所「承受」的「狂風乍起，彗星的出現」和具體時代現實事件並無關係，它們是作為「奇跡」被「深深地領受」的。也即是說，恒常時間中的「我們」體驗著類似小昆蟲的「一次交媾」或「一次危險」，這些「奇跡」之於「我們」要求「整個的生命」（昆蟲「美妙的一生」），但其本身則存於「漫長的歲月」。「狂風」與「彗星」來源於自然，而承受它們的主體亦將化入自然的恒常之中，如〈什麼能從我們身上脫落〉所寫：「我們安排我們/在自然裏，像蛻化的蟬蛾 //把殘殼都丟在泥裏土裏；/我們把我們安排給那個/未來的死亡，像一段歌曲， //歌聲從音樂的身上脫落，/終歸剩下了音樂的身軀/化作一脈的青山默默。」

顯然，當詩人在如〈工作而等待〉一文所稱讚的里爾克的「對於人類所有的關懷」之中摒棄「墮落」時，所謂「生/死」在被疊加經驗觀察的、作為自然恒常之象徵的山水之中亦有了超越性的意義，被置於某種「蛻變」而非單純「消逝」的過程之中。在《十四行集》中這種書寫多有發生，從第一首

〈我們準備著〉、第二首〈什麼能從我們身上脫落〉、第三首〈有加利樹〉、第四首〈鼠尾草〉、第八首〈一箇舊日的夢想〉、第九首〈給一個戰士〉……直到最後一首〈從一片泛濫無形的水裏〉，約半都有類似詩人所熟悉的歌德「蛻變論」之「蛻變」〔註18〕的意象。這種意象主要以草木昆蟲爲喻體，隱喻人類存在之相類（類似歌德之從「生物蛻變論」到「人的蛻變論」）；諸如〈有加利樹〉中「我願一步步/化身爲你根下的泥土」中的「你」並非單純指「有加利樹」，亦象徵著「永生」的自然——「我」的「死」將以「蛻變」融入其中，而非消逝。「死與變」，歌德的名言在熱愛他的馮至這裡獲得了更豐富的表達。

而且，《十四行集》中的進行生命言說的主體不僅是「我」，還有更多的「我們」——這個第一人稱複數代詞既暗示了其經驗可能的普泛性，獲得一種感召效果，同時也消弭了《十四行集》中幾首社會性主題詩作的「你」所帶來的個體致敬式的單一對話感，使其形象得以延展。關於這一問題，學者姜濤認爲：

> 馮至的詩歌寫作雖然通過設定一個超時代他者（生命）從而閃避疏遠了時代支配性他者（集體），但基於複數性人稱模式，十四行內部諸種力量是和諧的，持續向共同存在聚合著的，因而個體經驗放大而成的集體經驗的連續性得以恢望，對未來歲月的烏托邦式渴望也得以確認……以『我們』爲核心的人稱模式無形中暗合了歷史敘述的集體性、連續性與整一性要求。〔註19〕

然而，詩人本身對其作品「暗合」的「歷史敘述」的特徵向度是否自覺，尚需討論，因爲「歷史」本身之於書寫者，只能是被個體「我」感知而又被賦予到複數性人稱模式之中的，而馮至書寫的「生/死」之於「恒常」的時間相對性正是在歷史局部變動本身的具體性中得到的。當「戰爭把世界分割成這麼多塊彼此不通聞問的地方」時，詩人自身也正處在某一塊「不通聞問的地

〔註18〕 本文使用來自歌德「蛻變論」之「蛻變」一詞，而非唐湜所論類似里爾克的「變形」（metamorphosis）的概念，是因爲里爾克的「變形」源於基督教的「轉化」，是一種基於基督教時間觀和現代主義美學時間觀混合的特殊概念，而馮至的「蛻變」和前者沒有明顯的聯繫，在論述時，或不適合使用「變形」這一具有特殊意義的說法。

〔註19〕 姜濤，〈馮至、穆旦四十年代詩歌寫作的人稱分析〉，《中國現代文學研究叢刊》1997年第4期（1997年11月），第148頁。

方」之中，「一個人對著一個宇宙」〔註20〕的個體的經驗因此可以放大，延展到其他那些「不通聞問」的個體之中。在這裡，因「我們」而得以論述的「放大而成的集體經驗」並不來自戰爭事實所帶來的群體認知，和政治意識形態概念亦無甚關聯，──它的根源是單數性人稱「我」的現實隔絕和相對性時間的發現（以及這「相對」之中個體經驗的人稱泛化可能）。

在這個基礎上，本文以為，馮至十四行詩的內在的自我並不是一個有明顯「集體經驗」意圖的形象，其中具體的觀察處理方式有浪漫化的普泛痕跡，而內面思考之哲理則是根植於個人的，有著更複雜的歷史和時間思考上的問題。他對自然之觀察，如其在論文中引述的諾瓦利斯之語：「把普通的東西賦予崇高的意義，給平凡的東西披上神秘的外衣，使熟知的東西恢復未知的尊嚴，對有限的東西給予無限的外觀，這就是浪漫化。」〔註21〕詩人在十四行詩和《山水》的篇章中實施的也似乎正是這一「浪漫化」書寫，只不過，其書寫在根本上是為主體（而非被浪漫化的客體本身）服務的，在「暗合」的「歷史敘述」的另一向度中，以「永恆」的抽象時間和「個人的、主觀的、想像性的綿延（dureé），亦即『自我』的展開所創造的私人時間」則構成了「時間相對主義」這一現代審美基礎。〔註22〕朱自清評價馮至是「從敏銳的感受出發，在日常的境界裏體味出精深哲理的詩人」，〔註23〕證明了他對馮至詩歌性質判斷的準確：詩人處在日常生活之中，故而可以將其中體味出的「精深哲理」賦予同處在日常生活之中的複數「我們」之口，但說到底，那「敏銳的感受」本身卻不是抽象泛化的「我們」所擁有的，而是作者「我」的。

其實，在具體時代背景中有著呈現集體經驗的意圖的作品，在《十四行集》中或可說也有，即第七首〈我們來到郊外〉：

　　　　和暖的陽光內
　　　　我們來到郊外，
　　　　像不同的河水

〔註20〕姚可崑，《我與馮至》（南寧：廣西教育出版社，1994年），第95頁。

〔註21〕馮至，《自然與精神的類比──諾瓦利斯的文體原則》，收於韓耀成等，《馮至全集》第7卷（石家莊：河北教育出版社，1999年），第11頁。

〔註22〕〔美〕馬泰・卡林內斯庫著，顧愛彬、李瑞華譯，《現代性的五幅面孔》（北京：商務印書館，2002年），第11～14頁。

〔註23〕朱自清，〈詩與哲理〉，收於朱自清，《新詩雜話》（上海：作家書屋，1947年），第35頁。

　　融成一片大海。

　　有同樣的警醒
　　在我們的心頭，
　　是同樣的運命
　　在我們的肩頭。

　　要愛惜這個警醒，
　　要愛惜這個運命，
　　不要到危險過去，

　　那些分歧的街衢
　　又把我們吸回，
　　海水分成河水。

詩人有題注云：「敵機空襲警報時，昆明的市民都躲到郊外。」

　　這恐怕是《十四行集》中最具有時代現實具體性的一首了，而在藝術水準上，則很怕是不及平均水平。從馮至自己的記述和姚可崑《我與馮至》中的敘述來看，《十四行集》中許多篇章都有具體的創作契機，但如此具有時代現實感的，卻僅此一例。「不同的河水／融成一片大海」這樣的比喻作爲戰時書寫並不新鮮，但在《十四行集》中卻有些特殊：此時的「我們」和其他十四行詩中的「我們」並不一樣，「來到郊外」的是昆明的市民，詩人描繪的集體經驗是具體存在的，而且似乎把個體主體「我」也溶入了其中。如果聯繫到詩人對「城中」之「墮落」的書寫、聯繫到此前〈一個對於時代的批評〉中對「公眾」的不滿，這裡的溶入實在是一個特例，其根源在於戰爭作爲事實的介入。後來馮至在《昆明往事》中回憶「空襲警報」時曾講述過人們聽到危險「往城外跑」，自己在山上則「會遇見朋友和熟識的學生」。詩人認爲，昆明是「昏睡」的，「國內發生不少重大的事件，都曾一度把它從睡中驚醒，可是翻一翻身，它又入睡了。」隨後馮至便提及何其芳的〈成都，讓我把你搖醒〉，並評論說：「看來這首詩也適用於昆明。但是若要眞正把中國大大小小睡著的城市搖醒，不是以『我』自稱的詩人所能辦到的，而是戰爭，偉大的全民的抗日戰爭——敵人的侵略也在起著把它們搖醒的作用。」在這裡，詩人並不期望「我」能夠起到「搖醒」昆明（和大大小小的城市）的作用，而戰爭的強力卻有可能；那麼，作爲具體事件的戰爭中的一次空襲能夠起到這個作用麼？需要注意的是，這首詩中的主體「我們」是在「和暖的陽光內」

的「郊外」領會到「心頭」的「警醒」和「肩頭」的「運命」，而非戰爭所造成的具體危險與破壞之中；是自然給了「我們」躲避危險和感知責任的可能，而一旦返回那些「分歧的街衢」，這些就都可能消失。換句話說，是自然教育了「我們」，教育了戰時「城中」的「墮落」和「市上」的「愚蠢」，讓戰爭本身的喚醒作用變得可能。山水的教育——這表達乃源自詩人自己在山水自然間的感知體驗，一如他在《山水》後記中所述：

> ……這時我認識了自然，自然也教育了我。在抗戰期中最苦悶的歲月裏，多賴那質樸的原野供給我無限的精神食糧，當社會裏一般的現象一天一天地趨向糜爛時……它們在我的生命裏發生了比任何人類的名言懿行都重大的作用。我在它們那裏領悟了什麼是生長，明白了什麼是忍耐。

主要參引文獻

1. 馮至，《山水》，重慶，國民圖書出版社，1943 年。
2. 馮至，《伍子胥》，上海，文化生活出版社，1946 年。
3. 馮至，《馮至全集》，石家莊，河北教育出版社，1999 年。
4. 卞之琳，《卞之琳文集》，合肥，安徽教育出版社，2002 年。
5. 朱自清，《新詩雜話》，上海，作家書屋，1947 年。
6. 姚可崑，《我與馮至》，南寧，廣西教育出版社，1994 年。
7. 〔日〕柄谷行人，趙京華譯，《日本現代文學的起源》，北京，三聯書店，2006 年。
8. 〔美〕馬泰‧卡林內斯庫著，顧愛彬、李瑞華譯，《現代性的五幅面孔》，北京，商務印書館，2002 年。
9. 〔斯洛伐克〕馬立安‧高利克，伍曉明、張文定等譯，《中西文學關係的里程碑（1898～1979）》，北京，北京大學出版社，2008 年。
10. 〔奧〕R.M.里爾克，林克、袁洪敏譯，《穆佐書簡——里爾克晚期書信集》，北京，華夏出版社，2012 年。
11. 〔美〕朱迪思‧瑞安，謝江南、何加紅譯，《里爾克，現代主義與詩歌傳統》，上海，上海人民出版社，2011 年。
12. 姜濤，〈馮至、穆旦四十年代詩歌寫作的人稱分析〉，《中國現代文學研究叢刊》1997 年第 4 期，1997 年 11 月
13. 鄭敏，〈憶馮至吾師——重讀《十四行集》〉，《當代作家評論》，2002 年第 3 期，2002 年。

14. 馮至，〈《十四行集》再版序〉，《中國新詩》第 3 期，1948 年 8 月

15. 艾青，〈論抗戰以來的中國新詩——樸素的歌序〉，《文藝陣地》第 6 卷第 4 期，1942 年 4 月

16. 楊番（方敬），〈讀《十四行集》〉，《詩》第 3 卷第 4 期，1942 年 11 月

17. 解志熙，〈精深的馮至與博大的艾青——中國現代詩兩大家敘論〉，《清華大學學報（哲學社會科學版）》2005 年第 4 期，2005 年 8 月

18. 〔英〕T.S.艾略特，卞之琳譯，〈傳統與個人才能〉，《傳統與個人才能》，上海，上海譯文出版社，2012 年。

19. 〔奧〕R.M.里爾克，梁宗岱譯，〈羅丹論〉，《上帝的故事——里爾克散文隨筆集》，北京，中國廣播電視出版社，2000 年。

20. 〔奧〕R.M.里爾克，梁宗岱譯，〈羅丹（一個報告）〉，《上帝的故事——里爾克散文隨筆集》，北京，中國廣播電視出版社，2000 年。

21. 〔奧〕R.M.里爾克，張藜譯，〈沃爾普斯維德〉，《上帝的故事——里爾克散文隨筆集》，北京，中國廣播電視出版社，2000 年。

論沈從文二十世紀四十年代的文學思想

李松睿

（中國藝術研究院《文藝研究》編輯部）

一、引言

　　20 世紀 40 年代〔註1〕對於沈從文來說，是個飽經憂患的時期。一方面，這位作家的人生選擇、創作立場在這一時期遭到來自社會各界的質疑和指責〔註2〕。另一方面，這個有著「著作等身」之稱的小說家，其寫作似乎遇到了很大的麻煩。這既表現在沈從文在這一時期的小說數量，相較於 20 世紀 20、30 年代來說大大減少，也表現他在 20 世紀 40 年代的很多作品都無法完成上。細數他這一時期的主要作品，如《長河》、〈藝廬紀事〉、〈動靜〉、〈虹橋〉以及〈雪晴〉等，都是未能完篇的「半成品」。另外還有一些，如《呈貢紀事》等，已經列入他的寫作計劃〔註3〕，但並沒有進入到實際操作的層面。考慮到

〔註1〕20 世紀 40 年代本來指的是 1940 年 1 月至 1949 年 12 月這段時間。但對於中國現代文學來說，由於抗日戰爭的爆發和中華人民共和國的成立這兩個歷史事件，對於其發展和走向產生了重大影響。因此，一方面爲了更好地表述研究對象的特徵，另一方面也是爲了論述的便利，中國現代文學研究界所使用的 20 世紀 40 年代或「第三個十年」等概念，通常是指「七・七」事變到新中國成立這一時段。本文也同樣以這種方式，使用的 20 世紀 40 年代一詞。

〔註2〕沈從文在 1937 到 1938 年間因「與抗戰無關論」受到批判。1941 到 1942 年間因在《戰國策》雜誌發表文章，受到批判。1947 年又因發表〈從現實學習〉，受到郭沫若、林默涵等人的批判。而隨著 1948 年郭沫若發表〈斥反動文藝〉，沈從文更是被稱爲「地主階級的弄臣」，成了必須被打倒的「桃紅色作家」。

〔註3〕沈從文曾對沈雲麓表示：「行將著手的名《呈貢紀事》，寫呈貢三年見聞，一定還有意思，也想寫十萬字。」參見沈從文，〈致沈雲麓──給雲麓大哥 19420908〉，《沈從文全集》第 18 卷（太原：北嶽文藝出版社，2009 年），第 407 頁。

沈從文本人對其創作能力和作品意義的抱負，這位作家在這一時期所遭遇的創作危機就顯得耐人尋味，成為我們討論 20 世紀 40 年代的沈從文時繞不開的話題。

事實上，很多研究者都已經注意到沈從文這一時期創作數量衰退的現象，並對此進行了各自的解釋。就筆者所見來看，我們大致可以將這些解釋分為「外因說」和「內因說」兩大類〔註 4〕。所謂「外因說」，就是將沈從文20 世紀 40 年代的創作危機，理解為苛嚴的出版檢查制度和粗暴的輿論批判對其進行壓迫的結果。例如，淩宇在談到《長河》未能寫完時，就強調這部小說在出版過程中多舛的命運。他指出《長河》「第一卷完成後，在香港發表，即被刪去一部分；1941 年重寫分章發表，又有部分章節不准刊載。全書預備在桂林付印時，又被國民黨檢查機關認為『思想不妥』，被全部扣壓。託朋友輾轉交涉，再送重慶複審，被重加刪節，過了一年才發還付印」。因此這部小說「只完成了第一卷」〔註 5〕。美國學者金介甫在涉及到這個問題時，則把注意力放置在輿論壓力對沈從文創作的影響上，他認為「(《長河》——引案）有些篇章並沒有把小說情節展開，特別是最後一章寫得相當輕鬆，顯然是硬湊的一節，把故事匆匆結束，免得別人說他對自己的民族過於悲觀。該書在改寫時掩蓋了些小小刪節，把各章修改得像一部小說，但他擬定寫的三部曲中後兩部分始終沒有動筆」〔註 6〕。吳立昌對此也有類似的看法，只不過他更願意強調《長河》所表達的思想與國民黨政府奉行的文化政策之間的衝突。他強調「沈從文熱切的希望新的抗日戰爭也許會淨化未來的中國，但『常』與『變』交替錯綜卻是客觀存在的事實。因此『作品的忠實，便不免多觸忌諱』；等待它的必然是檢查和刪節」〔註 7〕。

與上述「外因說」相對應的，則是對沈從文自身思想理路進行發掘的「內因說」。其中的代表，是張新穎、賀桂梅以及吳曉東的研究。在張新穎的〈從「抽象的抒情」到「囈語狂言」——沈從文的 40 年代〉一文中，他一方面承

〔註 4〕筆者的這一劃分，受到賀桂梅《轉折的年代：40～50 年代作家研究》一書緒論第一節《「外因」與「內因」、「現代文學」與「當代文學」》的很大啓發。

〔註 5〕淩宇，《沈從文傳》（北京：北京十月文藝出版社，1988 年），第 367 頁。

〔註 6〕（美）金介甫，《鳳凰之子：沈從文傳》（北京：中國友誼出版公司，2000 年），符家欽譯，第 376 頁。

〔註 7〕吳立昌，《「人性的治療者」——沈從文傳》（上海：上海文藝出版社，1993 年），第 232～233 頁。

認「我們很容易把沈從文的『瘋狂』視爲外力逼壓的結果，當時的事實也很容易爲這種看法提供有力的證據；同時我們也必須承認左翼文化人的激烈批判使沈從文心懷憂懼，憂懼的主要還不是這種批判本身，而是這種批判背後日益強大的政治力量的威脅」；另一方面則要求我們注意沈從文所面臨的危機，「從沈從文自身的思想發展來說，也有其內在的緣由」〔註8〕。張新穎還進一步尋找到沈從文在昆明時期與北平時期思想上的相似性，並由此認爲這位作家在 20 世紀 40 年代有著一以貫之的思想脈絡和處世方式。而這才是沈從文這一時期創作危機的根源。與張新穎相比，賀桂梅的研究則更爲細緻、深入。在《轉折的年代：40～50 年代作家研究》一書中，她雖然也承認「外部因素」對沈從文的創作有著極爲重要的影響，但強調「更關鍵的因素來自他（指沈從文——引案）個人對於『時代』的判斷，以及他的主觀感受和選擇」〔註9〕。更有啓發性的是，賀桂梅通過對文本的細緻梳理和精彩分析，認爲如果局限在「文學/政治的二元對立」〔註10〕框架下，我們永遠無法理解沈從文 20 世紀 40 年代的文學思想，因爲「沈從文 40 年代思想」已經「溢出了我們慣常關於『文學』以及『現代』的想像方式」〔註11〕。只有在新的框架下進行思考，才能眞正理解沈從文在這一時期的命運和選擇。與上述兩位研究者不同，吳曉東則更願意在小說敘事的意義下理解沈從文的創作危機。他認爲「《長河》與《雪晴》顯然更涵容了沈從文關於現代長篇小說的宏闊的理念圖景，支持他的長篇小說內景的其實是外在的現代性遠景。而歷史遠景的匱乏，意義世界與未來價值形態的難以捕捉構成了沈從文的小說無法結尾的眞正原因」〔註12〕。

　　不過上述研究由於受限於各自的問題意識，仍爲我們的探討留下進一步拓展的可能。張新穎對「沈從文的 40 年代」的討論，是爲了將沈從文作爲一個例證，探索「堅守主體存在的現代意識」，如何在「複雜混亂而且處於大轉

〔註 8〕 張新穎，〈從「抽象的抒情」到「囈語狂言」——沈從文的 40 年代〉，《20 世紀上半期中國文學的現代意識》（北京：三聯書店，2001 年），第 244 頁。
〔註 9〕 賀桂梅，《轉折的年代：40～50 年代作家研究》（濟南：山東教育出版社，2003 年），第 86 頁。
〔註10〕 賀桂梅，《轉折的年代：40～50 年代作家研究》，第 109 頁。
〔註11〕 賀桂梅，《轉折的年代：40～50 年代作家研究》，第 111 頁。
〔註12〕 吳曉東，〈從「故事」到「小說」——沈從文的敘事歷程〉，載《長沙理工大學學報》（2011 年第 2 期），第 88 頁。

折中」的「時間段落」裏，進行「個人自主選擇的艱難抗爭」〔註 13〕。其討論的重點更多的放置在沈從文的文學理想與其所身處的時代之間的衝突，以及由此給作家帶來的「個人焦慮」〔註 14〕上。因此，對於沈從文在這一時期的創作窘境，並沒有給出具體的解讀。賀桂梅的《轉折的年代：40～50 年代作家研究》一書，最大的特色在於其立論始終與純文學觀念、冷戰思維中的二元對立結構進行對話，因而她對沈從文的討論，一直在如何超越文學/政治二分法的框架下展開。而且限於全書的體例，她論述的著力點是探討沈從文在 1949 年前後的選擇與遭際，因此，對這位作家 20 世紀 40 年代的創作危機並沒有進行特別具體的討論。而吳曉東在〈從「故事」到「小說」——沈從文的敘事歷程〉一文中真正要論述的是沈從文 20 世紀 20、30 年代的小說創作，只是在論文的結尾對沈從文這一時期遇到的創作困境做出了自己獨到的解釋。限於篇幅，他並沒有爲這一說法進行充分的論證。

不過上述研究無疑都提醒我們，沈從文在 20 世紀 40 年代遭遇的創作危機，一方面與其身處的時代息息相關，另一方面則直接根源於作家在這一時期形成的對文學的獨特理解。可以說，不管是在國統區，還是在全國範圍內，沈從文 20 世紀 40 年代的文學思想都顯得與眾不同。也正是因爲這一點，這位作家的言論和創作才會遭到來自左、右兩方面陣營的攻擊。在這樣的歷史語境下，不管作家在這一時期的創作是否成功，其對文學的理解都值得我們進行系統考察。本文的寫作就是對這一問題進行探索的嘗試。本文將以沈從文在 20 世紀 40 年代的創作危機爲切入點，通過對其書信、散文作品的梳理和闡釋，試圖爲讀者呈現作家在這一時期的文學理想，並由此進一步探討這一理想的具體內涵及其生成動因。此外，通過細讀〈看虹錄〉、〈摘星錄〉以及〈虹橋〉等創作於這一時期的代表性小說，本文亦嘗試分析作家爲將其思想轉化爲文學形態所付出的努力。我們將看到，堅守著通過文學/文字爲「抽象原則」尋找感性外觀，從而逾越其與現實之間的鴻溝的宏願，沈從文艱難地進行嘗試但又不斷遭遇失敗，這也爲其在 20 世紀 40 年代末徹底退出文學界，埋下了伏筆。

〔註13〕 張新穎，〈從「抽象的抒情」到「囈語狂言」——沈從文的 40 年代〉，《20 世紀上半期中國文學的現代意識》（北京：三聯書店，2001 年），第 248 頁。

〔註14〕 張新穎，〈從「抽象的抒情」到「囈語狂言」——沈從文的 40 年代〉，《20 世紀上半期中國文學的現代意識》（北京：三聯書店，2001 年），第 232 頁。

二、創作危機與文學理想

　　就沈從文 20 世紀 40 年代遭遇創作危機這一問題而言，我們必須承認，無論是「外因說」還是「內因說」，都可以在作家留下的文字中找到堅實的依據。而且這方面的材料，對「外因說」似乎更爲有利。因爲沈從文確實在這一時期不斷通過散文、書信等各種形式向讀者抱怨自己創作環境的惡劣。不過在筆者看來，「內因說」才更適合描述作家在 20 世紀 40 年代面臨的實際困境。一個有趣的例子可以用來說明這一點。沈從文因抗戰爆發離開北平後，不斷去信要求夫人張兆和早日南下與其團聚。他表示「我希望你（指張兆和──引案）早些來，這對我們這個工作太有關係了。你來後，我一定可像寫《邊城》那麼按日工作下去。（孩子在身邊只有增加我工作的能力，毫無妨礙！）心定一點，人好一點，所作的東西一定也深刻得多，動人得多。」〔註15〕然而當張兆和當眞攜二子與他相聚後，這位作家卻又通過書信向哥哥沈雲麓抱怨：「我在此工作尚好，孩子們亦安好，只是住處不如在北平時代之寬綽，孩子們正當會吵善鬧之年齡，佔去我時間太多，除到辦事處編書外，回家後毫無希望可以單獨安心做事……故俟至三月時當看情形，定辦法，若不能找一較大房子，位置孩子，說不定還是照眞一所言，送孩子們過上海住，讓我個人在此，從從容容做事，或可弄出一點小小成績也。」〔註16〕雖然我們不能由此判定沈從文對自己親人的感情是否眞摯，但從這兩封信可以看出，外部環境對沈從文創作的影響，並不像作家自己想像的那麼重要。就這個例子來說，雖然外在條件按照沈從文的設想朝好的方向發展（張兆和攜二子與其團聚），但他的創作並未因此有絲毫起色，依然無法恢復到 20 世紀 30 年代中期寫《邊城》時的理想狀態。

　　此外，如果說沈從文 20 世紀 40 年代創作數量減少，尚可用外部環境惡劣來解釋的話，那麼這位有著豐富創作經驗的小說家，在這一時期無法將一系列中長篇作品寫完，僅強調其承受的外部壓力是很難說得通的。雖然荒誕而苛刻的出版檢查制度以及評論家對作家的粗暴批判，確實可以在很大程度上抑製作家的創作衝動，使其的創作數量大大減少，但並不能限製作家私下完成自己的寫作計劃。而且就沈從文的情況而言，這位頗有雄心的小說家在這一時期有著龐大的創作計劃，外部環境也不斷刺激他構思新的小說，並使

〔註15〕沈從文，〈致張兆和 19380728〉，《沈從文全集》第 18 卷，第 313 頁。
〔註16〕沈從文，〈覆沈雲麓 19390302〉，《沈從文全集》第 18 卷，第 347 頁。

他時時拿起筆進行新的創作嘗試。只不過這些努力最終都因為某種原因以虎頭蛇尾告終。或許小說〈虹橋〉的情況最能說明問題。〈虹橋〉是作為短篇小說發表在 1946 年 6 月《文藝復興》第一期上的。不過根據沈從文本人的設計，這篇小說其實是一部長篇作品的開頭，而且早在抗戰時期就已經寫成，並在小範圍內傳閱。幸運的是，一位當年的閱讀者曾在 20 世紀 80 年代寫下兩篇憶往性質的文章〔註17〕，為小說〈虹橋〉的緣起和半途而廢提供了一種解釋，使我們可以由此一窺沈從文當年的創作狀態。根據李霖燦的回憶，沈從文曾幫助他和李晨嵐在《今日評論》上發表過一系列以玉龍雪山為題材的遊記〔註18〕，為他們的旅行提供了必要的經濟來源。而沈從文本人也因為這段文字緣，對雪山美景產生極大興趣，於是以李霖燦、李晨嵐以及夏明等人為原型〔註19〕，構思了一部長篇小說，並很快寫出了第一章，即小說〈虹橋〉。不過正像這一時期沈從文的所有中長篇作品一樣，這部小說也沒能寫完。雖然李霖燦、李晨嵐在讀過〈虹橋〉後，不斷通過書信為沈從文提供寫作素材，鼓勵他繼續寫下去，但小說卻在第一章後永遠畫上了句號。按照李霖燦的說法，沈從文之所以停止小說寫作，是因為聽了李晨嵐為其描述玉龍雪山的美景後，感慨：「完啦，寫不下去了，比我想像的還美上千倍！」〔註20〕李霖燦的回憶雖然可能由於時間久遠、記憶模糊等因素，存在不準確的地方，但其中有兩點值得我們特別注意。第一，沈從文 20 世紀 40 年代所身處的環境並不像他所說的那樣，對其寫作只有負面影響。相反，與年輕人的交往、邊疆地區的奇異風景，都不斷讓作家產生新的創作衝動，並由此進行多種文學實驗。第二，雖然沈從文未必真是因為李晨嵐的一席話而中斷〈虹橋〉的寫作，也許他當時早就已經對這部小說意興闌珊，只是借個由頭隨意發揮，但「完啦，寫不下去了，比我想像的還美上千倍」這一表述卻與小說

〔註17〕 即李霖燦的〈沈從文老師和我〉和〈玉龍雪山故人情——憶李晨嵐兄〉。最初發表在臺灣《雄獅美術》雜誌上。後收入《西湖雪山故人情——藝壇師友錄》（杭州：浙江大學出版社，2011 年）一書。

〔註18〕 指 1939 至 1940 年間，李霖燦、李晨嵐在《今日評論》上發表的〈在白雪世界中〉、〈玉龍雪山散記〉、〈再談玉龍雪山〉以及〈玉龍雪山巡禮〉等長篇遊記作品。

〔註19〕 按照李霖燦的說法，小說〈虹橋〉中的李蘭即李晨嵐，李粲即李霖燦本人，夏蒙即夏明，而小周則是沈從文本人的化身。對此，筆者在下文會有更為詳細的分析。

〔註20〕 李霖燦，〈沈從文老師和我〉，《西湖雪山故人情——藝壇師友錄》，第 72 頁。

文本形成有趣的對應關係。因爲〈虹橋〉所寫的，恰恰就是幾位青年藝術家在面對雪山美景時，感歎自然之美無法傳達。這一文本內外的呼應似乎表明，沈從文此時所面臨問題是：他的語言能力無法完美再現自己所要表達的東西。因此「方其搦翰，氣倍辭前；暨乎篇成，半折心始」的窘迫，才是造成沈從文在 20 世紀 40 年代陷入創作困境的眞正原因。

而由此引發的問題則更爲有趣，雖然文字符號永遠不能對現實世界進行完美地表達，是當代文論的基本觀點之一，但沈從文在這裡面對的顯然不僅是這個層面的問題。而且沈從文早在 20 世紀 30 年代中期就已經是一個「著作等身」的小說家，並形成了自己獨特的文體。作爲一個有著豐富創作經驗的寫作者來說，按照自己慣用的方式，將構思落實爲一篇完整的小說作品，並不是特別困難的事〔註 21〕。更何況沈從文不是一個浪漫主義式的作家，依照靈感的起伏進行寫作。他通常在下筆之前，就已經對其作品的主題、情節、人物以及篇幅有通盤的計劃。這一點，沈從文在 1942 年寫給沈雲麓的信中表現得特別突出：

> ……就這麼也無妨礙（指國家以及出版社沒有給作家提供充足的資金——引案），因爲還是限制不住我想寫文章的願心。《長河》已成十三萬字，不久可付印。今年我還打量把另外一個作品寫成，名叫《小砦》，用王村作背景，有七萬字八萬字左右。《長河》有三十萬字，用呂家坪作背景。寫成十個時，我將取個總名，爲《十城記》。沅陵也有一個，名《藝盧紀事》，已有二萬字，我預備寫十萬字。把你當個主角，將來必有許多人讀來發笑。鳳凰也要寫一個……十五年來工作，似乎還對得起讀者，惟社會待我似不大公正……也無妨礙，身體好，我還得寫個二十年看看！〔註 22〕

從這段文字可以看出，沈從文在 20 世紀 40 年代有著強烈的創作衝動，並表示外部條件絲毫不能限制自己的寫作，即所謂「限制不住我想寫文章的願心」。他甚至還向家人勾勒了極爲龐大的創作計劃。而更關鍵的是，至少在制定寫作計劃的時候，沈從文對自己的寫作能力其實是很有自信的。僅從這封

〔註21〕 沈從文自己就在〈小說作者和讀者〉一文中表示：「關於文字的技巧與人事理解……這兩點對於一個小說作家，本來不應當成爲問題。」（沈從文，〈小說作者和讀者〉，《沈從文全集》第 12 卷，第 69 頁。）

〔註22〕 沈從文，〈致沈雲麓 194205〉，《沈從文全集》第 18 卷，第 402 頁。

信的口氣來看，完成一部十萬字左右的作品，對這位作家來說似乎並不是什麼難事。然而事情的發展卻並不像他想像的那麼容易。這段引文中提到《長河》、《小砦》以及《藝廬紀事》等，沈從文為它們沒有續寫一個字，而計劃中的有關鳳凰的小說，則更是空中樓閣。

那麼，究竟是什麼讓沈從文在寫作過程中對自己的語言能力失去信心，因而中止小說寫作呢？如果真的如上文所分析的，沈從文作為一個經驗豐富的小說家，語言能力本不成問題的話，那麼我們只能從沈從文如何理解小說創作這一問題入手，才能尋找到答案。因為一個人只有在認為自己所從事的工作非常困難時，才會對自己的能力表示懷疑。1941 年，沈從文在一封寫給投稿者的信中，表達了對自己未來十年間工作的期許：

> 個人在這一行工作（指進行文學創作——引案）上，雖寫了一堆故事，實在那只能稱為「習作」，用學徒作譬喻，一時還畢不了業的！近來倒只想如何從應付生活雜務中抽出手來，好好再寫十年，試驗試驗究竟還能不能用規模較大的篇章，處理一下這個民族方面較大的問題？〔註23〕

在這段文字中，沈從文將自己在 20 世紀 20、30 年代的小說稱為「故事」，這一姿態顯然意味著作家此時已經有了全新的判斷文學作品的標準。在這一標準的燭照下，這位小說家的早期作品只能被予以較低評價。與此相對應的是，沈從文認為只有那些處理事關民族存亡等重大問題的中長篇小說，才是更有價值的創作，也更符合自己這一時期對文學作品的期待。應該說，沈從文在這裡流露出的「雄心壯志」，在 20 世紀 40 年代的中國文壇上並不罕見，很多作家都曾表達過類似的看法。例如以短詩寫作聞名的現代派詩人卞之琳，正是在這一時期代認為「詩的體式難以表達複雜的現代事物」〔註24〕，「難於包涵小說體所可能承載的繁夥」〔註 25〕，而「散文的小說體卻可以容納詩情詩意」〔註 26〕。因此，卞之琳表示「現代寫一篇長詩，怎樣也抵不過一部長篇小說」〔註 27〕，並當真創作了一部六十萬字的長篇小說。從今天的視角重新

〔註23〕沈從文，〈給一個作者〉，《中央日報‧文藝》第 21 期，1941 年 2 月 18 日。
〔註24〕卞之琳，〈話舊成獨白：追念師陀〉，《卞之琳文集》中（合肥：安徽教育出版社，2002 年），第 261 頁。
〔註25〕卞之琳，〈詩與小說：讀馮至創作《伍子胥》〉，《卞之琳文集》中，第 356 頁。
〔註26〕卞之琳，〈話舊成獨白：追念師陀〉，《卞之琳文集》中，第 261 頁。
〔註27〕卞之琳，〈山山水水（小說片斷）‧卷頭贅語〉，《卞之琳文集》上，第 267 頁。

回望 20 世紀 40 年代會發現，正是這一時段決定了中國社會在以後幾十年的歷史命運和發展走向，其影響至今不絕。而有幸生活在那個大動蕩、大轉折年代中的作家自然會以各自的方式去因應他們身處的時代。在這個意義上，沈從文在這一時期對中長篇作品的追求，將重大問題納入小說寫作的努力，也同樣是那個時代的產物。

由於沈從文在 20 世紀 40 年代產生了獨特的對文學的理解，對自己工作也有了新的認識，他不再願意重複自己在 20 世紀 30 年代逐漸形成的，較為成熟的寫作方式和文體形式〔註 28〕，而是希望以全新的方式進行小說寫作。事實上，小說集《看虹摘星錄》正記錄了沈從文在這方面所進行的多種嘗試。不過與短篇小說相比，在中長篇作品中進行文體實驗是更為艱巨的挑戰。至少就沈從文無法完成中長篇作品這一情況來說，他在這一時期還無法勝任這一工作，所以才不斷感慨語言表達能力的局限性。在筆者看來，這才是造成沈從文在 20 世紀 40 年代陷入創作危機的真正原因。

本雅明在〈講故事的人──論尼古拉・列斯剋夫〉中提出了一個頗具啓發性的看法，即故事與小說這兩種文體之間的此消彼長，意味著人們與其生活的世界之間關係的改變〔註 29〕。如果我們把這個觀點進一步引申的話，那麼不同的小說寫作方法，其實正對應著不同的處理個人與世界關係的方式。在這個意義上，當沈從文試圖以全新的方式進行小說寫作時，就不單純是純文學意義上的形式創新，而且也表明作家對文學本體與外在世界的關係有了新的看法。因此，20 世紀 40 年代的沈從文真正讓人感興趣的地方，並不是他在此時遭遇的創作危機本身，而是由這一創作危機所揭示出的對於文學以及世界的獨特理解。

三、二元對立的世界觀

需要指出的是，沈從文並不是在 20 世紀 40 年代才開始把自己的創作，與重大問題聯繫起來的。早在 20 世紀 30 年代中期，他就已經把自己的寫作視為一種事關民族復興大業的工作。在 1934 年 4 月發表的〈《邊城》題記〉一文中，

〔註 28〕 吳曉東就準確地指出：「沈從文因對『講故事的人』的自覺而獲得了自己獨特的小說意識，並在 20 世紀 30 年代初達到了小說理念的成熟。」（參見〈從『故事』到『小說』──沈從文的敘事歷程〉）

〔註 29〕 參見本雅明，〈講故事的人──論尼古拉・列斯剋夫〉，收於漢娜・阿倫特編，《啓迪──本雅明文選》，張旭東、王斑譯，（北京：生活・讀書・新知三聯書店，2008 年）。

作家認為自己的創作是「將這個民族為歷史所帶走向一個不可知的命運中前進時，一些小人物在變動中的憂患，與由於營養不足所產生的『活下去』以及『怎樣活下去』的觀念和欲望，來所樸素的敘述」。他還希望把自己的作品獻給那些「對中國現社會變動有所關心，認識這個民族過去偉大處與目前墮落處，各在那裏很寂寞的從事於民族復興大業的人」〔註30〕（這裡提到的「從事於民族復興大業的人」，顯然包括沈從文自己）。如果說所謂「樸素的敘述」這樣的提法，多少顯得有些低調，似乎只是一種現實主義的創作態度的話，那麼同年 5 月發表的〈《鳳子》題記〉則更為「露骨」，沈從文在其中直接將自己的寫作姿態上升到「信仰」的高度。在那篇文章裏，他認為自己的工作是「忠誠於自己的信仰」，替「這個民族較高的智慧，完美的品德，以及其特殊社會組織，試作一種善意的記錄」〔註31〕，是「為這個民族理智與德行而來有所寫作」〔註32〕。

　　不過在筆者看來，雖然沈從文在這裡使用了「信仰」一詞，但這並不代表他此時已經開始奉行某種有著具體內涵的思想。恰恰相反，沈從文終其一生對成型的理論予以拒絕，並對所謂「理論家」、「批評家」保持高度警惕〔註33〕。因此，「信仰」一詞在沈從文那裏其實更多是表達了他在 20 世紀 30 年代對寫作方式的堅持和對自己作品所具有的價值的自信。而是否有自信這一點，恰恰是沈從文在進入 20 世紀 40 年代後發生的重大改變之一。如果說在 20 世紀 30 年代，他在〈《邊城》題記〉和〈《鳳子》題記〉中對文學之於民族復興的意義予以肯定，並決定為之努力的話，那麼到了 20 世紀 40 年代，他在面對同樣的問題時則顯得有些遊移。在 1943 年 12 月發表的散文〈綠魘〉中，作家提出了一系列問題：

　　　　一個民族或一種階級，它的逐漸墮落，是不是純由宿命，一
　　　　到某種情形下即無可挽救？會不會只是偶然事實，還可能用一種
　　　　觀念一種態度而將它重造？我們是不是還需要些人，將這個民族
　　　　的自尊心和自信心，用一些新的抽象原則，重建起來？〔註34〕

〔註30〕沈從文，〈《邊城》題記〉，《沈從文全集》第 8 卷，第 59 頁。
〔註31〕沈從文，〈《鳳子》題記〉，《沈從文全集》第 7 卷，第 79 頁。
〔註32〕沈從文，〈《鳳子》題記〉，《沈從文全集》第 7 卷，第 80 頁。
〔註33〕不過這並不妨礙沈從文對理論閱讀的興趣。例如，沈從文對心理學就很感興趣，尤其對弗洛伊德學說甚為入迷。他曾反覆閱讀《變態心理學》一書，並在自己的作品中嘗試用精神分析理論解釋人物心理。
〔註34〕沈從文，〈綠魘〉，《沈從文全集》第 12 卷，第 138～139 頁。

從這些問題可以看出，沈從文依然在思考自己在 20 世紀 30 年代中期提出的命題。然而當這一命題以疑問的方式提出的時候，已經在不經意間流露出其內心的惶惑〔註35〕——如果民族的衰朽是一種歷史的必然，那麼自己重造民族的努力還有什麼意義？

不過與上述疑惑相比，這一時期對沈從文造成更大心理壓力的，還是對語言表達能力的不自信。因為如果中華民族注定要腐朽、墮落以致消亡，其實並不妨礙作家以決絕的態度，用文字與這一命運進行抗爭。事實上，沈從文在 20 世紀 40 年代的很多散文中，不斷標榜「眾人皆醉我獨醒」的姿態，不惜一切代價對身邊看不慣的人與事進行猛烈抨擊。甚至熟人在閑暇時用打牌來消磨時光，他也看不慣，反覆撰文予以批判，讓自己在這一時期飽受誤解和非議。不管這些文章在現實生活中是否起到作用，也不管我們是否讚同這些文章的觀點，其中表現出的勇氣與耿直，今天讀來仍令人感佩。因此，在面對民族必然墮落的命運時，這位有些執拗的作家並非沒有辦法將由此帶來的悲觀情緒排解。然而如果語言文字本身不能傳達沈從文希望用來重造民族的「觀念」、「態度」以及「抽象原則」，那麼他所付出的一切努力才當真失去了意義。也正是由於這一原因，語言表達能力的局限性，讓沈從文在 20 世紀 40 年代痛苦不已。在下面這段文字中，這種痛苦體現的最為充分：

> 我努力想來捕捉這個綠蕪照眼的光景，和在這個情節明朗空氣相襯，從平田間傳來的鋤地聲，從村落中傳來的春來聲，從山坡下一角傳來的連枷撲擊聲，從空中傳來的蟲鳥搏翅聲；以及由於這些聲音共同形成的特殊靜境，手中一支筆，竟若絲毫無可為力。只覺得這一片綠色，一組聲音，一點無可形容的氣味，綜合所作成的境界，使我視聽諸官覺沉浸到這個境界中後，已轉成單純到不可思議。
>
> 企圖用充滿歷史徽斑的文字來寫它時，竟是完全徒勞。〔註36〕

上述引文以「努力」起筆，卻以「徒勞」收束，生動地表現了這位作家在這一時期所面臨的窘境。在筆者看來，此時沈從文其實一直為這個問題而焦慮。他不斷表示「凡能著於文字的事事物物，不過一個人的幻想之糟粕而已」〔註37〕，

〔註35〕 筆者並非認為沈從文對這些問題予以否定性的回答，只是指出他在處理同樣問題時態度的微妙變化。

〔註36〕 沈從文，〈綠魘〉，《沈從文全集》第 12 卷，第 134 頁。

〔註37〕 沈從文，〈燭虛〉，《沈從文全集》第 12 卷，第 26 頁。

感慨「《法華經》雖有對於這種情緒（指某種抽象、純美的境界——引案）極美麗形容，尚令人感覺文字大不濟事，難於捕捉這種境界」〔註38〕，並羨慕「但丁、歌德、曹植、李煜」等偉大作家，可以「用文字組成形式」，能將其試圖表達的境界「保留的比較完整」〔註39〕。

從上面的分析可以看出，由於沈從文在 20 世紀 40 年代產生了新的對世界的看法，並進而開始懷疑語言的表達能力，使得作家此時有關文學與世界的觀點雖然與其在 20 世紀 30 年代的想法一脈相承，但卻與後者在本質上存在不同。那麼，這種新的對世界的理解究竟是什麼呢？1943 到 1947 年間，沈從文創作了〈綠魘〉、〈白魘〉、〈黑魘〉以及〈青色魘〉等散文作品。由於作家力圖在這些作品中對進行深刻的自我剖析〔註40〕，將他在這一時期的所思所想展現其中，因而我們可以由此一窺沈從文對於世界的看法和理解。不過正像研究者指出的那樣，這些以色彩和「魘」為題的散文作品，將「作家的日常生活、雜亂的人事遭際、形形色色的社會現象等」〔註41〕混雜在一起，因而顯得晦澀難懂，為研究者對它們進行解讀製造了很大的困難。不過在這些作品中，〈綠魘〉是比較特殊的〔註42〕。這不僅是因為它是篇幅最長，結構最複雜的一篇；而更關鍵的是，作家花費了三年的時間對其進行不斷修改。這篇散文最初以〈綠・黑・灰〉為題，連載於 1943 年 12 月至 1944 年 1 月出版的《當代評論》雜誌第 4 卷第 3 期至第 5 期上。一個月後，他又將其修改為〈綠魘〉，刊發在《當代文藝》雜誌第 1 卷第 2 期上。而到了 1946 年 12 月，沈從文對其進行再次修訂，發表在《當代文錄》第 1 集上。雖然沈從文是個喜歡整理修訂自己作品的作家，對作品進行不斷修改其實是其創作生涯中的常態。不過考慮到〈綠魘〉是沈從文試圖對自我進行剖析的嘗試，我們也可以把對這篇作品的歷次修訂，理解為作家對自己思想進行清理的過程。或許正是因為沈從文對〈綠魘〉的不斷刪改，使它在上述以「魘」為題的作品中

〔註38〕沈從文，〈燭虛〉，《沈從文全集》第 12 卷，第 25 頁。

〔註39〕沈從文，〈燭虛〉，《沈從文全集》第 12 卷，第 24 頁。

〔註40〕沈從文在〈黑魘〉校樣上題寫到：「這個寫得很好，都近於自傳中一部分內部生命的活動形式」。這充分說明這批以「魘」為題的散文是作家對自我進行分析的產物。參見《沈從文全集》第 14 卷，第 471 頁。

〔註41〕賀桂梅，《轉折的年代：40～50 年代作家研究》，第 127 頁。

〔註42〕吳立昌也認為，在這些以「魘」為題的實驗性散文中，「《綠魘》最具代表性」。不過他主要在形式技巧的層面上，分析這篇作品。參見《「人性的治療者」——沈從文傳》，第 247 頁。

是最具形式感的一篇，也是思想表達相對清晰的一篇。因此在下面的討論中，筆者將主要圍繞〈綠魘〉展開，並參照其他散文作品，以期揭示沈從文如何理解他所身處的世界。

〈綠魘〉在結構上由「綠」、「黑」以及「灰」三部分組成。前兩個部分的結尾，都附上了一段總結性的文字。從內容上看，「綠」的部分主要講述作家走出家門，脫離世俗的羈絆，在自然環境裏與一隻螞蟻進行的虛擬對話。「綠色」田野中進行的自由聯想，似乎讓作家「觸著了生命的本體」，並進入平靜超脫的「境界」。他表示：

> 這片綠色既在陽光下不斷流動，因此恰如一個偉大樂曲的章節，在時間交替下進行，比樂律更精微處，是它所產生的效果，並不引起人對於生命的痛苦與悅樂，也不表現出人生的絕望和希望，它有的只是一種境界，在這個境界中時，似乎人與自然完全趨於諧和，在諧和中又若還具有一分突出自然的明悟。〔註43〕

沈從文將這篇作品命名為「魘」，其實正暗示著這一時期不斷困擾其內心的不安與惶惑。不過從上面那段描寫來看，只要沈從文身處在自然之中，他就可以獲得一份難得的平靜與和諧，並由此對一系列抽象原則進行思考。有趣的是，這位作家似乎對自己與自然和諧相處的境界並不滿意，表示「我需要一點欲念，因為欲念若與那個社會限制發生衝突，將使我因此而痛苦。我需要一點狂妄，因為若擴大它的作用，即可使我從現實光景中感到孤單，不拘痛苦或孤單，都可將我重新帶進這個亂糟糟的人間」〔註44〕。顯然，渴望著「欲念」與「狂妄」，並不懼怕由此帶來的「痛苦」和「孤單」，使得作家執拗地要從「自然」和「抽象原則」中抽身出來，返歸「亂糟糟的人間」。因此，沈從文在這一部分結尾處的總結性文字中表示，自己要「試從黑處去搜尋」，來「證明生命於綠色以外，依然能存在，能發展」〔註45〕，從而引出第二部分「黑」。

當〈綠魘〉過度到「黑」後，作者的描寫對象也就從田野中的自由聯想轉移到了「亂糟糟的人間」。他詳細地描述了自己在呈貢租住的房子，介紹了它的來龍去脈，並饒有興致地記錄了與這所房子相關的人與事。一個有趣的

〔註43〕沈從文，〈綠魘〉，《沈從文全集》第 12 卷，第 137～138 頁。
〔註44〕沈從文，〈綠魘〉，《沈從文全集》第 12 卷，第 138 頁。
〔註45〕沈從文，〈綠魘〉，《沈從文全集》第 12 卷，第 139 頁。

細節是，沈從文租下房子後，在頭腦中按照每個未來住戶的工作，爲他們一一分配了房間。他覺得「畫畫的宜在樓下那個長廳中，雖比較低矮，可相當寬闊光亮。弄音樂的宜住後樓，雖然光線不足，有的是僻靜，人我兩不相妨，至於那個特殊情調，對於習樂的心理也許還更相宜。前樓那幾間單純光亮房子，自然就歸我了，因爲由窗口望去，遠山近樹的綠色，對於我的工作當有幫助」〔註 46〕。經沈從文在頭腦中的一番布置，他租的房子儼然成了一個秩序井然的文藝工作室。需要我們注意的是，當沈從文按照住戶工作性質分配房屋時，他顯然在進行一種根據抽象原則進行人事安排的努力。不過事情的發展卻不像作家想像的那麼完美，他擬想中的藝術家們各就其位、相安無事的進行創作的場景從來沒有成爲現實。隨著住戶的實際入住，各種由生活瑣事引起的問題紛至沓來。先是藝術家夫婦因爲「養了幾隻雞」，與「講究衛生」的房東不斷發生衝突。然後隨著時間的推移，「年青畫家」去了「滇西大雪山」。美術家夫婦也很快搬走。而「習音樂的一群年青孩子」則「隨同機關遷過四川去了」。取而代之的是「軍隊」、「商人」、「卸任縣長」以及「監修飛機場的工程師」等。顯然，現實生活的發展變化要比沈從文想像的複雜得多。那些抽象原則根本不能落實在實際生活中。這就是《綠魘》第二部分要表達的內容。因此，在第一部分讓作家心嚮往之的「亂糟糟的人間」，顯然並非理想的居所。或許正是有感於此，作家在這一部分的總結性文字中陷入了痛苦的思索。他覺得自然「近生命本來」（在「綠」的部分中被表述成「生命的本體」），但卻「單調又終若不可忍受」。於是趨向對現實人生的探索，但其中他卻只看到了人們「彼此相慕，彼此相妒，彼此相爭，彼此相學，相差相左」的複雜情形，因此再次生發出對於「得天獨全」的自然狀態的欽羨〔註 47〕。顯然，無論是「自然」還是「人間」，都不能令沈從文感到滿意，使他在二者之間疲於奔命。

　　或許正是因爲陷入一種循環論證般的窘境，沈從文在〈綠魘〉第三部分「灰」中，一上來就表示「在一堆具體的事實和無數抽象的法則上，我不免有點茫然自失，有點疲倦，有點不知如何是好」，並試圖尋找某種東西來「穩定自己」〔註48〕。不過在「灰」中，沈從文並沒有真正進行尋找「穩定自己」

〔註46〕沈從文，〈綠魘〉，《沈從文全集》第 12 卷，第 142 頁。
〔註47〕沈從文，〈綠魘〉，《沈從文全集》第 12 卷，第 150 頁。
〔註48〕沈從文，〈綠魘〉，《沈從文全集》第 12 卷，第 150 頁。

的東西的努力，而是把筆觸轉移到對一個瘋女人「小香」的描寫中。這種讓
人難以捉摸的跳躍，其實是作家這批以「魘」爲題的散文最大的特色，這既
加劇了研究者理解這些散文內涵的困難，也從一個側面說明作家此時思想的
混亂。因此，我們必須花費極大的心力，才能隱約摸索到這些散文作品的內
在思路。細細推究沈從文對小香的描寫我們會發現，這個瘋女人與作家本人
其實互爲鏡像。

試看下面這段頗有意味的對話：

……我……因之一直向家中逃去。

二奶奶見個黑影子猛然竄進大門時，停下了她的工作。

「瘋子，可是你？」

我說：「是我！」

二奶奶笑了：「沈先生，是你！我還以爲你是小香，正經事不作，

來嚇人。」〔註49〕

在這段對話中，作家顯然在利用語言的歧義性，將自己與瘋子等同起來。事後，
他甚至對妻子這樣表示：「二奶奶以爲我是小香瘋子，說我一天正經事不作，
只嚇人，知道是我，她笑了，大家都笑了，她倒並沒有說錯。你看我一天作了
些什麼正經事，和小香有什麼不同」〔註50〕。由此可以看出，雖然沈從文在〈綠
魘〉的第三部分中，試圖在「自然」與「人間」、「抽象」與「具體」的兩極間，
尋找某種可以「穩定自己」的東西，但這一努力不但以失敗告終，他本人甚至
也在尋找的過程中喪失平衡，將自己認定爲像小香那樣的瘋子。這種近於瘋狂
的感受，在〈白魘〉和〈黑魘〉中其實表達得更爲清晰。在前者中，沈從文表
示「我的心……從虛空倏然墜下，重新陷溺到一個更複雜人事景象中，完全失
去方向了」〔註51〕。而在後者中，作者更是用「陷溺到一個無邊無際的海洋裏」
和「破帆碎槳在海面漂浮」〔註52〕等意象，描述自己思想的混亂。在〈綠魘〉
的結尾，沈從文自己似乎也對瘋狂的狀態感到恐懼，努力從之前進行的思考中
抽身而出，並將那些思考命名爲「新黃粱夢」〔註53〕。

〔註49〕 沈從文，〈綠魘〉，《沈從文全集》第 12 卷，第 154 頁。
〔註50〕 沈從文，〈綠魘〉，《沈從文全集》第 12 卷，第 155 頁。
〔註51〕 沈從文，〈白魘〉，《沈從文全集》第 12 卷，第 166 頁。
〔註52〕 沈從文，〈黑魘〉，《沈從文全集》第 12 卷，第 171 頁。
〔註53〕 沈從文，〈綠魘〉，《沈從文全集》第 12 卷，第 156 頁。

　　仔細閱讀散文〈綠魘〉後會發現，這部作品的基本結構是相當清楚的。沈從文在第一和第二部分中分別對「自然」與「人間」加以探究，而第三部分則記錄了作者在將二者放在一起進行思考時產生的思維混亂。事實上，沈從文在 20 世紀 40 年代其實一直在思考「自然」與「人間」、「抽象」與「具體」以及「生命」與「生活」〔註54〕等相互對立的命題。在散文〈燭虛‧五〉中，作家認為自己「需要清靜，到一個絕對孤獨環境裏去消化消化生命中具體與抽象」〔註 55〕。而在散文〈長庚〉中，沈從文甚至使用「戰爭」一詞來形容自己思考的艱難，表示「由於外來現象的困縛，與一己信心的固持，我無一時不在戰爭中，無一時不在抽象與實際的戰爭中，推挽撐拒，總不休息」〔註 56〕。遺憾的是，雖然沈從文在這一時期進行了艱苦的思索，但他並沒有成功地解決這一問題，反而讓自己因思考過度進入類似瘋狂的狀態。不過從作家這一不成功的思想努力可以看出，他似乎在以一種二元對立的方式理解世界，將它劃分為由「自然」、「抽象」、「生命」和「人間」、「具體」、「生活」兩個極端對立的部分。而更有趣的是，沈從文甚至認為世界上全部問題與混亂都是這兩極相互衝突造成的。在散文〈潛淵‧六〉中，他明確表示「生命具神性，生活在人間，兩相對峙，糾紛隨來」〔註 57〕。這樣一種二元對立的世界觀，就是沈從文在 20 世紀 40 年代形成的頗為獨特的對世界的理解方式。

四、新柏拉圖主義式的美學

　　沈從文在 20 世紀 40 年代以二元對立的方式理解自己身處的世界，並將這種特殊的世界觀滲透到同一時期的很多作品中。這一現象已經為很多研究者所注意。例如，賀桂梅就曾指出沈從文「以一種二元對立的方式來建構或表達他所理解的社會和宇宙」〔註 58〕。而金介甫在描述沈從文這一時期的思想時，甚至認為他是「本著柏拉圖（他向革命者推薦的一位作家）的精神，把瞬息消逝的飽經戰禍的現象世界重新統一成一個更永恒的美的本體」〔註 59〕。

〔註54〕　根據散文〈潛淵〉，「生命」與「生活」是另外一組沈從文用來描述世界兩極的詞。這一組詞的意義和「自然」與「人間」、「抽象」與「具體」或「抽象」與「實際」之間的對立基本相同。

〔註55〕　沈從文，〈燭虛‧五〉，《沈從文全集》第 12 卷，第 22 頁。

〔註56〕　沈從文，〈長庚〉，《沈從文全集》第 12 卷，第 39 頁。

〔註57〕　沈從文，〈潛淵‧六〉，《沈從文全集》第 12 卷，第 34 頁。

〔註58〕　賀桂梅，《轉折的年代：40～50 年代作家研究》，第 127 頁。

〔註59〕　（美）金介甫，《鳳凰之子：沈從文傳》，符家欽譯，第 310 頁。

這位美國學者所說的「現象世界」，用作家自己的語言來說就是「具體的事實」，而「永恒的美的本體」則是「抽象的法則」〔註60〕。考慮到柏拉圖同樣秉持一種二元對立式的世界觀，認爲現實世界之上存在著抽象的理念或理式，而前者不過是後者的倒影。因此金介甫用柏拉圖思想來比喻沈從文在 20 世紀 40 年代的世界觀，並非無稽之談。

不過筆者需要提醒讀者注意的是，雖然沈從文和柏拉圖以類似的方式來理解世界，但對世界兩極之間關係的看法卻並不一致。在柏拉圖那裏，現實世界只是理念的倒影，而以各種方式對現實世界進行摹仿的文學藝術，則更是倒影之倒影。因此，在這位希臘哲人的思想體系中，文學藝術必須被驅逐出「理想國」，而不斷對理念進行思考的哲學則被賦予最高的價值。正是由於這樣的原因，在柏拉圖提出的那個著名命題——人應該如何生活——背後，其隱含的意思似乎是人應該通過哲學思考認識理念，然後在現實生活踐行那些抽象原則〔註61〕。與柏拉圖思想極爲相似的是，沈從文在 20 世紀 40 年代對自己工作的期待是：通過不斷的努力，試驗自己能否「用一些新的抽象原則」來重建「這個民族的自尊心和自信心」〔註62〕。值得一提的是，作家在這一時期其實一直以不同方式表達上述期待，他甚至用詩意的語言表示：「我還得在『神』之解體的時代，重新給神做一種光明讚頌。在充滿古典莊雅的詩歌失去價值和意義時，來謹謹愼愼寫最後一首抒情詩。」〔註 63〕這段引文中所說的「神」，指的就是某種抽象原則。由此可見，在作家的設想中，他用以將抽象原則來重建「民族的自尊心和自信心」的方式，是通過自己的文學創作，即所謂「寫最後一首抒情詩」。正是在這裡，沈從文與柏拉圖發生了分歧。如果說柏拉圖由於認爲文學藝術永遠不可能眞實地再現現實世界，因而無法正確傳達抽象的理念世界；那麼沈從文恰恰是挑戰柏拉圖對文藝的限定，要通過自己的創作將抽象原則「引渡」到現實世界。在一篇雜文中，他甚至號召「思想家、文學家、藝術家」聯合起來，用他們的思想「重新組織一個世界」〔註64〕。

〔註60〕 參見沈從文，〈綠魘〉，《沈從文全集》第 12 卷，第 150 頁。

〔註61〕 柏拉圖的這個命題在今天引發了複雜豐富的有關政治哲學的討論，筆者在這裡僅就其最基本的意義來談。

〔註62〕 沈從文，〈綠魘〉，《沈從文全集》第 12 卷，第 139 頁。

〔註63〕 沈從文，〈水雲〉，《沈從文全集》第 12 卷，第 128 頁。

〔註64〕 沈從文，〈新廢郵存底‧二八一‧關於學習〉，《益世報‧文學週刊》第 58 期，1947 年 9 月 20 日。

　　由於文學在沈從文頭腦中的二元世界體系中起到非常重要的銜接作用，文學／文字的作用、意義以及局限性成了作家在 20 世紀 40 年代不斷思考的主題。在有些時候，沈從文對語言文字的作用非常看重，並流露出不斷打磨鍛造自己語言的願望。他認爲「生命的『意義』，若同樣是與愚迷戰爭，它使用的工具仍離不了文字，這工具的使用方法，值得我們好好的來思索思索」〔註65〕。而在給一位用錯誤文體進行寫作的年輕人的信中，這位經驗豐富的作家給出的建議是：應該把《聖經》「和《紅樓夢》放在身邊，當成學習控制語言的參考工具，我覺得有益無害」〔註66〕。顯然，堅信文學在現實生活中的作用，並對語言的工具性質進行思考，構成了沈從文 20 世紀 40 年代文學思想的一個重要方面。然而在更多的時候，沈從文往往對自己的文學創作實踐，以及作品在現實生活中的作用予以負面評價。在下面這段寫給黃靈的話中，這一點表現得頗爲突出。

　　　　我能寫精美的作品，可不易寫偉大作品了。我的作品也游離於
　　現代以外，自成一格，然而正由於此，我工作也成爲一種無益之業
　　了。〔註67〕

在這段文字中，沈從文將文學作品分爲兩類，即「精美的作品」和「偉大作品」。而從「無益之業」這樣的表述方式來看，他顯然認爲後者比前者更有價值。不過遺憾的是，這位頗有抱負的作家認爲自己的創作只是些「精美的作品」而已。沈從文做出的這一判斷，無疑與其對自己 20 世紀 40 年代的工作的期許有關。正像上文分析過的，他在這一時期爲自己定下的目標是「試驗試驗究竟還能不能用規模較大的篇章，處理一下這個民族方面較大的問題」〔註68〕。因此，始終不能用文字創造出一種篇幅合適、與要表達的內容相契合的形式，較好地處理現實生活中的重大問題，是沈從文在 20 世紀 40 年代對自己作品評價頗低的根本原因。

　　或許是因爲文學試驗始終不能達到自己的要求，抑或是因爲長期對此進行高強度的思考，這位小說家在這一時期的心理狀態出現了很大的問題。閱讀沈從文此時的作品，我們會發現他始終爲焦慮、痛苦的情緒所困擾。在散

〔註65〕沈從文，〈長庚〉，《沈從文全集》第 12 卷，第 41 頁。
〔註66〕沈從文，〈致易夢虹 1942〉，《沈從文全集》第 18 卷，第 420 頁。
〔註67〕沈從文，〈覆黃靈——給一個不相識的朋友〉，《沈從文全集》第 18 卷，第 451頁。
〔註68〕沈從文，〈給一個作者〉，《中央日報‧文藝》第 21 期，1941 年 2 月 18 日。

文〈黑魘〉中，他這樣描述自己在思考「影響到這個民族正當發展的一切抽象原則」時的心理感受：「頃刻間便儼若陷溺到一個無邊無際的海洋裏，把方向完全迷失了。只到處看出用各式各樣材料作成『理想』的船舶，數千年來永遠於同一方式中，被一種卑鄙自私形成的力量所摧毀，剩下些破帆碎槳在海面漂浮」〔註69〕。在「無邊無際的海洋」、「方向完全迷失」以及「破帆碎槳」等表達方式中，我們可以明顯感受到作者在思考過程時承受的痛苦，以及因努力思索卻毫無成效而產生的無力感。而這類情緒發展到極端，就是瘋狂。在〈潛淵‧三〉中，作家認為「若有一個人，超越習慣的心與眼，對於美特具美感，自然即被稱為癡漢」〔註70〕。根據語境，這裡所說的「癡漢」就是沈從文自己。而在〈綠魘〉中，他更是直接將自我與瘋人小香做鏡像化的處理，並認為自己與瘋人沒什麼不同。或許在〈生命〉中，作家對這種瘋狂的心理狀態表達得更為明晰。在將自己的身份比喻為「哲人」和「瘋子」後，沈從文明確表示：

> 我正在發瘋。為抽象而發瘋。我看到一些符號，一片形，一把線，一種無聲的音樂，無文字的詩歌。我看到生命一種最完整的形式，這一切都在抽象中好好存在，在事實前反而消滅。〔註71〕

這段文字重要的地方在於，它清晰地呈現了沈從文之所以瘋狂的原因。單從「我正在發瘋。為抽象而發瘋」來看，作家似乎只是因為對「抽象」進行思考而發瘋。不過這段文字的最後一句則表明，實際情況可能更為複雜。其中所謂的「生命一種最完整的形式」，在筆者看來就是〈綠魘〉第一部分所描述的「生命的本體」〔註72〕。因此，正像沈從文在綠色的田野「觸著了生命的本體」，從而進入「人與自然完全趨於諧和」的「境界」，並獲得「一分」「明悟」〔註73〕，他在「抽象」中「看到生命一種最完整的形式」，其實也正是進入了某種和諧的境界。這一點，在〈白魘〉中表達得更為清晰，他明確表示，只有「逃避到抽象中，方可突出這個無章次人事印象的困惑」〔註74〕。由此可見，「抽象」本身並不能讓沈從文「發瘋」。而作家瘋狂的關鍵在於，他無

〔註69〕 沈從文，〈黑魘〉，《沈從文全集》第 12 卷，第 171 頁。

〔註70〕 沈從文，〈潛淵‧三〉，《沈從文全集》第 12 卷，第 32 頁。

〔註71〕 沈從文，〈生命〉，《沈從文全集》第 12 卷，第 43 頁。

〔註72〕 沈從文，〈綠魘〉，《沈從文全集》第 12 卷，第 137 頁。

〔註73〕 沈從文，〈綠魘〉，《沈從文全集》第 12 卷，第 137～138 頁。

〔註74〕 沈從文‧〈白魘〉，《沈從文全集》第 12 卷，第

法把在「抽象」中看到的「符號」、「形」、「線」、「無聲的音樂」、「無文字的詩歌」以及「生命一種最完整的形式」，用文字加以表達，再現於現實世界。所有這些東西都「在事實前反而消滅」才是沈從文瘋狂的真正原因。

　　對文學/文字表達能力的不信任，使得沈從文在 20 世紀 40 年代陷入嚴重的創作危機，也讓他的精神和心理承受著巨大的痛苦。不過有趣的是，沈從文對語言表達能力的負面評價，反而「逼」出了一種頗為獨特的美學思想。在〈燭虛・五〉中，沈從文集中表達了對文字局限性的看法。他認為要表達某種抽象境界，「文字不大濟事」〔註75〕，而「凡能著於文字的事事物物，不過一個人幻想之糟粕而已」〔註76〕。有感於此，沈從文發出這樣的感慨：

　　　　表現一抽象美麗印象，文字不如繪畫，繪畫不如數學，數學似
　　乎又不如音樂。〔註77〕

在這裡，或許是出於對文學/文字表達能力的失望，沈從文不再將視野局限在文學，轉而把希望寄託在其他科學或藝術形式上。似乎在他那二元對立的世界體系中，起著溝通抽象原則與現實生活作用的不僅是文學，還包括繪畫、數學以及音樂。而且這些科學或藝術形式要比文學能更加出色地完成將抽象原則再現於現實生活的使命。幾年之後，沈從文在〈綠魘〉中將這一為藝術形式劃分等級的思想表達得更為清晰。在那篇散文中，作家在田野中由沉思進入某種抽象境界後表示：「在這個境界中時，似乎人與自然完全趨於諧和，在諧和中又若還具有一分突出自然的明悟。必須稍次一個等級，才能和音樂所扇起的情緒相鄰，再次一個等級，才能和詩歌所傳遞的感覺相鄰。」〔註78〕

　　而由此引發的問題是，沈從文究竟採取什麼標準來對上述科學或藝術形式進行等級劃分，以形成自己獨特的美學體系呢？對此，沈從文沒有明確說明。不過幸運的是，作家自己曾解釋過為何音樂佔據這一美學體系的頂端，使我們可以從中推究上述問題的答案。他認為：

　　　　……大部分所謂『印象動人』，多近於從具體事實感官經驗而得
　　到。這印象用文字保存，雖困難尚不十分困難。但由幻想而來的形

〔註75〕沈從文，〈燭虛・五〉，《沈從文全集》第 12 卷，第 25 頁。
〔註76〕沈從文，〈燭虛・五〉，《沈從文全集》第 12 卷，第 26 頁。
〔註77〕沈從文，〈燭虛・五〉，《沈從文全集》第 12 卷，第 25 頁。
〔註78〕沈從文，〈綠魘〉，《沈從文全集》第 12 卷，第 137 頁至第 138 頁。

式流動不居的美，就只有音樂，或宏壯，或柔靜，同樣在抽象形式

中流動，方可望能將它好好保存並加以重現。〔註79〕

在這段文字中，沈從文根據他所理解的音樂的特點，將這一藝術形式放置在
自己美學體系的頂點。他覺得音樂和幻想中的美一樣，都採用「流動不居」
的「抽象形式」，因而前者可以將後者「好好保存並加以重現」。

　　此外，沈從文美學體系另一個有趣之處是，他認為數學要比文學、繪畫
具有更高的價值。雖然作家並沒有對此做出解釋，但根據康德對數學性質的
描述，我們也可以較好地理解這一問題。康德把人類的思維形式區分為純粹
理性、實踐理性以及判斷力三大類，並認為人類在研究數學時只依靠純粹理
性，用不著兩外兩種思維。而康德之所以做出這一判斷是因為，數學完全依
靠邏輯推理來運行，是純粹抽象的，不涉及絲毫感性成分。因此，我們有理
由推斷，數學這一學科所具有抽象性使沈從文對其予以較高評價。由此可以
看出，作家之所以賦予數學和音樂以更高的價值，其中的關鍵在於它們與「抽
象形式」更加接近，可以更完整的對其加以再現。與此相對應的是，文學、
繪畫這類藝術形式則更接近感性形式，與「抽象形式」疏遠，因而只能用來
表現「具體事實感官經驗」，無法對「抽象形式」進行完美「重現」，所以只
能在沈從文的美學體系中被賦予較低的價值。因此，沈從文是根據各種科學
或藝術形式與「抽象形式」的接近程度，來劃分它們在美學體系中的地位的。

　　有趣的是，當沈從文以與「抽象形式」的接近程度為標準構建自己的美
學體系時，他的思維方式與流行於歐洲中世紀時期的新柏拉圖主義美學頗為
相近。因此，我們也可以將作家這一時期的美學思想，命名為一種新柏拉圖
主義式的美學。新柏拉圖主義指的是以普洛丁（Plotinus，205～270）為代表
的哲學流派。他們對柏拉圖哲學所做的最大改動，就是把柏拉圖理論中的「理
念」或「理式」看作是「神」〔註80〕。這一改變無疑因應著這一時期基督教
神學思想開始流行的社會背景，同時也使得新柏拉圖主義成為中世紀最為盛
行的思想體系。在這一思想體系中，神就像太陽一樣，不斷向外界放射光芒。
這些光離它的源頭越遠，就越微弱。而所謂美，就是這種神的光輝。普洛丁
由此認為，「文章、事業、法律、學術等等的美」與它們本身的屬性沒有關係，

〔註79〕 沈從文，〈燭虛・五〉，《沈從文全集》第 12 卷，第 25 頁。
〔註80〕 有趣的是，沈從文在有些時候也會把「抽象形式」稱為「神」。參見沈從文，
　　　　〈水雲〉，《沈從文全集》第 12 卷。

而是直接聯繫著它們在多大程度上浸潤著神的光輝。在這一理論中，某一事物如果與神相接近，就會分享更多的神光，因而就是美的。而某一事物如果與神相疏遠，就只能獲得微弱的神光，也就沒有那些與神相接近的事物美。而那些完全無緣承澤神光的東西，則被判定爲醜的〔註 81〕。考慮到新柏拉圖主義所說的「神」與沈從文所追求的「抽象原則」在各自的美學體系中佔有相同的位置，雖然新柏拉圖主義美學並沒有對文學、繪畫、數學以及音樂等科學或藝術形式進行等級劃分，但其對美的評價標準無疑與沈從文的美學體系頗爲相近。在這個意義上，金介甫用「柏拉圖的精神」來描述沈從文 20 世紀 40 年代的文學理想並不準確，眞正支配了沈從文這一時期美學思想的，更像是一種近似於新柏拉圖主義的思維方式。

這裡需要特別指出的是，筆者雖然使用「新柏拉圖主義式」這樣的稱呼，命名沈從文 20 世紀 40 年代的美學思想，但並不是爲了說明作家在這一時期受到新柏拉圖主義美學的影響。雖然沈從文廣泛閱讀了大量書籍，我們並不能眞正實證他究竟閱讀了那些著作〔註 82〕。這裡所做的比附，只是爲了更好的命名和描述沈從文用來理解各種藝術形式之間等級差異的思維方式。同時我們也必須注意到，雖然作家在 20 世紀 40 年代確實產生了一種獨特的美學觀，但構建自己的美學體系並非這位小說家的意圖所在。因爲這一極度貶低文學的美學體系，並不是他在經過理性思辨後得出的理論成果，而是他由於對自己的文學抱有過高期望，在發現自己無法完成設想中的工作後所產生的情緒化反應。在這個意義上，沈從文的新柏拉圖主義式的美學思想，與其說是表明了其對文學、繪畫以及音樂等藝術形式之間關係的理論思考，不如說是生動地反映了他對自己寫作的失望與無奈。

〔註81〕 參見朱光潛，《西方美學史》上，《朱光潛全集》第 6 卷（合肥：安徽教育出版社，1990 年），第 136～138 頁。

〔註82〕 對這一問題，金介甫做了自己的推斷：「沈從文始終是改良派，但他信奉的社會科學是，對人和人的最終目的有新的理解。這些理論是他讀書的大雜燴，現在有些早已被人忘卻了。除了弗洛伊德外，這些理論還來自美國或十八世紀啓蒙運動時期的歐洲，惟獨沒有俄國。這些思想家都是典型的抽象思想家，想把心理學、文學、宗教、認識論和象徵主義、社會人類學、政治理論與人類學等等全都融會貫通，聯成一氣。要追蹤沈從文學問的來源，可以舉出 J・H・魯賓遜、T`・J・R.安格樂和 J.克倫、J・G.費里契和龔古爾兄弟、福樓拜、狄更斯、卡萊爾、歌德和尼采。」（參見（美）金介甫，《鳳凰之子：沈從文傳》，第 288 頁。）

五、星光虹影中的求索

　　雖然在沈從文獨特的美學體系中，文學被看作是一種最低級的藝術形式，因而無法完成再現「抽象形式」的任務。不過沈從文在 20 世紀 40 年代卻一直沒有放棄以文學的方式，爲「抽象形式」賦予感性形象的努力。於是，這位執拗的文學家在這一時期陷入某種悖論性的情景中。一方面，他不斷感慨「目前我手中所有，不過一支破筆，一堆附有各種歷史上的黴斑與俗氣意義文字而已。用這種文字寫出來時，自然好像不免十分陳腐，相當頹廢」〔註 83〕。而另一方面，他則不斷進行文字試驗，盡可能發揮其最大的能量，以便讓文學承擔只有音樂才能夠完成的使命，即從事「一種『用人心人事作曲』的大膽嘗試」〔註 84〕。在這個意義上，沈從文這一時期爲自己樹立的形象，似乎是一個不斷推石上山的西緒福斯，進行著注定失敗的工作。那麼，在作家漫長的文字生涯中，他究竟爲自己苦苦追尋的「抽象形式」賦予了怎樣的感性形態呢？

　　在〈綠魘〉第三部分中，沈從文談到自己喜歡在晚上給孩子們講述一些「荒唐故事」。這些故事的具體形態已經無由得知，好在作家爲我們粗略地介紹了它們的梗概：「故事中一個年青正直的好人，如何從星光接來一個火，又如何被另外一種不義的貪欲所作成的風吹熄，使得這個正直的人想把正直的心送給他的愛人時，竟迷路失足到髒水池淹死」〔註 85〕。需要指出的是，「荒唐故事」中的「年青正直的好人」其實是沈從文對自己形象的描繪。作家甚至借妻子的口明確表示：「你（指沈從文本人——引案）比兩個孩子的心實在還幼稚，因爲你說出了從星光中取火的故事，使自己去試驗它。說不定還自覺如故事中人一樣，在得到了火以後，又陷溺到另一個想像的泥潭中，無從掙扎，終於死了。」〔註 86〕從作家將自我形象納入故事的情況來看，他對這個故事顯然非常喜愛，甚至忍不住要把類似的故事向讀者反覆言說。在《綠魘》第二部分中，作家用一個美麗的故事，來表現某位年青詩人在追求一個美麗女子失敗後的心境。即：

〔註 83〕沈從文，〈燭虛・五〉，《沈從文全集》第 12 卷，第 26 頁。
〔註 84〕沈從文，《看虹摘星錄》後記〉，《沈從文全集》第 16 卷，第 342 頁。
〔註 85〕沈從文，〈綠魘〉，《沈從文全集》第 12 卷，第 153 頁。
〔註 86〕沈從文，〈綠魘〉，《沈從文全集》第 12 卷，第 156 頁。

> 詩人的小小箬葉船兒，卻把他的歡欣的夢和孤獨的憂愁，載向
> 想像所及的一方，一直向前，終於消失在過去時間裏，淡了，遠了，
> 即或可以從星光虹影中回來，也早把方向迷失了。〔註87〕

而在〈黑魘〉中，沈從文則以更爲細緻的方式再次講述這個故事。他寫道：
「詩人朋友……爲娛樂自己並娛樂孩子，常把綠竹葉片折成小船，裝上一點
紅白野花，一點瑪瑙石子，以及一點單純憂鬱隱晦的希望，和孩子對於這個
行爲的癡願與祝福，乘流而去……生命願望凡從星光虹影中取決方向的，正
若隨同一去不返的時間，漸去漸遠，縱想從星光虹影中尋覓舊路，已不可能」
〔註88〕。「詩人」的故事顯然與前面提到的「好人」的故事具有同構關係。
二者都在表現主人公對某種虛幻縹緲事物的追尋與探索。不同的是，在「好
人」的故事中，主人公在「星光」中獲得了他所探求的東西，但卻在歸途中
不幸死去。而在「詩人」的故事中，講述者似乎更願意強調在追尋的過程中，
主人公寄託了自己全部的感情和夢想，即「他的歡欣的夢和孤獨的憂愁」。
遺憾的是，這一追尋注定會徒勞無功，要麼，詩人將永遠陷落在「星光虹影」
之中；要麼，他將在歸途中「把方向迷失」。

　　這類作家反覆講述的故事，在形式，美麗而憂鬱；在意義上卻因爲過於
抽象而令人感到無從索解。在筆者看來，我們只有聯繫上文分析過的，沈從
文在這一時期所秉持的二元對立世界觀以及新柏拉圖主義式的美學思想，才
能眞正有效地理解這類故事的內涵。由於以二元對立的方式來理解自己身處
的環境，作家認爲世界由「生命」與「生活」、「自然」與「人間」以及「抽
象」與「具體」等一系列二項對立構成。而從作家爲自己確立的任務——用
「一些新的抽象原則」來重建「民族的自尊心和自信心」〔註89〕——來看，
他顯然力圖用自己的文學創作來溝通世界的兩極，擁那些抽象原則重新改造
具體的現實世界。問題是，由於作家對文學/文字的表達能力產生了極大的懷
疑，逼得他將文學放置在自己美學體系中的最底端。這一理論設置，無疑宣
告了其文學事業注定無法完成。因此，不管是「好人」故事中，「正直的好人」
最終在「髒水池」中失足而死產生的悲觀情緒，還是「詩人」故事中，主人
公在歸途中「把方向迷失」而生出的迷惘感，都直接生發於沈從文這一時期
對文學的負面看法。

〔註87〕沈從文，〈綠魘〉，《沈從文全集》第 12 卷，第 149 頁。
〔註88〕沈從文，〈黑魘〉，《沈從文全集》第 12 卷，第 174 頁。
〔註89〕沈從文，〈綠魘〉，《沈從文全集》第 12 卷，第 139 頁。

在這個意義上，我們已經可以理解作家爲何對上述探索虛無縹緲的抽象之物的故事如此著迷。因爲那些美麗的故事恰恰是沈從文本人處境的生動寫照，並且處處與其思想形成對應關係。其中的「星光」以及「星光虹影」，自然是作家所苦苦追求的「抽象原則」。「從星光接來的一個火」則暗示著作家以文學形式對「抽象原則」進行再現與表達的嘗試。「另外一種不義的貪欲所作成的風」和「髒水池」，顯然指的是沈從文在這一時期不斷批判的「無個性無特徵的庸碌人生觀」〔註90〕以及「流行風氣與歷史上陳舊習慣、腐敗勢力」〔註91〕。考慮到「好人」之所以會死，是因爲他要把自己「正直的心」獻給自己的「愛人」，因此這個「愛人」似乎正喻指著作家試圖去「重造」的中華民族。而無論是「好人」最終「迷路失足到髒水池淹死」的結局，還是「詩人」或是消失在「星光虹影」之中，或是在歸途中「把方向迷失」的命運，都是以文學形象對作家無法通過自己的寫作傳達和再現「抽象原則」的窘境的表現。在某種程度上，如果說沈從文在理論上，將自己的使命構想爲將「抽象原則」引渡到「具體事實」之中，以達到重建民族的目的；那麼當他把這一思想轉化爲感性形態時，他的工作則被表現爲在「星光虹影」中的不斷求索。

由此可以看出，雖然沈從文反覆表示自己無法「用充滿歷史黴斑的文字」〔註92〕來表現「抽象原則」。然而他在艱苦的努力之後，確實以文學的方式爲「抽象原則」賦予了感性形態，即上述故事中的「星光虹影」。考慮到「星光虹影」這一意象本身所具有的美麗、脆弱、虛幻以及可望而不可及的特質，與「抽象原則」之間的契合程度，沈從文的嘗試無疑比較成功。或許正是因爲這一原因，作家在20世紀40年代的很多作品中，不斷使用「星」與「虹」的意象來表達自己所嚮往的美和抽象原則。在〈長庚‧二〉中，沈從文在對大多數人總是爲「果口腹」而費心思，卻不願意爲某種抽象之物進行思考的現象進行批判後，馬上轉入了對「星」的描繪：「在窗口見一星子，光弱而美，如有所顧盼。耳目所接，卻儼然比若干被人稱爲偉人功名巨匠作品留給我的印象，清楚深刻得多。」〔註93〕在這裡，作家顯然認爲「星子」這一形象對

〔註90〕沈從文，〈湘西‧沅水上游幾個縣分〉，《沈從文全集》第11卷，第385頁。
〔註91〕沈從文，〈致沈雲麓——給雲麓大哥19420908〉，《沈從文全集》第18卷，第410頁。
〔註92〕沈從文，〈綠魘〉，《沈從文全集》第12卷，第134頁。
〔註93〕沈從文，〈長庚‧二〉，《沈從文全集》第12卷，第38頁。

於抽象原則的表現，要比事功與文字所能夠傳達得更爲清晰。在《生命》一文中，沈從文在對「抽象的愛」進行苦苦思索，並對所謂「閹寺性的人」展開批判後睡去。他在夢中聽到：

在不可知地方好像有極熟習的聲音在招呼：

「你看看好，應當有一粒星子在花中。仔細看看。」

於是伸手觸之。花微抖，如有所怯。亦復微笑，如有所恃。因輕輕搖觸那個花柄，花蒂，花瓣。近花處幾片葉子全落了。

如聞歎息，低而分明。〔註94〕

在這段對夢境的描繪裏，花中的「星子」隱喻著作家不斷追尋的「抽象的愛」。不過令人苦惱的是，這一「星子」實在過於脆弱，伸手摘星，不但「星子」已不復存在，甚至那花亦已凋零。在這裡，作家顯然又以另外一種方式，將上文提到的「好人」和「詩人」的故事重新演繹了一遍。而在長篇散文〈水雲〉中，作家在描寫多個對自己創作影響至深的「偶然」時感慨：「什麼人能在我生命中如一條虹，一粒星子，記憶中永遠忘不了？」〔註95〕這段文字中簡簡單單的一句「永遠忘不了」，最傳神地寫出了作家對「虹」、「星」這兩個意象的深情與嚮往。而在〈黑魘〉中，當作者在頭腦中試圖「從新檢討影響到這個民族正當發展的一切抽象原則」〔註96〕時，他的筆鋒忽然一轉，爲讀者描繪了一幅美麗的海景：「試由海面向上望，忽然發現藍穹中一把細碎星子，閃灼著細碎光明。從冷靜星光中，我看出一種永恒，一點力量，一點意志。」〔註97〕這裡出現的「永恒」、「力量」與「意志」，其意義都指向沈從文一直追求的「抽象原則」。似乎只有在對「星子」的凝視中，作家才能捕捉到讓他魂牽夢繞的東西。

需要指出的是，沈從文並不是一個語言貧乏的作家。恰恰相反，這位小說家其實一直以獨特的用語方式聞名於世。1946 年，一位名爲子岡的記者這樣描述自己對沈從文語言風格的觀感：

我發現這位作家不只用筆嫻熟，且也用語嫻熟，他有他的文學形象用語。例如他說某某人婚姻多變，「情緒生活」一定很苦；例如他

〔註94〕沈從文，《生命》，《沈從文全集》第 12 卷，第 43 頁至第 44 頁。
〔註95〕沈從文，《水雲》，《沈從文全集》第 12 卷，第 96 頁。
〔註96〕沈從文，《黑魘》，《沈從文全集》第 12 卷，第 171 頁。
〔註97〕沈從文，《黑魘》，《沈從文全集》第 12 卷，第 172 頁。

> 對記者說俟國家安定，應該放下記者生活寫點久遠性的文藝東西，因
> 為「生活不應該這樣用法」；例如他感覺九年不見的北平老了，洋車
> 夫的頭髮也似乎白了，怕北平將不會「發生頭腦作用」……〔註98〕

由此可見，作家在 20 世紀 40 年代不斷使用「虹」與「星」來表達自己的思考，絕不是因為他的詞彙量過於貧乏，而只能是因為作家在這兩個意象上寄託了太多的思慮與情感。因此，每當他開始以文學的方式對某種抽象事物進行思索時，筆下總是會將那些思考轉化為「虹」與「星」。在這樣的背景下，他在這一時期寫下的三篇以「虹」或「星」為題的小說——即〈看虹錄〉、〈摘星錄〉以及〈虹橋〉——就顯得非常重要。這些極具實驗性的作品，最充分地體現了沈從文企圖超越語言文字表達能力的極限性，以作曲的方式使用文字，努力將自己不斷求索的「抽象原則」〔註99〕轉化為文學形象的過程中所付出的心血和努力。鑒於這些作品的重要性，雖然作家本人明確表示只有「批評家劉西渭先生和音樂家馬思聰先生」〔註100〕才能真正理解這些晦澀的文字，筆者仍將嘗試對這三篇小說進行解讀，以期揭示和探討沈從文究竟在多大程度上將「抽象原則」用語言文字的形式來進行傳達，他究竟採用了哪些手段來實現自己的創作目的。只有解決了這樣的問題，我們才有可能對沈從文四十年代的思想與文學實踐做出正確的評判。

六、〈看虹錄〉：抽象如何賦形？

小說〈看虹錄〉最初發表於桂林《新文學》第 1 卷第 1 期（1943 年 7 月 15 日）上。不過根據裴春芳輯校的發表於香港《大風》半月刊第 92 至第 94 期（1941 年 6 月 20 日、7 月 5 日、7 月 20 日）上的〈摘星錄〉來看，這篇小說中的某些素材曾被作家以多種的方式加以運用，並被賦予不同的小說形態〔註101〕。今天收入北嶽文藝版《沈從文全集》中的所謂最終定稿，或許只是沈從文當初就這一素材進行的眾多小說試驗中的一篇。〈看虹錄〉複雜的發表情況，一方面表明這篇作品中的某些素材，夾雜著作家的個人經歷〔註102〕，

〔註98〕子岡，〈沈從文在北平〉，載《大公報》，1946 年 9 月 19 日。

〔註99〕沈從文，〈《看虹摘星錄》後記〉，《沈從文全集》第 16 卷，第 346 頁。

〔註100〕沈從文，〈《看虹摘星錄》後記〉，《沈從文全集》第 16 卷，第 343 頁。

〔註101〕香港版〈摘星錄〉的很多段落都出現在桂林版〈看虹錄〉中。

〔註102〕沈從文明確表示在作品中「作者與書中角色，二而一」，參見沈從文〈《看虹摘星錄》後記〉，《沈從文全集》第 16 卷，第 344 頁。

而對這些經歷的強烈感情使得他不斷圍繞這些素材進行寫作；另一方面則說明，沈從文在不斷試驗新的小說形式，以期更好地表現某種他想要表達的東西。因此，2009 年發掘出的香港版〈摘星錄〉這一文本的最大意義，在於它清晰地呈現了沈從文如何對同一素材進行多種嘗試，以便爲小說尋找更妥帖的形式的過程。在筆者看來，雖然〈看虹錄〉不斷激起研究者對作家個人生活方面的濃厚興趣〔註103〕，但作家在 20 世紀 40 年代其實一直在爲如何將「抽象原則」轉化爲文學形式而痛苦不已，因此更值得我們關心的或許是這篇小說在形式方面做出的努力。由於晚出的桂林版〈看虹錄〉與香港版〈摘星錄〉相比，在形式上更爲複雜、講究，思想的表達則更爲清晰，因此本文的討論將主要圍繞前者進行，只在必要的地方用後者做參照。

小說〈看虹錄〉由三部分構成。在第一節中，第一人稱敘述者「我」在回家途中，因爲「梅花清香」的引導走進「空虛」，來到「一個小小的庭院」，並「開始閱讀一本奇書」〔註104〕。而進入第二節後，敘述者則改用第三人稱進行敘述。正是這一部分所描寫的情景，與香港版〈摘星錄〉存在相似性。兩個版本都在描寫客人（男）與主人（女）在客廳中的相會。只是香港版〈摘星錄〉將時間設置爲夏天，而在〈看虹錄〉中，故事則發生在冬天。有趣的是，不管是冬天還是夏天，兩個版本中的主客二人都「覺得熱」〔註105〕。考慮到沈從文對精神分析理論的熟稔，對「熱」的強調似乎暗示著他們欲望的強烈。不過時令並不是兩個版本最大的差異，眞正有意味的改變在於，香港版〈摘星錄〉使用的是第三人稱全知敘事，敘述者可以自由地對主人和客人的心理活動進行描寫。而〈看虹錄〉則採用第三人稱限制性敘事，敘述者只能由客人的眼光觀察小說世界〔註106〕。對於主人的心理活動，敘述者並不眞正知道。而正是限制性敘事的使用，才讓這一部分在形式上很有特色。在主人的對話和動作之後，小說不斷以括號的形式，插入客人在心中對主人言行的揣測。這種形式在全知敘事下顯然是沒有必要的。這一部分從主客二人的

〔註103〕裴春芳發表在《十月》2009 年第 2 期上的〈虹影星光或可證〉即是這方面的代表。但其基本觀點已被商金林在〈沈從文果曾「戀上自己的姨妹」？〉（《中華讀書報》2010 年 3 月 3 日）一文中用有力的證據駁倒。一般來說，利用小說這種虛構文本進行人事方面的考證，並不會有太大收穫。

〔註104〕沈從文，〈看虹錄〉，《沈從文全集》第 10 卷，第 327 頁。

〔註105〕沈從文，〈看虹錄〉，《沈從文全集》第 10 卷，第 329 頁。

〔註106〕不過沈從文並沒有把限制性敘事在第二層故事中貫徹到底，在客人離開房間後，敘述轉入全知敘事。

對話開始，然後過渡到主人閱讀客人所寫的小說。不過由於主人很快就不願意自己閱讀，客人只好為其講述自己所寫的雪中捕鹿的故事。而這一部分的結尾，則是書寫主人在客人走後，獨自閱讀客人寫給她的信。進入第三節後，讀者會馬上明白第二節的全部描寫，都是第一節提到的那部「奇書」中的內容。這一節則以第一人稱的方式，講述「我」從「空虛」歸來後，回到家中試圖將自己對抽象與虛空的思考轉化為「語言與形象」〔註107〕，並陷入極度痛苦的境地。最終，「我」的嘗試因被人打斷而告終。這時「我」才發現，距離自己在第一節進入「空虛」已過了二十四小時。從而對應〈看虹錄〉最開始的題記：「一個人二十四點鐘內生命的一種形式」〔註108〕。

在最直觀的層面上，〈看虹錄〉雖然包括三節，但卻可以歸併為兩個部分，即第一節和第三節講述的「我」的故事和第二節所描寫的主客二人的故事。兩個故事通過一本奇書聯繫起來。不過從這種故事中套故事的結構來看，我們也可以把〈看虹錄〉的結構形式理解為四層故事。第一層，即所謂現實層面。主要講述我從「另外一個地方歸來」〔註109〕，回到家後則坐在書桌邊進行寫作。第二層，就是小說中所描述的那個坐落在「空虛」中的「樸素的房子」〔註110〕。在這裡，「我」通過閱讀一本奇書，帶領讀者進入了第三層故事，即主、客在客廳中的對話。考慮到第二層故事的篇幅非常短，因此它更像是位於現實層面與奇書故事之間的過渡層。有趣的是，第三層故事中的客人和第一層故事中的「我」一樣，也是個作家，在與主人談話時，帶了一篇小說給後者看。雖然主人並沒有真正閱讀這篇小說，但通過客人以第一人稱的方式講述這篇小說，讀者顯然由此進入了第四層故事，即敘述者「我」在雪中捕鹿。與香港版〈摘星錄〉相比，由於增加了第一層的現實故事和第二層「空虛」中的「樸素的房子」，使得主客之間的對話被放置在現實世界之外，成了一個脫離具體時空的斷片。而由於四層故事以近乎俄羅斯套娃的方式結構在一起，使得小說的敘述線索不再像香港版〈摘星錄〉那樣按照時間順序進行講述，而是從第一層故事出發，依次走向更深的敘述層面。抵達第四層後，再按照原路返回第一層。分析至此，已經不用提這篇小說中各個層次之間的

〔註107〕沈從文，〈看虹錄〉，《沈從文全集》第 10 卷，第 341 頁。
〔註108〕沈從文，〈看虹錄〉，《沈從文全集》第 10 卷，第 327 頁。
〔註109〕沈從文，〈看虹錄〉，《沈從文全集》第 10 卷，第 327 頁。
〔註110〕沈從文，〈看虹錄〉，《沈從文全集》第 10 卷，第 327 頁。

微妙對應關係，僅從這些大的敘事方面的改動，我們就可以看出沈從文在小說形式上追求精緻化的努力。因此，我們有理由追問：作家究竟要通過這一複雜的文本表達什麼？

由於〈看虹錄〉帶有總結性的題記是「一個人二十四點鐘內生命的一個形式」。而小說第一層故事描寫的恰是「我」在二十四小時內的經歷，因此「我」如何度過這段時間就成了理解這篇小說的關鍵。對此，小說在第三節有一段這樣的描述：

> 我面對著這個記載，熱愛那個「抽象」，向虛空凝眸來耗費這個時間。一種極端困惑的固執，以及這種固執的延長，算是我體會到「生存」唯一事情，此外一切「知識」與「事實」，都無助於當前，我完全活在一種觀念中，並非活在實際世界中。我似乎在用抽象虐待自己肉體和靈魂，雖痛苦同時也是享受。時間便從生命中流過去了，什麼都不留下而過去了。〔註111〕

從這段文字所透露的信息來看，「我」和沈從文本人一樣，以一種二元對立的方式理解世界，將其分割為「實際世界」和「觀念」世界兩個相互對立的部分。而在那二十四小時中的大部分時間裏，「我」都脫離了「實際世界」，沉浸在「觀念」中，並展開對「抽象」的求索。

在小說的另外一處，沈從文詳細描述了這一探索的過程：

> 我已把一切「過去」和「當前」的經驗與抽象，都完全打散，再無從追究分析它的存在意義了，我從不用自己對於生命所理解的方式，凝結成為語言與形象，創造一個生命和靈魂新的範本，我腦子在旋轉，為保留在印象中的造形，物質和精神兩方面的完整造形，重新瘋狂起來。到末了，「我」便消失在「故事」裏了。在桌上稿本內，已寫成五千字。〔註112〕

顯然，「我」的苦苦思索是為了以文字為媒介，為「抽象」之物賦予感性形象，即完成「造形」的工作以實現對「實際世界」和「觀念」世界之間的裂隙的超越，創造出「物質和精神兩方面的完整造形」。在這個意義上，這篇小說的主題是不斷對「抽象」進行追求和思索，並努力為它創造出某種感性形態。而這恰恰是沈從文在 20 世紀 40 年代不斷思考的問題。

〔註111〕沈從文，〈看虹錄〉，《沈從文全集》第 10 卷，第 341 頁。
〔註112〕沈從文，〈看虹錄〉，《沈從文全集》第 10 卷，第 341 頁。

　　在筆者看來，正是不斷追尋這一主題，將〈看虹錄〉中的四層故事統攝成一個整體。第一層故事講述「我」對「抽象」的追尋。不過因為這一工作的困難，使得這一部分充滿了緊張和焦灼的情緒，「我」甚至已經「瘋狂起來」。進入第二層故事後，充盈在第一層故事中的焦灼感得到了疏解。「空虛」中滿溢的「梅花清香」，「樸素的房子」都讓讀者感到一種靜謐的氣氛。正是在這裡，「我」開始閱讀一本關於「生命」的奇書。不過在進入第三層故事後，由於主客二人在貌似平靜、不著邊際的對話中，灌注了太多的欲念和機鋒，使得小說氣氛再次變得緊張而富有張力，形成了與第一層故事的呼應。正是在這裡，沈從文對這一部分敘事方式的改變發揮了重要作用。因為在香港版〈摘星錄〉所使用的第三人稱全知敘事中，敘述者其實只是客觀地分別敘述主客二人的對話和心理活動。然而當作家用第三人稱限制性敘事對主客對話進行改寫後，推動情節向前發展的動力就變成了客人通過各種語言對主人內心世界的揣測。於是，主人反倒成了意義探求的客體，而客人則成了動作發出的主體。因此，這一層故事所講述的，是客人對主人的探索和追求。第四層故事所描寫的雪中捕鹿，顯然對應著主客二人的關係。不過更為關鍵的地方在於，這一層中的意義客體——鹿——不像第三層中的主人那樣，在追求面前遊移逃避，而是從容靜止地接受了「我」的親吻。這也使得第四層故事消解了第三層故事中的緊張感，再次呈現出寧謐的氣氛。而從「我」小心的親吻鹿身上的各個部分來看，這一姿態無疑與第二層故事中的「我」以「謹謹慎慎」態度「閱讀一本奇書」〔註113〕頗為相似。因此第四層故事又與第二層故事產生了對應關係。在這個意義上，如果說第二層故事中的「我」去「閱讀一本奇書」是為了探索「生命」中的「神」〔註114〕，那麼第四層故事中的「我」親吻鹿的行為，其實也正暗示著對「生命」中的「神」的追求。

　　正如筆者在本文第四部分所分析的，「神」與「抽象」在沈從文自己的話語體系中具有同構性。因此，〈看虹錄〉中的四層故事其實都在表現對某種「抽象」之物的追求和探索。而作家對這四層故事的描寫，則代表了他為將「抽象」之物賦予感性形態所進行的嘗試。聯繫起這項工作在沈從文 20 世紀 40 年代思想中的核心地位，我們也就可以理解為何他要把類似的故事用不同的

〔註113〕沈從文，〈看虹錄〉，《沈從文全集》第 10 卷，第 327 頁。
〔註114〕根據〈看虹錄〉的描寫，那本「奇書」上寫著：「神在生命中。」（參見《沈從文全集》第 10 卷，第 328 頁。）

方式反覆講述。在這個意義上，這篇小說真正值得注意的，是作家在其中為「神」或「抽象」創造了怎樣的審美外形。由於第一層故事更多地表達了「我」無法將自己的思考轉化為文字的苦惱，而第二層故事則因為過於簡略，沒有對「奇書」的形象進行具體描繪，因此我們的討論將圍繞第三和第四層故事中對主人和鹿的描繪展開。正如上文指出的，雪中捕鹿的故事與主客二人的故事具有對應性，這就使得作家對鹿的形體的細膩描繪很容易讓讀者聯想到對女體的色情凝視。或許正是出於這一原因，當年的評論家就曾嚴厲指責這部作品是「自鳴得意的新式《金瓶梅》」〔註115〕。不過與這類關注〈看虹錄〉究竟寫了什麼的評論家不同，筆者更願意探討作家以什麼樣的形式去描繪自己所要表達的東西。從〈看虹錄〉對鹿和主人的描繪來看，將身體進行碎片化處理，是其寫作最突出的特點。也就是說，沈從文似乎不願意從整體上對鹿和主人進行描繪，而更願意把精力集中在對二者某些部位的細緻展示上。試看第二層故事中的這一段落：

> 衣角向上翻轉時，纖弱的雙腿，被鼠灰色薄薄絲襪子裹著，如一棵美麗的小白楊樹，如一對光光的球杖，——不，恰如一雙理想的腿。這是一條路，由此導人想像走近天堂。天堂中景象素樸而離奇，一片青草，芊綿綠蕪，寂靜無聲。

> 什麼話也不說，於是用目光輕輕撫著那個微凹的踝骨，斂小的足脛，半圓的膝蓋，……一切都生長的恰到好處，看來令人異常舒服，而又稍稍紛亂。〔註116〕

這段引文有意思的地方在於，雖然我們可以從上下文推斷出，其中提到的「雙腿」、「踝骨」、「足脛」以及「膝蓋」屬於主人，但她卻並沒有在這段文字中顯身。客人那充滿情慾的目光似乎不願意整體上凝視主人，卻對她的某些身體部位情有獨鍾。他長久地流連在那些部位上，並根據它們的形狀和線條生發出無盡聯想。似乎他已經不再把它們當作人身體的一部分，而只是一些美麗的事物而已。以「腿」為例，在沈從文的筆下，那兩條腿似乎並不屬於主人，而只是「一雙理想的腿」，可以成為所有腿的典範。這類物化描寫也出現在雪中捕鹿的故事中，當「我」捉到鹿後，作者並沒有對鹿的整體進行描繪。

〔註115〕郭沫若，〈斥反動文藝〉，《中國新文學大系 1937～1949・文學理論卷二》（上海：上海文藝出版社，1990年），第762頁。

〔註116〕沈從文，〈看虹錄〉，《沈從文全集》第10卷，第330頁。

而是按照親吻的順序依次書寫對鹿的「眼睛」、「四肢」、「背脊」直至「奶子」等部位，並陶醉於這些部位的美麗線條，即所謂「微妙之漩渦」〔註117〕。雖然「我」在捉到鹿後發出疑問：「我是用手捉住了一隻活生生的鹿，還是用生命中最纖細的神經捉住了一個美的印象？」〔註118〕但僅從作家的描繪來看，「我」顯然更願意將「活生生的鹿」加以肢解，再對其各個身體部位的美予以捕捉、描繪，以獲得所謂「美的印象」。因此，將整體表現爲部分，把人或動物描繪爲物，將實體轉化爲線條，是沈從文在將「神」或「抽象」賦予美感形象的過程中，最爲突出的特點。

在這裡，我們已經觸及到這篇小說內部的一個悖論。這篇小說的主題是爲「抽象」尋找某種美感形式，以爲「抽象」「造形」的方式來超越「現實世界」與「觀念」之間的分裂。而從小說的發展線索來看，作者最初可能確實要在作品中完成爲「抽象」「造形」的工作。因爲隨著敘述一層層的深入，當小說抵達第四層的時候，敘述者「我」真地捉到了一隻鹿。「我」追求的成功暗示著小說高潮的到來，作者不斷求索的「抽象」似乎也因此獲得了感性形象——鹿。但問題是，當作者將「活生生的鹿」予以肢解，使之化爲一些零散的身體部位和美麗的線條時，他所得到的其實仍然只是「抽象」。因此，作者的努力似乎並沒有成果，雖然他進行了四層追求，但最後又重新回到了起點。這一悖論也鮮明地體現在小說形式上，捕鹿故事恰恰是小說發展的轉捩點，在此之後，小說敘述從第四層依次退回到第一層。最後，第一層故事中的「我」發現，自己在「空虛」中所得到的不過是「一片藍焰」和「一撮灰」。「抽象」仍然沒有獲得一個「活生生」的肉胎，留下的只有「失去了色和香的生命殘餘」〔註119〕。從某種意義上可以說，〈看虹錄〉只是以更複雜、精緻的方式，把本文第五部分談到的「好人」故事和「詩人」故事再次講述了一遍。因此，雖然沈從文在這篇作品中表現出要運用各種文學試驗進行爲「抽象」賦予感性形態的努力，但他最終留下的，不過是一份失敗的記錄。

七、〈摘星錄〉：現實如何重造？

與〈看虹錄〉相似，〈摘星錄〉也是一篇發表情況頗爲複雜的小說。根據裴春芳的發現，這篇作品最初是以〈夢與現實〉爲題，發表在香港《大風》

〔註117〕沈從文，〈看虹錄〉，《沈從文全集》第10卷，第336頁。
〔註118〕沈從文，〈看虹錄〉，《沈從文全集》第10卷，第336頁。
〔註119〕沈從文，〈看虹錄〉，《沈從文全集》第10卷，第339頁。

半月刊第 73 期至 76 期（1940 年 8 月 20 日，9 月 5 日，9 月 20 日，10 月 5 日）上的。1942 年 11 月至 12 月間，這篇小說改名爲〈新摘星錄〉刊登在昆明《當代評論》第 3 卷第 2 至第 6 期上。後經過作家重寫，又以〈摘星錄〉爲題發表於 1944 年 1 月 1 日在昆明出版的《新文學》第 1 卷第 2 期上。不過這些版本之間並沒有太大差異，因而更有意思的地方是，沈從文曾將上文提到的那篇講述主、客二人在夏日對話的小說同樣命名爲〈摘星錄〉。這種複雜的命名情況一方面在暗示，昆明版〈摘星錄〉與香港版〈摘星錄〉及其複雜化版本〈看虹錄〉之間存在著某種隱秘的聯繫，或者說它們具有某種共通性的東西；另一方面則表明，由於昆明版〈摘星錄〉與香港版〈摘星錄〉相比是「新」的，沈從文似乎想通過這篇作品以新的方式或角度，對其不斷思考的問題進行表達。在這個意義上，考察〈摘星錄〉的重點，就應該是探究沈從文這一次爲文本創造了怎樣的新形式，他所要表達的究竟是什麼。

如果把〈看虹錄〉和〈摘星錄〉放在一起，我們會發現沈從文在後者中對文學技巧的運用相當剋制。至少在直觀上，作家只是以第三人稱全知敘述的方式，對一個年輕女人的情感經歷進行了剖析。這也使它在沈從文的作品序列中並不引人注目。小說共分爲六個部分。第一部分是引子，主要講述一個年輕女人在獨自回家的途中，因爲對當前的生活感到「疲倦」，生發出對過去男女朋友、情感經歷的回憶。而接下來的第二部分到第五部分中，敘述者具體講述和分析了主人公「她」與那些朋友們交往的經歷，以及感情破裂的原因。在最後一部分中，情節則由回憶拉回到當下，描述「她」與目前的男朋友，一個「庸俗無用」〔註 120〕的大學畢業生之間的交往。由此可以看出，這篇小說其實是一篇關於回憶的故事。而正像所有以回憶爲主題的小說一樣，它也在過去與現在之間的對比中展開。值得留意的是，所有這一切都以平淡、舒緩而充滿理性的語調敘述出來，使得〈摘星錄〉不像〈看虹錄〉那樣，讓緊張、焦慮的情緒在文本中肆意穿行，因而更像是一位看透世事的老人對年輕人的冷靜分析，充滿了沖淡平和的氣息。

不過，雖然〈摘星錄〉中並沒有太多花哨的技巧炫示，但作家顯然沒有放棄在其中進行形式探索的嘗試。首先，整篇作品都使用代詞「她」來稱呼那個年輕女人。在描寫對話時應該出現名字的地方，則用「××」來代替。這一做法當然有可能是因爲作家需要隱去人物原型的眞實姓名。不過考慮到

〔註 120〕沈從文，〈摘星錄〉，《沈從文全集》第 10 卷，第 353 頁。

更爲方便的做法其實是給人物另取名字，這樣在敘述上才不會受到太大局限，因此筆者更願意把這一點理解爲特殊的形式探索。當整篇作品使用代詞「她」來分析人物時，任何人都可以替換到那個代詞所提供的位置上，因而使作品具有了濃厚的象徵意味。這一點，與〈看虹錄〉在第三層故事中，使用「主人」和「客人」來指代男女二人，拒不出現兩人名字的手法有異曲同工之妙。其次，作家在〈摘星錄〉中插入了很多書信，有些來自主人公「她」的朋友，有些則是由「她」自己寫成，共同參與對「她」的生命經歷的剖析。雖然在對待「她」的態度，以及對「她」行爲的分析上，書信中的內容與正文的敘述並沒有太大不同，但因爲書信以第一人稱的方式敘述，且在其中夾雜了寫信者個人情感的抒發，使得這些信充盈著動蕩、焦灼的情緒，恰與正文中那個冷靜、理性的敘述聲音形成對比。而更爲關鍵的是，雖然小說敘事追隨著主人公「她」的回憶過程，在當下與過去之間展開，但敘述者與書信作者們對「她」的分析，卻將單純的時間流程，闡釋爲「抽象」與「日常實際生活」〔註121〕、「抽象觀念」與「卑陋實際」〔註122〕、「抽象」與「現實」〔註123〕、「理想」與「事實」〔註124〕、「古典」與「現代」〔註125〕、「純詩」〔註126〕與「無章無韻的散文」〔註127〕、「靈魂需要」與「生活需要」〔註128〕以及「十九世紀」〔註129〕與「二十世紀」〔註130〕等一系列二元對立關係之間的衝突。讓主人公「她」始終在兩極之間反覆搖擺。

正如本文第三部分所分析的，沈從文在 20 世紀 40 年代傾向於以二元對立的方式理解自己身處的世界，因此，小說〈摘星錄〉用一系列二項對立闡釋主人公「她」的情感經歷是作家這一時期思想的表徵。不過由於「她」是在對過去的追憶中才開始嚮往「抽象觀念」、「古典」以及「純詩」的，因此，「她」所閱讀的書信就成了「她」鄙夷自己庸俗的散文式生活的誘因。在這

〔註121〕沈從文，〈摘星錄〉，《沈從文全集》第 10 卷，第 361 頁。
〔註122〕沈從文，〈摘星錄〉，《沈從文全集》第 10 卷，第 374 頁。
〔註123〕沈從文，〈摘星錄〉，《沈從文全集》第 10 卷，第 380 頁。
〔註124〕沈從文，〈摘星錄〉，《沈從文全集》第 10 卷，第 350 頁。
〔註125〕沈從文，〈摘星錄〉，《沈從文全集》第 10 卷，第 355 頁。
〔註126〕沈從文，〈摘星錄〉，《沈從文全集》第 10 卷，第 346 頁。
〔註127〕沈從文，〈摘星錄〉，《沈從文全集》第 10 卷，第 355 頁。
〔註128〕沈從文，〈摘星錄〉，《沈從文全集》第 10 卷，第 363 頁。
〔註129〕沈從文，〈摘星錄〉，《沈從文全集》第 10 卷，第 380 頁。
〔註130〕沈從文，〈摘星錄〉，《沈從文全集》第 10 卷，第 377 頁。

個意義上，那些書信就成了必須予以仔細分析的對象。應該說，單純從小說寫作的角度來看，作家筆下的這些信件並不成功。因爲無論在所持觀點方面，還是在用語方式方面，這些書信並不像小說所寫的那樣出自不同人之手，而全都酷似作家親自捉刀的產物。雖然沈從文在中國文壇素來享有「文體家」的美名，但在〈摘星錄〉中，他顯然不願意發揮自己善於使用多種文體的特長。試看下面兩段文字的對比：

> 我幾年來實在當眞如同與上帝爭鬥，總想把你改造過來，以爲縱生活在一種不可堪的庸俗社會裏，精神必尚有力向上輕舉，使「生命」成爲一章詩歌。（〈摘星錄〉）〔註131〕

> 我似乎正在同上帝爭鬥。我明白許多事不可爲，努力終究等於白費，口上沉默，我心並不沉默。我幻想在未來讀書人中，還能重新用文學藝術激起他們「怕」和「羞」的情感，因遠慮而自覺，把玩牌一事看成爲唯有某種無用廢人方能享受的特有娛樂。（〈燭虛‧四〉）〔註132〕

兩段文字雖然分別出自小說〈摘星錄〉中的書信和散文〈燭虛‧四〉，但無論是基本思想、用語方式還是所使用的意象，都沒有太大差異。它們共同表達著作者希望身邊的人擺脫庸俗的現實世界，去追求某種更爲抽象、更具精神性的東西的願望。因此，熟悉沈從文的讀者在閱讀那些書信時，總能感到作家本人的幽靈在其中徘徊。在這個意義上，〈摘星錄〉裏的書信對「她」的引導，以及其中滿溢著的焦慮情緒，不僅屬於作品本身，也來自沉從文自己。從這一角度重新審視〈摘星錄〉就顯得非常有趣，似乎沈從文在面對主人公「她」在生活中逐漸被庸俗的人生觀所束縛時，忍不住要不斷跳入小說文本，化身爲「她」過去的男女朋友，以詩意的語言試圖引導「她」重新對「抽象觀念」產生興趣。不過遺憾的是，雖然「她」在回顧往事時確實感到「一些過去遇合中，卻無一不保存了一點詩與生命的火焰」〔註133〕，但這並不足以讓「她」迴心轉意。正像〈摘星錄〉主導性的敘述聲音始終包裹著那些充滿感情、躁動不安的書信，使小說在整體上仍然是冷靜而充滿理性的一樣，「庸俗無用」的散文式人生觀在小說中也同樣佔有最強有力的位置。不管包含在「過

〔註131〕沈從文：〈摘星錄〉，《沈從文全集》第 10 卷，第 373 頁。
〔註132〕沈從文，〈燭虛‧四〉，《沈從文全集》第 12 卷，第 21 頁。
〔註133〕沈從文，〈摘星錄〉，《沈從文全集》第 10 卷，第 367 頁。

去」中的「純詩的東西」〔註134〕如何讓主人公心動，在環境、習慣和個性軟弱的綜合作用下，「她」始終被牢牢釘在現實生活中，無力展開對「抽象」的追求。考慮到〈摘星錄〉中的書信是作家本人的化身，在某種意義上，沈從文似乎是通過這篇作品的寫作，爲自己建造了一間牢房，在其中，任何對「抽象觀念」、「古典」、「純詩」以「十九世紀的熱情形式」〔註135〕的追求都注定要失敗。

如果對上面提到的〈摘星錄〉與〈燭虛‧四〉極爲相似的兩段文字做進一步引申的話，那麼小說中頗有象徵意味的「她」與作家在〈燭虛〉中想要改造的「讀書人」顯然具有同構關係。由於沈從文在 20 世紀 40 年代一直期望所有「思想家、文學家、藝術家」能夠將「頭腦完全重造」，專注於對「抽象原則」的追求，以便「共同來重新組織一個世界」〔註136〕。那麼作家化身爲〈摘星錄〉中的書信，引導主人公「她」去追求「抽象」，以擺脫「庸俗無用」世界觀的羈絆，這一情節設置可能正是沈從文對自己這一時期所秉持的理想的隱喻。不過從「她」在〈摘星錄〉的結尾感慨「不知道自己有什麼方法可以將生活重造」〔註137〕來看，作家似乎早已清楚自己其實並沒有找到「重新組織」世界的辦法。因此和〈看虹錄〉一樣，〈摘星錄〉同樣是沈從文用文學的形式，爲自己注定失敗的命運留下的記錄。或許只有在這樣的理路下，我們才能眞正理解爲何作家認爲自己的〈看虹摘星錄〉是「用作曲方法」爲「『意義之失去意義』現象或境界」「重作詮注」〔註138〕。

八、〈虹橋〉：藝術的絕境

小說〈虹橋〉最初發表在《文藝復興》第 1 卷第 5 期（1946 年 6 月 1 日）上，是沈從文在 20 世紀 40 年代發表的最後幾篇小說之一。在此之後，作家只爲讀者貢獻了總題爲《雪晴》的四篇作品。正如本文第二部分提到的，〈虹橋〉本是一篇長篇小說的第一章，而且早在抗戰期間就已經寫完。小說一直拖到 1946 年才發表的情況似乎暗示著，作家在很長時間內其實並沒有完全放棄將其寫完的計劃，只是因爲遇到的阻力過大，才最終停止寫作。由於沈從

〔註134〕沈從文，〈摘星錄〉，《沈從文全集》第 10 卷，第 346 頁。
〔註135〕沈從文，〈摘星錄〉，《沈從文全集》第 10 卷，第 363 頁。
〔註136〕沈從文，〈新廢郵存底‧二八一‧關於學習〉，《益世報‧文學週刊》第 58 期，1947 年 9 月 20 日。
〔註137〕沈從文，〈摘星錄〉，《沈從文全集》第 10 卷，第 383 頁。
〔註138〕沈從文，〈《看虹摘星錄》後記〉，《沈從文全集》第 16 卷，第 344 頁。

文只為我們留下〈虹橋〉「春雲漸展式的第一章」〔註139〕，使我們很難確知作家究竟想要在其中表現什麼。不過幸運的是，沈從文留下另外一篇文章，為我們理解〈虹橋〉提供了線索。1946 年 4 月 1 日，作家在《春秋》第 3 卷第 1 期上發表了〈《斷虹》引言〉一文。其中，沈從文在用很長的筆墨對康藏地區馬幫進行詳細的描繪後，為讀者介紹了這篇從未面世的作品，他說〈斷虹〉「寫幾個年青人隨同這種馬幫而行，達到驛路所經過的一個終點，起始各自充滿了年青的熱情，準備把一種人生高尚理想，在這一片新地上作試驗加以推廣。」〔註140〕考慮到〈虹橋〉同樣寫幾個年青人隨同馬幫的經歷，我們雖然不能由此武斷地推測〈斷虹〉與〈虹橋〉就是同一篇作品的兩個名字，但二者之間存在著某種聯繫卻是顯而易見的。在這個意義上，如果要想對〈虹橋〉這篇並未完結的作品進行正確的解讀，我們就必須參照作家對〈斷虹〉這一文本的描述。

在〈《斷虹》引言〉中，沈從文坦言自己「在這個故事的處理方式上，企圖將人事間的鄙陋猥瑣與背景中的莊嚴華麗相結合，而達到一種藝術上的純粹」〔註141〕。由於作家在另外一處表示〈斷虹〉「這個故事給人的印象，也不免近於一種風景畫集成。人雖在這個背景中凸出，但終無從與自然分離」〔註142〕。因此，所謂「背景中的莊嚴華麗」顯然指的是自然風光的旖旎多姿。在這個意義上，至少在作家的構思中，〈斷虹〉依然按照他在 20 世紀 40 年代所秉持的二元對立世界觀展開，將小說世界理解為由「自然」與「人事」兩個相互對立的部分組成，並試圖用「藝術」彌合二者之間的裂隙。不過遺憾的是，正像作家在這一時期不斷感慨的，他無法用藝術手段再現「抽象原則」，使之落實於現實世界，這篇小說所寫的也是一個理想破滅的悲劇。根據作家的介紹，小說〈斷虹〉講述的是幾個年輕人試圖把「一種人生高尚理想」在邊地「加以推廣」，但「由於氣候環境的兩難適應」，這一努力給他們帶來的是「各式各樣的痛苦，痛苦的重疊、孳乳、變質」。最終，「抽象的理想」和幾個年輕人「一同毀去」〔註143〕，使小說「成為人類關係一個悲劇範本」〔註144〕。從作家簡略的描述可以看出，這篇作品被一種濃厚的悲觀情

〔註139〕李霖燦，〈沈從文老師和我〉，《西湖雪山故人情》，第 70 頁。
〔註140〕沈從文，〈《斷虹》引言〉，《沈從文全集》第 16 卷，第 338～339 頁。
〔註141〕沈從文，〈《斷虹》引言〉，《沈從文全集》第 16 卷，第 340 頁。
〔註142〕沈從文，〈《斷虹》引言〉，《沈從文全集》第 16 卷，第 340 頁。
〔註143〕沈從文，〈《斷虹》引言〉，《沈從文全集》第 16 卷，第 339 頁。
〔註144〕沈從文，〈《斷虹》引言〉，《沈從文全集》第 16 卷，第 340 頁。

緒所籠罩，所表達的是因「抽象的理想」無法在現實世界中加以落實而產生的痛苦。在筆者看來，由於〈斷虹〉與〈虹橋〉之間的關聯性，我們有理由相信，構成〈斷虹〉這部作品的核心要素，如縈繞在其中的悲劇意識、將世界理解為「抽象的理想」與現實世界之間衝突的基本思路等，也為〈虹橋〉所分享。只有在把握了這一整體基調的前提下，我們才有可能對〈虹橋〉這一小說片斷予以正確的解讀。

〈虹橋〉的情節很簡單，在小說技巧上也不複雜。小說以第三人稱全知敘事的方式，講述四個年青人帶著「為國家做點事」〔註 145〕的理想，跟隨馬幫「深入邊地創造事業」〔註 146〕。隨著敘事的展開，敘述者依次對夏蒙、李粲、李蘭以及小周進行介紹，對他們的身世背景、來到邊地的目的，以及在這裡生活對他們的影響都做了細緻的分析。不過行文至此，小說在情節上突然出現了轉變。夏蒙帶領幾個年青人離開馬幫常走的路，到「山岡最高處」去嘗試描繪自然的美景。考慮到四個年輕人為了追求超越世俗世界的理想而來到邊地，因此，小說描寫他們離開平坦的山路，走到山岡上的絕路去追隨和表現自然之美，似乎在暗示他們對世俗生活的超越。而小說頗有意味的讓「馬幫頭目」對幾個年青人對自然美景的癡迷表示不解，也正是凸顯年輕人與世俗世界之間的差異。在這個意義上，我們也可以以此為界，將小說分為前後兩個部分。進入後半部分後，小說的敘事性開始急劇下降，主要呈現四個年青人的心理活動以及他們關於如何以藝術形式表現自然美的討論。這使得小說在這一部分表現出較強的抒情氣息，恰與前半部分形成鮮明的對比。有趣的是，幾個有志於從事藝術工作的年青人，討論出的結果竟是任何藝術手段都無法真正再現自然的美，而小說也在這一刻戛然而止。

值得注意的是，李霖燦在回憶中曾透露小說中的四個人物在現實生活中都有原型，李蘭即李晨嵐，李粲即李霖燦本人，夏蒙即夏明，而小周則是沈從文本人的化身〔註 147〕。從小說上半部分對人物的介紹來看，這一說法是有道理的。僅就李粲和李蘭的情況來說，他們與李霖燦、李晨嵐有著明顯的對應關係。正如同小說所寫的李粲起先著力於繪畫，後從事遊記寫作，最後轉入民族學研究一樣，李霖燦在抗戰時期有著同樣的經歷。作為西湖美院的高材

〔註 145〕沈從文，〈虹橋〉，《沈從文全集》第 10 卷，第 385 頁。
〔註 146〕沈從文，〈虹橋〉，《沈從文全集》第 10 卷，第 384 頁。
〔註 147〕參見李霖燦，〈沈從文老師和我〉，收入《西湖雪山故人情》。

生，他先是希望去玉龍雪山開創雪山畫派，而後又在沈從文的幫助下從事遊記寫作，最後則徹底改行，開始爲當時的中央博物院收集整理雲南麼些族象形文字。而小說中提到的李蘭在省城賣畫籌措旅費的情節，更是直接對應著李晨嵐在昆明賣畫，爲自己和李霖燦的雪山之行尋找經費。而如果李霖燦的說法成立的話，作爲沈從文本人化身的小周，就成了我們解讀這篇作品的關鍵。

在最直觀的層面上，小周和沈從文本人差異極大。根據〈虹橋〉的描寫，他是一個「二十二三歲」，「身材碩長挺拔」的農學院畢業生。無論是年齡、外貌還是所學專業，都與作家本人相去甚遠。不過隨著敘事的發展，小周開始逐漸和沈從文的形象合二爲一。在第二部分，不會畫畫的小周雖然欣賞三個同伴的繪畫，但他卻始終覺得他們的創作並不能真正表現自然美，在心裏想：「這個那能畫得好？簡直是毫無辦法。這不是爲畫家準備的，太華麗，太幻異，太不可思議了。這是爲使人沉默而皈依的奇跡。只能產生宗教，不會產生藝術的！」〔註148〕有趣的是，這一想法並不是小周的個人創見，而直接來自作家本人。試看沈從文的這段文字：

> 藝術史發展的檢討，歷來多認爲繪畫，雕刻，以及比較近代性的音樂的偉大成就，差不多都源於一種宗教情感的泛濫。宗教且多依賴這種種而增加對人類影響的重要性。卻很少人提及某種東方宗教信仰的本來，乃出於對自然壯美與奇譎的驚訝，而加以完全承認。正因爲這種「皈於自然」無保留的虔敬，實普遍存在，於是在這個宗教信仰中，就只能見到極端簡單的手足投地的膜拜，別無藝術成就可言了。〔註149〕

僅從這裡我們就可以看出小周與沈從文在思想上的重合性，更不用提他對庸俗的人生觀、革命政黨以文學爲宣傳武器的文藝觀念以及統治者與下層民眾之間互不理解等社會問題的批判，處處透著沈從文的影子。

或許正是因爲小周與沈從文二而一的身份，使得這個人物在〈虹橋〉中起了非常關鍵的作用。雖然在小說上半部分中，他還只是個次要人物，遠沒有夏蒙的形象鮮明。但在後半部分中，所有的對話和想法卻都圍繞著小周展開。在他依次與夏蒙、李粲和李蘭交談後，三位藝術家都同意了這位年輕的「農學士」對自然與藝術美關係的看法。正是在這裡，小說完全拋棄其敘事性，以

〔註148〕沈從文，〈虹橋〉，《沈從文全集》第 10 卷，第 390 頁。
〔註149〕沈從文，《《斷虹》引言》，《沈從文全集》第 16 卷，第 340 頁。

四個人的對話和心理活動結構作品。這一努力顯然是作家有意爲之的形式創新，並讓作品在此處具有了複調小說的外觀。但問題是，作家過於直露地要通過小周表達自己對藝術的看法，使得這一嘗試並不成功。因爲在眞正的複調小說中，各個不同的觀點和立場始終處在激烈的辯難中，沒有一方可以壓倒另一方。然而在〈虹橋〉中，四個人並沒有展開眞正意義上的辯論和交鋒，小周的想法和觀點統治了全部對話，讓他們共同承認藝術在自然面前的無力。由此可以看出，雖然〈虹橋〉所寫的是四個年青人對美和理想的追求，而且他們也確實在「山岡最高處」看到了「虹橋」，並由此發現夢寐以求的美。但小說卻處處告訴我們，所謂的「虹橋」其實是一座斷橋，對美的發現最終只能引導我們承認美無法抵達的事實。或許，這就是爲什麼與〈虹橋〉有著密切聯繫的〈斷虹〉被一種濃厚的悲觀情緒所籠罩吧。在這個意義上，雖然李霖燦認爲沈從文是看了自己所的遊記後，寫下〈虹橋〉，化身小周，在文本中與年青人共赴玉龍雪山，展開對美的追尋。但通過對文本的分析我們會發現，作家其實是強拉了三位藝術家，爲自己對藝術表達能力的悲觀看法做一注腳。

九、結語

通過對〈看虹錄〉、〈摘星錄〉以及〈虹橋〉的解讀我們會發現，沈從文顯然在這些作品中，運用多種文學技巧，努力爲自己不斷追求的「抽象」或美賦予感性外觀。但問題的是，他寫下的這些複雜精緻的作品，似乎只是證明了抽象不可賦形、現實無法改造、美無從表達。因此，我們有理由追問，讓沈從文魂牽夢繞的「抽象」與美究竟是什麼。從作家自己的論述來看，那些讓他感到無力表達的東西是「一些符號，一片形，一把線，一種無聲的音樂，無文字的詩歌」〔註150〕。有趣的是，沈從文描述這些東西的方式，與康德定義「單純依形式而判斷」的「自由美」的方式頗爲相似。因爲那位德國哲學家所列舉的自由美的例子是：「本身並無意義」的「希臘風格的描繪，框緣或壁紙上的簇葉飾」、「音樂裏的無標題的幻想曲」以及「缺少歌詞的一切音樂」〔註151〕。從某種意義上來說，沈從文所追求的東西，恰恰就是康德所說的「自由美」，是脫離了一切實際意義和內容的純粹抽象。因此，沈從文在20世紀40年代所做的一切努力其實注定要失敗。我們很難相信，藝術家可以

〔註150〕沈從文，〈生命〉，《沈從文全集》第 12 卷，第 43 頁。
〔註151〕（德）康德，《判斷力批判》上卷，宗白華譯，（北京：商務印書館，1964 年），第 68 頁。

爲脫離了質料的抽象賦予感性形態，卻仍使其不失爲抽象。遺憾的是，作家似乎到了 20 世紀 40 年代末才眞正意識到自己的問題。直到新中國成立前夕，他才發現「我們無論如何能把自己封閉於舊觀念與成見中，終不能不對於這個發展（指四十年代末中國政治局勢的巨變——引案），需要懷著一種極端嚴肅的認識與注意」，並感慨「書生易於把握抽象，卻常常忽略現實」〔註 152〕。的確，埋首書齋，「忽略現實」，卻對「星光虹影」中的「抽象」傾心追求，是沈從文這一時期寫作最大的問題。然而令人悵惘的是，當他意識到自己的問題時，歷史已經剝奪了他修正自己思想的空間和可能。

主要參引文獻

1. 沈從文，《沈從文全集》，太原，北嶽文藝出版社，2009 年。

2. 卞之琳，《卞之琳文集》，合肥，安徽教育出版社，2002 年。

3. 賀桂梅，《轉折的年代：40～50 年代作家研究》，濟南，山東教育出版社，2003 年。

4. 張新穎，《20 世紀上半期中國文學的現代意識》，北京，生活·讀書·新知三聯書店，2001 年。

5. （美）金介甫，《鳳凰之子：沈從文傳》，符家欽譯，北京，中國友誼出版公司，2000 年。

6. 吳立昌，《「人性的治療者」——沈從文傳》，上海，上海文藝出版社，1993 年。

7. 凌宇，《沈從文傳》，北京，北京十月文藝出版社，1988 年。

8. 李霖燦，《西湖雪山故人情——藝壇師友錄》，杭州：浙江大學出版社，2011 年。

9. （德）本雅明，《啓迪——本雅明文選》，張旭東、王斑譯，北京，生活·讀書·新知三聯書店，2008 年。

10. （德）康德，《判斷力批判》，宗白華譯，北京，商務印書館，1964 年。

11. 朱光潛，《朱光潛全集》，合肥，安徽教育出版社，1990 年。

12. 吳曉東，〈從「故事」到「小說」——沈從文的敘事歷程〉，《長沙理工大學學報》，2011 年第 2 期。

13. 裴春芳，〈虹影星光或可證〉，《十月》，2009 年第 2 期。

14. 商金林，〈沈從文果曾「戀上自己的姨妹」？〉，《中華讀書報》，2010 年 3 月 3 日。

（原刊《現代中文學刊》2016 年第 5 期）

〔註 152〕沈從文，〈致吉六——給一個寫文章的青年〉，《沈從文全集》第 18 卷，第 521 頁。

經典何以誕生
——以沈從文四十年代小說和散文爲例

裴春芳

（北京大學中文系）

沈從文「類經典」寫作的理論根基

　　沈從文的「類經典」寫作，是在「當下中國何以沒有偉大作品產生」的討論下逐漸產生的。他認爲，一個作家，如果想在作品上取得「紀念碑似的驚人成績」，必「厚重、誠實、帶點兒頑固而且也帶點兒呆氣的性格」爲基，而不能以外界的毀譽得失，左右自己的進退。〔註1〕1930年代初上海左翼作家的被迫害，革命文學及其他書籍的被禁，與南京「三民主義文學理論家」的被豢養，雖生活優渥但空無作品，使沈從文思索，「在中國目前這種景況下，文學能夠做些什麼，宜從何方面著手？」他試圖尋找一種「不悖乎目的」又「合於環境」的、「具有我們這個民族豐富的歷史知識與智慧的文學理論」。〔註2〕沈從文對魯迅式的壕塹戰式的韌性戰鬥，是不贊成的，他所企望於自

〔註1〕沈從文〈文學者的態度〉，天津，《大公報‧文藝》第8期，1933年10月18日。

〔註2〕沈從文〈禁書問題〉，天津，《國聞週報》第11卷第9期第4、3頁，1934年3月5日。文中沈從文將上海租界中傾心於「社會主義」、反抗國民黨政治文化統治政策的左翼作家們，稱爲「租界逃亡者」，認爲他們即使在「國際方面」或尚可互相呼應，但缺乏適應環境避免「無益的犧牲」的變通，對「知識階級」也缺乏號召力，因此其「頑固」與「沉默」中的「死守殘壘」，恰昭示出「左翼文學的明日」光明之缺少，無關中國前途的大局。未署名的「社論」《駁沈從文的禁書問題》，認爲《禁書問題》一文顯示出沈從文是具備「自由主義」

己的是，不是像左翼作家那樣因爲傳播「革命文學」而犧牲生命，而是在「不悖乎目的」而又「合於環境」的方向中，思索出新的手段與方法，對因左翼文學被禁，左翼作家被屠殺而集體噤聲的中國知識階級，做出與現政府有條件合作的呼籲，使他們改變對血腥政府恐懼離心的疏離感。沈從文希冀，能「用文字來推動時代，改造歷史」，糾正「文藝大眾化」的粗率與激烈。〔註3〕隨後，沈從文在《新文人與新文學》中，提出「文學家」以作品介入「社會重造」及「人生觀的再造」的重要思想，呼籲寫作者成爲「能將文學當成一種宗教，自己存心作殉教者，不逃避當前社會作人的責任，把他的工作，擱在那個俗氣荒唐對未來世界有所憧憬，不怕一切很頑固單純努力下去的人」。〔註4〕沈從文爲新文學「殉教者」的悲劇性態度，至此已基本確定。在這種殉教般的執著之下，才有所謂文學「經典」的產生。

文學「經典」成爲沈從文思考的重要問題，始於1936年底，「反差不多」話題之中，其時「經典」與「偉大作品」並稱。沈從文在《作家間需要一種新運動》一文中，有感於當時青年作家的文學作品水準不高，給人一種「差不多」之感，他認爲其原因在於「時代」一詞對於青年之蠱惑力過大，使他們失去作品的獨創性，他們將作品的通俗流行，爲大眾接受，看作作品已成爲「經典」：

> 因這名詞把文學作品一面看成商品的卑下，一面又看作經典的尊嚴；且以爲能通俗即可得到經典的效果，把『爲大眾』一個觀念囫圇吞棗咽下肚裏後，結果便在一種莫名奇妙矯揉造作情緒中，各自寫出了一堆作品。這些作品陸續印行出來，對出版業雖增加了不少刺激，對讀者卻只培養了他們對新文學失望的反感。原因在此：

思想、「崇奉無政府共產主義的時代落伍者」，認爲左翼文學及左翼文學家的實質是共產國際與中國青年之間的媒介，「介於赤色國際與中國青年之間者，則爲以文學作品做工具的赤色宣傳家」，是「共產黨的宣傳隊」、第三國際的「赤色宣傳員」，而國民黨當局的「禁書」，乃是與「軍事的剿匪」並行的「文化的剿匪」，見《社會新聞》（三日刊）第6卷第27期第370、371頁，上海，1934年3月21日，及〈駁沈從文的禁書問題（下）〉，《社會新聞》（三日刊）第6卷第28期第386、387頁，上海，1934年3月24日。

〔註3〕沈從文〈上海通信〉附記，天津，《大公報・文藝》，1934年8月11日，作者署名「從文」。

〔註4〕沈從文〈新文人與新文學〉，天津，《大公報・文藝》第137期，1935年2月3日。

記著『時代』，忘了『藝術』。作者既想作品坐收商品利益，又欲作品產生經典意義，並顧並存，當然不易。同時情感虛偽，識見粗窳，文字已平庸無奇，故事又毫不經心注意安排。間或自作聰明解脫，便與一種流行的諧趣風氣相牽相混。作品「差不多」於是成為不可避免的命定。〔註5〕

沈從文此處筆鋒所向，乃左聯推動的「大眾文學」，但左翼文學並非純粹消費性的「海派」，沈從文在此批評它面向青年通俗流行，浸染了「商品的卑下」，而同時追求「經典的效果」，顯然有視差和誤釋，但也的確觸及了它的某種弊端。沈從文認為，作者如果要作品「成為經典」，具有「經典的尊嚴」，產生「經典的效果」、「經典的意義」，作者不宜媚悅流俗，需自甘寂寞，使作品具有特點與個性，能對作品的平庸化有所警惕，從自身開始一種「反差不多運動」。

在〈文學界聯合戰線所有的意義〉一文中，沈從文在言及「作家的義務」與「作家的能力」時又闡述其「經典」觀念的效用與含義：

倘若經典這兩個字意義是指它能給人以一個法則，必然遵行的法則，則當前文學作品都可能成為經典，有經典的意義和價值。所不同處只是前者重在『永遠』，後者重在『普遍』。前者作用是縱的，後者作用是橫的，空間的。文學作品的義務——道德的拘束，就是以它能否達到上述那個普遍的經典作用為依歸。〔註6〕

沈從文認為，新文學運動二十年來，促使人們「普遍向上」的文學經典還未產生。沈從文以能否成為「經典」的目光，來衡量中國新文學作品，提出：（某種暫時的「經典」）是一種近於「商業」的與「政術」的所引起的作用，若無現實的政體支持，是無從持久的。

文學理論和文學作家間，既想使文學得到商品的利益，又想發生經典的意義，這魚與熊掌一齊到手的事情，應當用一個如何方法始可得到，作家間還顯然不曾有具體的認識。〔註7〕

〔註5〕 沈從文〈作家間需要一種新運動〉，天津，《大公報‧文藝》，1936年10月25日，作者署名「炯之」。
〔註6〕 沈從文〈文學界聯合戰線所有的意義〉，北平，《大眾知識》第1卷第3期第44頁，通俗讀物編刊社，1936年11月20日。
〔註7〕 同前頁注2第45頁。

　　沈從文認爲應通過「文學觀的改變，流行性與持久性的共同注意」，「新的經典概念的展寬，包含一切有建設性的向上」，「促進（經典）文學作品產生」三點，來改變這種狀況。這種經典可分爲兩類：「引導人向健康，勇敢，集群合作而去追求人類光明的經典」，與「增加人類的智慧，增加人類的愛，提高這個民族精神，豐饒這民族感情的」經典。〔註8〕沈從文顯然傾心於後一種經典。他深知，這種作品屬於時代的異類，因此他向作家「聯合戰線」尋求對這種經典的「寬容」：

　　　　實在說來寬容基於對於事物的認識或瞭解，一個作品寫的既屬於人間種種相，想作品博大精深，無所不包，或正確親切，十分動人，自然不能缺少對於一切人性的認識或瞭解，──這認識或瞭解不特是社會，經濟的，還應當是生理的，心理的。〔註9〕

沈從文此時的寫作動機是明確而堅定的，不接受黨派政治政策的局限〔註10〕，爲解除「民族的憂患」，寫作態度以「嚴正的方式作建設性的努力」〔註11〕，甘於「作信天翁」忍受寂寞〔註12〕，「在文字上創造風格」，在「文體」上有自由發展的機會〔註13〕，「好好用心思，寫出些有風格有個性有見解的作品」，「在民主式的自由發展下，少受凝固的觀念和變動無時風氣所控制」〔註14〕。沈氏所謂「態度正當思想健全」〔註15〕，其內涵是：對國共兩黨國內鬥爭的情勢，情感上顯然是偏向於當政者的，對共產黨的武力反抗當前秩序，實含譴責之意。在第二次國共合作，全面抗戰即將展開的嚴峻時代，與政治分裂相應，爲文學想像內分裂對峙的「左翼文學」，和「幽默」「性靈」「趣味」文學，均呈消退之相。此時，沈從文以「差不多」一語對這種爲「主義」、「黨

〔註8〕　同前頁注 2 第 45～46 頁。

〔註9〕　同前頁注 2 第 46 頁。

〔註10〕　沈從文〈一封信〉：「他若跟著『政策』跑，他似乎太忙一點，來不及製作什麼有永久性的作品」，《大公報‧文藝》，天津，1937 年 2 月 21 日，作者署名「炯之」。

〔註11〕　沈從文〈對於這新刊誕生的頌詞〉，《青年作家》第 1 卷第 1 期第 1，3 頁，北平，燕京大學十二九文藝社，1936 年 12 月 1 日。

〔註12〕　沈從文〈濫用名詞的商榷〉，天津，《大公報‧文藝》1937 年 6 月 30 日，作者署名「上官碧」。

〔註13〕　沈從文《關於看不懂》，《獨立評論》第 241 期第 18 頁，1937 年 7 月 4 日，北平。

〔註14〕　沈從文《再談差不多》，《文學雜誌》第 1 卷第 4 期第 36 頁，1937 年 8 月 1 日，北平，作者署名「炯之」。

〔註15〕　同注 7 第 19 頁。

派」和「趣味」所支配的文學形式做出批評，希望在文體形式的民主自由之下，作家若能獲得更大的獨立性，中國新文學將能取得更好的成就。

> 得到多數不是什麼可笑的奢望，但也不是什麼很容易的工作。
> 不管那左翼文學或民族主義文學，你得有『作品』，你的作品至少得
> 比同時別的作品高明些，精美些，深刻些，才有人願意看，看了又
> 才可望引起良好作用。〔註16〕

此時沈從文還站在「民族主義」文學之外，到《湘西》中，因抗戰局勢的發展，「民族」已內化爲沈從文創作內在精神之一種。「高明」、「精美」、「深刻」，這是作品「經典化」的前提，作品本身須具備這種質地，才可能卓然於眾作之上，成爲經典。與此相對，「大眾化運動」中出現的文學作品，在風潮過去之後，很少有堪作經典的。

在〈白話文問題──過去當前和未來檢視〉中，沈從文反對「流行小冊子」，「用輾轉稗販方法，東抄西撮，籠統草率」〔註17〕，對專門知識的二手化解讀與傳播。而「流行小冊子」的流行，實爲「知識大眾化」運動之一脈，除「商品販賣」之營銷動機外，當還有中共對群眾知識普及的推動。而沈從文雖以「鄉下人」自居，但對這種知識的普及化及其方式，是頗爲不屑的。他所持的乃精英化的「專家」立場，知識掌握在少數人手中，受政府控制與使用，近似傳統的「士大夫」立場，與現代社會的獨立的「智識階級」的角色類似。這與共產黨的以「群眾」運動改造「知識階級」的社會構想，是大相徑庭的。流行小冊子和白話文學作品，成爲「社會變遷主力」之一種，是影響「未來社會變動」的一種「巨大力量」〔註18〕，沈從文深知文學和文化對近現代中國社會的建構與塑造（形塑）作用，說這些，正彰顯了他對國民黨利用此隱形力量不力的擔憂與恐懼，他希冀自己能助力於國民黨，在此以文學和文化爭奪青年思想的領域，與中共進行角力。

沈從文對現代文學「經典化」有強烈的自覺意識，建議當局通過「現代中國文學」課程的設置、師資的預備、學生的培養三方面，圍繞青年學生中的「偶像化」作家和「經典」性作品，推進現代文學的「經典」化。

〔註16〕同注 8 第 36～37 頁。
〔註17〕沈從文〈白話文問題──過去當前和未來檢視〉，《戰國策》第 2 期第 15 頁，昆明，1940 年 4 月 15 日。
〔註18〕同注 1 第 16 頁。

　　從商品與政策推挽中，偉大作品不易產生，寫作的動力，還有待於作者從兩者以外選一條新路，即由人類求生的莊嚴景象出發，因所見甚廣，所知甚多，對人生具有深厚同情與悲憫，對個人生命與工作又看得異常莊嚴，來用弘願與堅信，完成這種艱難工作，活一世，寫一世，到應當死去時，倒下完事。工作的報酬就是那工作本身，工作的意義就是他如歷史上一切偉大作者同樣，用文字故事來給人生作一種說明，說明中表現人類向崇高光明的嚮往，以及在努力中必然遭遇的挫折。雖荊棘載途，橫梗在生活中是庸眾極端的愚蠢，迷信，小氣，虛僞，懶散，自私……他卻憑韌性及犧牲，慢慢接近那個理想。〔註19〕

這是沈從文夫子自道之語，其作品能夠經典化，即因其披荊斬棘，融入了一生的堅韌工作與巨大犧牲。針對文學受商業或政治支配，及蟠踞要津之作家的「商品化」或「弄臣化」，沈從文警醒作者消極方面要力戒「附庸依賴精神」，積極方面要在作品中輸入一個「康健雄強的人生觀」，作品中人格與作者人格要有「自尊自重自信」、「博大堅實富於生氣」的風度和氣派。沈從文所選擇的「新的文學觀」，奠基於「新的兩性觀」之上，除去中國道德中的「性禁忌」和「英雄崇拜」成分，以征服「社會中層分子」爲著眼點，其實施方法爲「文運」與「教育」、「學術」再度攜手，其內容爲民族弱點與優點同時提出。他企圖以一種「新的文學運動」，和一個「新的文學觀」，來促成文學生產機制的「新陳代謝」，改變近十年來文學成爲商業和政治附屬物的局面。〔註20〕這是沈從文人格的底線，也是沈從文作爲國民的底線。正是在「中國人信心的重建」這點上，沈從文在抗戰之際，盡了一個作家的不愧於身臨「大時代」的使命。無論其個人私生活的歡欣和不幸，痛苦和艱窘如何，這點寸功，是後世的我們，不可抹煞的。

　　沈從文集中抨擊了文學附翼於政治的現象，倡導作家以「藝術良心」、持守「與民族情感接觸的正當原則」，基於「人生的深至理解」與「文字性能的諳熟」，來作「思想家的原則解釋者」與「詩人理想的追求者與實證者」，從而達成文學「與政治關係的重造」。沈氏認爲：

〔註19〕同注 1 第 20～21 頁。
〔註20〕沈從文〈《新的文學運動與新的文學觀〉，《戰國策》第 9 期第 171，172，170頁，昆明，1940 年 8 月 1 日。

新的經典之所以爲經典，即從這種工作任務的重新認識，與工
作態度的明確，以及對於『習慣』的否定而定。〔註21〕

在這種文學和政治關係的「重造」中，重新定位文學的任務和工作內容，以
文學的方式，對人生高尚原則的理解及綜合，對實際人性人生知識的運用，
爲構造世界抽象原則的「思想家」和運用基本原則的政治家，作爲參照，乃
至在作品中重造世界和人生的基本原則，成爲思想家和政治家的思考和運用
的指導。從這裡再進一步，就到了「重造政治」，沈從文認爲這是文學者的「民
族重造」、「國家重造」、「社會重造」和「國民道德重造」的關鍵。

這種對文學「經典」及「經典」化寫作的強烈的自覺意識，無疑是沈從
文抗戰時期在昆明的《燭虛》、《看虹摘星錄》和《七色魘》等「類經典化」
的散文和小說創作嘗試的理論基礎。正是對這種「能夠增加人類的智慧，增
加人類的愛，提高這個民族精神，豐饒這民族感情」的經典深具信心，沈從
文才在昆明時期改變「鄉土化」的寫作策略，以廣大的、無所不包的「人性」，
甚至是偏於生理的，心理的人性爲潛在主題，寫作了一批深具抗戰時代精神，
又有超越時代的價值的作品。這，應該是沈從文創作的巔峰時期，雖然從外
在環境到寫作者內心，都危機四伏，但其內在情緒達到相當的深度及高度，
同時也敏銳而深刻地觸及了抗戰時代後方知識階級精神內部動盪不安的紛紜
萬象，在自我的「擬自傳性寫作」之中，融入了一個大時代的輝光和隱痛。

《湘西》的寫作策略：轉折點

沈從文的「國家和民族的重造問題」，大概是因抗戰爆發，才逐漸成形，
明晰化，且具有一種面向年青人的、社會改造的政治動能。1938 年 8 月開始
發表的《湘西》，已可辨識出沈從文「民族重造」、「文化重造」與「政治重造」
的動機。《湘西》寫作時期或爲沈從文個人最爲積極的時期，對民族悲劇性命
運深有所感所思的他，此時則企圖改變「命定」，脫離「自然」。沈從文在抗
戰時期的新的現實之中，審視中國人在歷史傳說及遊記通信中關於湘西的「印
象」或「想像」：

〔註21〕 沈從文〈一種新的文學觀〉，《自由論壇》第 2 卷第 1 期第 27 頁，昆明，1944
年 1 月 1 日；該文重刊於《文潮》月刊第 1 卷第 5 期第 285～288 頁，上海，
1946 年 9 月 1 日。此處「習慣」，沈從文所指的是北伐成功以來二十年間，文
學藝術爲政治所支配的國內文學運動經歷。

> 如今擬由長沙，經湘西，過貴州，入雲南，人到長沙前後，也
> 會從一般記載和傳說，對湘西有如下幾種片段印象或想像。……這
> 種打算似乎非常可笑，可是有許多人就那麼心懷不安與好奇經過湘
> 西。過身後一定還有人相信傳說，不大相信眼睛。這從許多過路人
> 和新聞記者的遊記或通信就可看出。這種遊記和通信，刊載出來，
> 又給另外一些陌生人新的幻覺與錯覺，因此湘西就在這種情形中，
> 成為一個特殊區域，充滿原始神秘的恐怖，交織野蠻與優美，換言
> 之，地方人與物由外面人眼光中看來俱不可解。〔註22〕

沈從文此時所寫的「湘西」，不再是交織著「野蠻」與「優美」，充滿「原始
神秘的恐怖」的「傳奇」、或「牧歌」，而是一種去魅化的寫作，一種剝離外
人帶有「奇觀色彩的想像」的自我呈現。這與 20 年代與 30 年代，沈從文的
寫作動機，是不甚相同的。沈從文此時的文字，具有具象性，以能肉身感知
的文字，將我們自長沙逐漸引領向他的故鄉湘西。圓熟自然、引而不發，方
向性是內在的；在具象性與整一性之間，找到了很好的平衡。

> 汽車上了些山，轉了些灣，窗外光景換了新樣子。且時時在變
> 換。平田角一棟房子，小山頭三株樹，乾淨灑脫處，一個學中國畫
> 的當可會心於新安派的畫上去。旅行者會覺得車是向湘西走，向那
> 個野蠻而神秘，有奇花異草與野人神話的地方走去，添上一分奇異
> 的感覺，雜糅愉快與驚奇。〔註23〕

以中國畫的視角重新審視湘西風景，此時的閒雅灑脫處，與《湘行散記》那
種深入內裏的淒清自是不同。沈從文此時對旅行者視角、以及旅行者對未知
地方「奇異」的心理，洞燭於心，帶有一種回望的審視與了然，但在此處，
他不動聲色地引入了湘西的另一種視角，一種不乏現代因素的湘西，面向未
來的生長著的湘西，而這是與民國的現代化進程息息相關的。

> 公路坦平而寬闊，有些地方可並行四輛卡車，經雨路面依然很
> 好。路旁樹木都整齊如剪，兩旁田畝如一塊塊毯子，整齊爽人心目。
> 小山頭全種得是馬尾松和茶樹櫟樹，（出名的松菌，茶油，和白炭，
> 就出於這些樹木）。如上路適當三月裏，還到處可見赤如火焰的杜鵑

〔註22〕 沈從文《湘西》，《大公報・文藝》第 395，395 期，香港，1938 年 8 月 13 日，
8 月 15 日。
〔註23〕 沈從文《湘西》，《大公報・文藝》第 397 期，香港，1938 年 8 月 17 日。

花，在斜風細雨裏聽杜鵑鳥在山裏叫！有人家處多叢竹繞屋，帶斑
的，起雲的，鼇黑的，中節忽然脹大的，北方人當作寶貝的各種竹
科植物，原來鄉下小孩子正拿它來趕豬趕鴨子，小孩子眼睛光明，
聰明活潑，馴善柔和處，會引起旅行者的疑心：這些小東西長大時
就會殺人放蠱？或者又覺得十分滿意，因爲一切和江浙平原相差不
多，表現的富足，安適，無往不宜。〔註24〕

沈從文以一種湘西人的身份，引領著旅行者，爲其打開湘西內裏，言辭間有
一種如數家珍般的自豪感，這是任何《旅行指南》無法提供的。一種對旅行
者眼中表象背後的東西的揭示，即將展開。敘述視角「我們」，刻意彌合了旅
行者和本地人之間潛在對立的可能差異，造成一種你我無間的共生共在感。

對湘西下斷語太早了一點，實不相宜。我們應當把武陵以上稱
爲湘西，它的個性特性方能見出。由長沙到武陵，還得坐車大半天！
也許車輛應當在那個地方休息，讓我們在車站旁小旅館放下行李，
過河先看看武陵，一個詞章上最熟習的名稱。〔註25〕

「我們」身臨「武陵」，亂世避秦的桃花源，卻無處可避。下面從中國文人浸
淫於心的傳說和史地筆記入手，進一步切入戰時的湘西，當下生存著的「湘
西」。在敘述「常德的船」時，有一種將中國的歷史隨意把玩的態度。

常德就是武陵，陶潛的《續搜神記》上桃花源記説的漁人，老
家應當擺在這個地方。德山在對河下游，離城市二十餘里，可説是
當地唯一的山。汽車也許停德山站。……這種人照例是觸目可見，
水上城裏無一不可以碰頭，卻又最容易爲旅行者所疏忽。我想説的
是眞正在控制這個咽喉的幾萬船戶。

沈從文以爲暫臨湘西的外來人，拒絕日本侵佔中國而南下西遷的「北平人」、
「下江人」等引領的角色，再一次敘述了故地。這種「也許……也許」的敘
述口吻，有一種熟稔的、一切了然於心的掌控感，爲這些喪失家園、顛沛流
離、悽惶而決絕的中國人，營造一種心理上的安全和慰藉。沈從文此文很明
顯地有社會分析的意蘊在。正如《邊城》中雖常爲牧歌情調所掩，卻依然存
在的一樣。「船戶」，天保和儺送二人正是「船戶」，其他如「渡船」、「碾坊」

〔註24〕同注2
〔註25〕同前頁注2。

等，也是分別有社會分析的因子在。只是《湘西》中，沈從文的敘述語調更為舒展自如，有操控感。此時的沈從文，已不單純是湘西之子，而是一個知識生產連環中的一員，也不像20年代歌謠運動興起時，主要從民俗和民歌的角度在看故鄉，以「本地人」的視角來呈現湘西的地方特質。這時，他是抗戰時中國知識者的一員，在重返故鄉，也僅是經臨故鄉，而生命之根，已然從湘西伸展到更為廣大的中國之境。這時，他已經可以很自然地以「民族特殊性」的抽象話語，來概括湘西了。可參照劉洪濤和楊聯芬的相關論述。

> 比這種鹽船略小，有兩桅或單桅，船異常秀氣，頭尾忽然收斂，令人起尖銳印象，全身是黑的，名叫『吳江子』。它的特長是不怕風浪，運糧食越湖。它是洞庭上競走選手。形體上的特點是桅高，帆大，深艙，銳頭。……

> 洞河（即瀘溪），發源於乾城苗鄉大小龍洞，和鳳凰苗鄉烏巢河。……在這條河裏的船就叫『洞河船』河源由洞穴中流出，河床是亂石底子，所以水特別清，特別猛。船身必需從撞磕中掙扎，河身既小，船身也較靈巧。船舷低而平，船頭窄窄的。在這種船上水手中，我們可以發現苗人。不過見著他時我們不會對他有何驚奇，他也不會對我們有何驚奇。這種人一切和別的水上人都差不多……〔註26〕

這節文字透露出秀美而精悍銳利的內在氣質，是沈從文內在人格的外化。沈從文此時的國家意識，使他將敘述視點不再聚焦於邊地苗人的傳奇。

> 沅水流域的轉運事業，大多數是由這地方人支配，人口繁榮的結果，且因此在常德城外多了一條麻陽街。『一切成功都必需爭鬥』……〔註27〕

「爭鬥」是抗戰時期現實滲透的結果，也是沈從文思想上趨近於戰國策派類似於狂飆突進般的「瘋狂」精神的內在原因。中國之所以有獨立抵抗日本的巨大勇氣，未始不因有「與日偕亡」的精神底蘊在。這對30年代中期以「牧歌情調」確立自我的沈從文來說，可謂生命的一層進境了，其實也是生命本身內蘊的抵抗因子的擴大與昇華，即使《邊城》之內，天保與儺送，在同愛

〔註26〕 《湘西》，《大公報·文藝》第398期，香港，1938年8月19日。
〔註27〕 《湘西》，《大公報·文藝》第399期，香港，1938年8月21日。

翠翠爭執不可解之際,也是「不作興」相讓的。沈從文隨後微帶嘲諷地說起尋訪桃源的現代人:

> 千年前武陵漁人如何沿溪走到桃花源,這路線尚無好事的考古家說起。現在想到桃源訪古的風雅人,大多數只好坐公共汽車去。到過了桃源,興趣也許在彼而不在此,留下印象較深刻的東西,不是那個傳說的洞穴,倒是另外一些傳說不載的較新洞穴。……莫好奇,更不要因爲記起宋玉所賦的高唐神女,劉晨阮肇天台所遇的仙女,想從經驗中去證實故事。換言之,不妨學個『老江湖』,少生事!
>
> 〔註28〕

此處有類色情象喻,在重重傳說中,一層層愈接近當下的眞實,即使是反傳說的桃源。話語忽轉淩厲,著力打消「旅行者」獵奇尋豔遇仙的心理。沈從文似乎是煞費苦心地在旅行者和「桃源人」之間,作爲調解者,透過多重時空和心理的距離,構建雙方共同理解和交流的平臺。這大概亦即沈從文寫作《湘西》的內在動機,並非僅爲地志般的記錄、展覽與羅列。

> 上官莊的長山頭時,〔註29〕個山接一個山,轉折頻煩處,神經質的婦女與懦弱無能的男子,會不免覺得頭目暈眩。一個常態的男子,應當對於自然的雄偉,表示讚歎,對於數年來裹糧負水來在這高山峻嶺修路的壯丁,更表示敬仰和感謝。這是一群沒減不聞沉默不語眞正的戰士! ……中國幾年來一點點建設基礎,就是這種無名氏作成的。他們什麼都不知道,可是所完成的工作卻十分偉大。〔註30〕

抗戰時期國統區民眾組織和動員的程度,堪稱歷史之罕見。「人民」的力量,亦在這些巨大的工程中,以集體的群像,令人震驚地屹立在世界的面前。對此,沈從文亦當是有所覺察的。中國鄉村建設派,以梁漱溟等爲領袖,抗戰時期的特殊情勢,使對「新生活運動」頗有異見的沈從文,也關注到中國鄉村建設的成就,以及無知無識的農民的貢獻。這些「無名氏」們,這些「湘西的民眾」,構成了「國家」及其「偉大理想」的堅實基礎。

〔註28〕 《湘西》,《大公報‧文藝》第 401 期,香港,1938 年 8 月 25 日。
〔註29〕 此處似漏「一」。
〔註30〕 同注 2。

> 看看沿路山坡桐茶樹木的多，桐茶山整理的完美，我們且會明
> 白這個地方的人民……只要在上的不過份苛索他們，魚肉他們，這
> 種勤儉耐勞的人民，就不至於鋌而走險發生問題的。〔註31〕

「人民」這個詞在沈從文作品出現了，它並不始於解放後，而是在 1938 年，
抗戰初期即已出現，伴隨著「民眾」，而具有了因抗戰而來的新意蘊。沈從文
此處又試圖成爲「在上者」與「鄉下人」溝通的橋梁，既有「民可治之」的
傳統士大夫階層進言時的恭謹，亦有「鄉野草民」無待治者而自治的自信，
這種雙重意蘊，大概也是其兩面均難歸屬的根源，當革命成爲定局時，遂陷
入進退無依，亦不願獨依於其一的人生窘境。所謂「鋌而走險」，當指追隨共
產黨成爲「共匪」，而對抗國民政府，或是淪爲土匪。革命陣營稱其爲「粉紅
色小生」，爲國民黨上「治安策」，實乃其言不誣。但沈從文將民之「鋌而走
險」的根源歸於「在上者」之「魚肉」與「苛責」，實已包含了對國民黨政治
內部腐朽徵象的指斥。

> 任何捐稅，鄉下人都有一分，保甲在這方面的努力成績是極可
> 觀的。然而促成他們努力的動機，卻是繳一半留一半。負責的注意
> 到這個問題時，說『這是保甲的罪過』，從不認爲是當政的恥辱。

曲終奏雅，文末歸結到沈從文一貫以來聲言的「鄉下人」立場，且出語沉痛，
直斥爲政者，亦爲當政者所不容，抗戰時期沈從文部分文章及書籍之被刪、
被禁，實乃當政者機心之表徵。

> 可是一個讀書人也許從那有道之士服爾泰風格的微笑，服爾泰
> 風格的言談，會看出另外一種無聲音的調笑，『你外來的書呆子，世
> 界上事你知道許多，可是另外還有許多就不知道了。用正氣歌趕走
> 了死屍，你充滿好奇的關心，你這個活人，是被什麼邪氣歌趕到我
> 這裡來？』那時他也許正坐在他的雜貨鋪裏面，（他是隱於醫與商
> 的，）忽然用手指著街上一個長頭髮的男子說:『看，瘋子！』那真
> 是個瘋子，沅陵地方唯一的瘋子。可是他的語氣也許指的是你拜訪
> 者。〔註32〕

「旅行者」與「本地人」看與被看的翻轉，本地人「有道之士」此時以服爾
泰般的微笑、言談與調笑，對「旅行者」做出了「瘋子」的暗喻，一篇擬旅

〔註31〕同注2。
〔註32〕《湘西》，《大公報・文藝》第 403 期，香港，1938 年 8 月 29 日。

行文本,亦頓然波譎雲詭起來。這種參透生死的去魅化書寫,充滿了對人生的通透澈悟,而瘋狂,或有一絲沈從文此一時期內心暗影的光色,奇幻與恒常,轉爲激越。湘西的神秘處,在蠻悍不馴的人民的認眞努力,所造事業的偉大結實而美秀,而不在「辰州符」或「趕屍」之荒誕傳說,沈從文以此輕輕解開旅行者和外來客們對湘西的不經想像和好奇,以服爾泰式的洞燭世情的老辣和悍銳。這與 30 年代中期沈從文以「傳奇」而聞名的形象,有所偏移。沈從文在《湘西》中,對當下的眞實,傾注了最大的關切,而對沉迷於「神秘傳說」情調者,則因其過於荒誕不經,遠離抗戰的現實,而加以駁正和指斥。這無疑也是沈從文文學自身,從始至終即有的因子,只是抗戰使之愈加顯豁透闢罷了。

> 繞城長河,春水發後,洪江油船顏色鮮明,在搖櫓歌呼中連翩下駛,長方形大木筏,數十精壯漢子,各在一角,舉橈激水,浮河而下。〔註33〕

此段很有畫意,似以一種平面展開的形式,開始了他的重現湘西,色澤與空間的關係,是其核心,時間,在此似乎隱匿了,可無限重複的此在的瞬間,卻似乎具有一種不會消逝和腐朽的永恒感。這裡有宋人院畫般的細密舒展、隨行賦景般的流動的、散碎的、親密無間的敘述視點,小船上畫中游般的遊動不居的靈動視點,恰如人的心。可參照劍橋大學邱於藝博士的論述。

湘西與屈原的奇光異彩與驚心動魄,賦與中國文人和中國民族的光輝和熱力,是支撐中國文化和民族的綿延不絕的元素之一。這在抗戰時代流離動蕩,隨著平津的淪陷而流徙內地,正由長沙經行湘西的京滬文人而言,尤有振奮人心的作用。他們與「逐客屈原」,那種因強秦或暴日侵凌而家國破碎,人民飄零,舉國震蕩的情境,有著精神上的相通。

> 那天是五月十五,鄉下人過大端陽節。箱子岩洞窟中最美麗的三隻龍船,全被鄉下人拖出浮在水面上。船隻狹而長,船舷描繪有硃紅線條,全船坐滿了青年選手,頭腰各纏紅布,鼓聲起處,船便如一枝沒羽箭,在平靜無波的長潭中來去如飛。河身大約一里路寬,兩岸皆有人看船,大聲吶喊助興。兩千年前那個楚國逐臣屈原,若本身不被放逐,瘋瘋癲癲來到了這種充滿了奇光異彩的地方,目擊身經這些驚心動魄的景物,……在這一段長長歲月中,世界上多少

〔註33〕 《湘西》,《大公報‧文藝》第 404 期,香港,1938 年 8 月 31 日。

> 民族都已墮落了，衰老了，滅亡了。即如號稱東亞大國的一片土地，
> 也已經有過多少次被沙漠中的蠻族，騎了驃壯的馬匹，手持強弓硬
> 弩，長槍大戟，到處踐踏蹂躪！〔註34〕

文中「東亞大國」指中國，隱然有與當時的「東亞強國」日本相抗衡之意，所謂「常與變」，歷史的變與不變，時間在人民和土地中的流痕。此時淪陷區的文人，在詩文繪畫中，也表達了頗多的「思古之幽情」，以對古代的追懷緬想，迴避與虛化當下中國民族的挫敗感，抑或為日偽統治營造中日文化同源，共存共榮的幻覺，不動聲色地為侵略者的殘暴與懷柔張目。

此時，居於沈從文心中和文字之上的，是介於知悉內情者與旁觀者之間的角色，這種角色感，化為文章的視點，也相對處於內外交融的平衡，且外視感漸趨主動。

沈從文在此，已不再為湘西的古老與純樸而沉醉，而是希冀改變湘西人自然平和、與自然妥協的態度，使之成為雖違反自然，卻支配自然，參與到「改變歷史」與「創造歷史」的浩蕩洪流中去。這乍看令人驚異，卻是抗戰日本侵略者即將兵臨湘西的大危機之前，對本民族的最後動員。喚起被壓迫民族「蠻野」的血性和強梁態度，使之拋棄過於退讓、隱忍的性格，煥發精神與活力，起而為生存而戰鬥，這是沈從文湘西敘事的原初動力，只是以前多以湘西邊民作為中國漢人民族衰頹的對比，現在沈從文把審視的目光投向了「湘西」本身，從湘西人和湘西民族自身性情的不同構成中，棄平和退隱而存雄強對抗，從而重構了湘西邊民的內在精神，以使之負擔新的，能夠改變與創造歷史，使中國戰局失地數千里、喪師數十萬，人民被屠戮無量數，從東北、東南不斷流離於西北、西南的局面，有所改變。杞人無事憂天傾，作為一個雖居邊緣，卻心憂國祚的現代作家，沈從文希望故鄉湘西，能成為支撐住即將傾覆的中國國本的牢固基石，在這種情形中，改變人民平和樂天的性情，使之更具外在擴張性，也就成了在所必至的了。「楚雖三戶，亡秦必楚」，在不久後，長沙喪失於悍然來犯的日寇手中，湘西離國民政府戰時陪都重慶，近在咫尺。若非政府和當地人民戮力同心，殊死抵抗，抗戰的前途危矣。作為湘西土著而又遍歷大半個中國的沈從文，當然深明其間利害。所以有人說，抗戰後重新回到西南邊地的沈從文，為何不像二十年代或三十年代那樣，大寫其牧歌式的詩性湘西敘事，只能說他不懂得時代，不明白具體的歷

〔註34〕 《湘西》，《大公報・文藝》第 416 期，香港，1938 年 9 月 27 日。

史情境，也不懂得作家爲何寫作，看似超脫的純文學作品與具體歷史情景之間的複雜而能動的關聯。到昆明之後，沈從文一度與戰國策派的思想甚爲接近，思想的狂熱性一面也愈爲發揚，其思想脈絡，大致也與這種非自然平和性密切相關。因而，沈從文對源自德國的存在主義思想，就具有了心理上契合的前提。我們知道，海德格爾在二戰德國中，一度爲法西斯蒂的思想作張本，《野玫瑰》的作者陳銓，以及哲學家賀麟、詩人小說家馮至等人，與德國存在主義的此一階段，有著或明或暗，千絲萬縷的關聯。同時，他們的這種傾向與宋明理學，形成了相互感應，與潛在契合。土地一塊塊淪喪，這樣的情形下，中國人之生活中那種昂揚沉酣，淋漓盡致體會了生命之意義的一面，即「狂」的一面，被沈從文著力表現出來。《論語》曰：「狂者進取，涓者有所不爲」。30 年代鄉村抒情想像式的文本中，沈從文顯示了隱者般的狷介的一面，而在抗戰危局中，流離返歸湘西，流離滇地之際，「楚狂人」的恣縱狂熱性，有時煥發出熾烈的光芒，雖然多呈現爲灰燼堆疊下無形的暗火，光焰若不可見。

> 這些人在娛樂上的狂熱，就證明這種狂熱，使他們還配在世界上佔據一片土地，活得更愉快更長久一些。但有誰來改造這些人的狂熱到一件新的競爭方面去？〔註35〕

所謂「新的競爭」，即民族生存的競爭，在強敵日本踐踏國土之際，起而抵抗，無慮成敗生死的抵抗的狂熱。如果將湘西人民和中國人民的娛樂的狂熱，放置於這些生死攸關的問題上，中國才有生存與延續的可能。沈從文是很明白的，這與他對閹寺性人格的鄙棄，是相互關聯的。

沈從文此處的「中介性」視角，一種居於內外之間的，既非純粹的旁觀者，又非純粹的局內人的獨特視點，其潛在讀者也非單純的城裏人與外部世界，而是兼涵「城裏人」與「鄉下人」，外部世界與湘西本地鄉親。所以，作爲一種深入外部復返觀故鄉的廣大空間的巡行者，沈從文《湘西》中的視點，也是內外交織的，適可與《湘行散記》「流動的視點」相對照來看，因而，其鄉土的奇幻性逐漸消退，也爲正常的。

> 一切方式令人想起仲夏夜之夢的鄉戲場面，木匠，泥水匠，屠户，成衣人，無不參加。戲多就本地風光取材，詼諧與諷刺，多健康而快樂，有看希臘擬曲趣味。〔註36〕

〔註35〕《湘西》，《大公報・文藝》第 417 期，香港，1938 年 9 月 29 日。
〔註36〕《湘西》，《大公報・文藝》第 418 期，香港，1938 年 10 月 1 日。

重新審視「五四」時期，有周作人與魯迅的風神，且與二十年代和三十年代初不同，那時沈從文更多的受「歌謠」運動的觸動，將視角轉向民間與邊地的「鄉下」文化，而現在，沈從文則從西洋文明的參照下，審視作爲中國文明破碎山河之一部分的湘西，湘西瞬間成爲古今交融，城鄉互涵的龐雜中國的標本，其複雜性也就因之而來，儘管其知識譜系，還是奠基於五四時期，周作人所引介的西洋異域資源，依舊爲沈從文所看重。當時周作人留居北平，但愛重者並不相信其會果眞事敵。

沈從文個人的生命，已然到了中年，不「沉醉」而「深思」，亦是自我生命成熟的表現，爲中國的未來和民族的前途而深思。「鄉村抒情想像」式的田園詩式的意境，已經無法使這個構造者滿足，爲迎接抗日戰爭的挑戰，必須對中國全民族進行改造，「與自然相契」的湘西人民，亦不能例外。沈從文的確是湘西人中的敏感者和自覺者，此時，外面世界的積極性與進取性，已滲透內心，使之思索「改造湘西」的必要來。此一時期的《長河》，雖未完竣，但亦可見這種思路。沈從文「民族重造」、「文化重造」、「政治重造」思想，因抗戰之危殆，從承接「五四」的「國民性」批判，批判「閹寺性」的人性，更擴大提升爲「國民性」或「民族性」重造問題。

《看虹摘星錄》、《燭虛》及《見微齋筆談》

所謂「國民性」或「民族性」批判，在沈從文初期「都市嘲諷寫實」類作品中多所流露，在「鄉村抒情想像」類作品中，則構造一個與墮落萎悴的城裏人不同的「鄉下人」形象，寄予中國人未沉淪的血性，及殘存的優良情性。在《湘西》中，隨著承受時代的重創，似不可抗的大力壓在「人民」的心頭，如何拯救中國這個民族？沈從文著力彌合「城裏人」與「鄉下人」的對峙，將「城鄉分立」重新化合，「民族重造」與「政治重造」成爲他的新期待，沈從文在這一點上，是極端愛國的，有屈原式的執著。

1940 年 4 月 1 日及 8 月 19 日，沈從文分別在《戰國策》第 1 期，與香港《大公報・文藝》第 907 期中發表了兩篇〈燭虛〉。在前一篇中，以豈明先生的話爲引，沈從文在此文中所談的「女子教育」，也是「戰國策」派影響下的具有某種法西斯意味的、對現代主義的女性解放運動的批評，這倒是與沈從文一貫以來的保守姿態相合的。退守到大西南的現代女性，喪失了京滬等文化及社會環境，她們的諸種解放姿態，會給西南邊地社會帶來什麼呢？戰爭

的急迫性，使得沈從文的這種保守姿態，成爲可能。的確，如在延安等共產黨根據地的「馬克思主義中國化」一樣，重慶、昆明、桂林等地的這些「現代主義」浸染甚深的文化人群體，他們所承載的以「五四」解放爲契機的更爲開放活躍的「現代主義」文化及行爲，在抗戰之際中國大西南的疆域中，會發生什麼變化呢？此時周作人已投入日僞政權，沈從文仍將之作爲前置引言，一方面是作爲個人知識譜系的記憶，以存不忘來路之思，另一方面，當爲表明其與抗戰主流陣營有異的態度，《湘西》中的向「周佛海」致意即爲某種端倪。

> （五四以來）在教育設計上，儼然只尊重一個空洞名詞，『男女平等』。並不曾稍稍從身心兩方面對社會適應上加以注意，『男女有別』。因此教育出的女子，很容易成爲一種庸俗平凡類型；類型的特點是生命無性格，生活無目的，生存無幻想。〔註37〕

〈夢與現實〉中的「她」，其實即〈燭虛〉中所謂的女子的「庸俗平凡類型」，即「生命無性格，生活無目的，生存無幻想」。可見沈從文在四十年代初期，在小說或散文中均觸及這種現代女子類型，沈從文認爲這種「五四」式解放女子，是女性的退化與墮落。而名媛式的女性，那種高高在上，飄入雲端的、從個人氣質到生活方式均已洋派的、西化的上層女性，與戰時的昆明，當前的中國，全然隔離，失去了對「中國人」身份的認同和承擔，也就失去對中國未來命運的參與。

沈從文在這裡反省「五四」以來「新的人生觀」對青年男女的影響，除融入自己生命體驗外，其社會意義亦不容忽視。年青「大學生」在〈夢與現實〉中，糊糊塗塗處，也正是在「做人」、「做愛」與「做事」上，輾轉無方，依賴他人，缺乏有以自立自現處。

> 目前國內各處，至少有三萬二十歲年青女子，十五萬十五歲年青女子，離開了家庭，在學校作學生，十年後必然還要到社會作主婦，作母親，都需要一些比當前更進步更自重的作人知識，和更美麗更勇敢的人生觀。〔註38〕

這的確是時代轉換的新召喚，作爲作家的沈從文，有其敏感處。「五四」時代已然結束，抗戰時代所需要的女性和男性，「更進步更自重」的「作人」之新，

〔註37〕〈燭虛〉，《戰國策》第 1 期第 18 頁，昆明，1940 年 4 月 1 日。
〔註38〕同注 1 第 21 頁。

亦必基於「更美麗更勇敢」的新人生觀。只是沈從文還未必能將此種變動的內涵講述清楚，但他的確感知到了時代的新變。在延安文藝座談會尚未開始，針對知識分子大規模的改造運動尚未萌發之際，「戰國策」派文人沈從文，在昆明提出了對於現代知識女性的「改造運動」，以彌補五四「婦女解放」運動的某種流弊。在 1938 年之後，丁玲在延安寫下〈我在霞村的時候〉、〈在醫院中〉〔註39〕，40 年代，張愛玲在上海寫下〈傾城之戀〉〔註40〕，都對具有「女性解放」等現代意識的女性命運，與抗戰時期不同生活的多種樣貌，從不同方面進行了深入探索，沈從文的〈夢與現實〉、〈摘星錄〉、〈看虹錄〉等作品，也可以放置在這一脈絡中來看。但沈從文的不同之處，在於他提出了一個頗具野心的命題，與他的湖南同鄉毛澤東一樣，希冀對這些現代女性進行改造，甚至不惜發起一個針對女性的「改造運動」。

> 現代教育的特點事實上應當稱爲弱點，改造運動必需從修正這個弱點而著手。修正方法消極方面是用禮貌節制她們的胃部，積極方面是用書本訓練她們的「腦子」。〔註41〕

通過重新界定「摩登女郎」，來構建時代社會之倫理秩序，所以沈從文有了〈夢與現實〉、〈摘星錄〉、〈看虹錄〉等寄意遙深，且浸潤個人生命體驗的作品。而它們，均是〈燭虛〉這種論文式思想的文學化，無論寫實或虛構，總體呈現的都是沈從文此一時期的生命體驗、思想路向和微妙心理。

沈從文昆明時期《見微齋筆談》等所謂「雜文」，恰切地說，是沈從文的筆記體式寫作，在看似瑣碎偏激的筆致中，對抗戰時期昆明重慶的知識分子的墮落傾向，發出了更爲直白浮露的批評。但與魯迅不同，魯迅是自居於地火湧動的岩層，有濃厚的直抵生命極境的悲凉和絕望，也有在「庸眾」和民

〔註39〕 丁玲〈我在霞村的時候〉，《中國文化》第 3 卷第 1 期第 24～31 頁，延安，1941 年 6 月 20 日，文末標注此文寫於 1941 年 1 月 2 日；此文重刊於《學習生活》第 3 卷第 1 期第 33～40 頁，第 2 期第 95 頁，讀書生活出版社，1942 年 4 月 10 日，學習生活社，1942 年 7 月 20 日，重慶；再刊於《北方文化》第 1 卷第 1 期第 49～56、44 頁，張家口，1946 年 3 月 1 日；以眞〈書報介紹：《我在霞村的時候》〉，《婦女》第 4 期第 16 頁，上海，1946 年 5 月 10 日；丁玲《在醫院中》，《文藝陣地》第 7 卷第 1 期，重慶，1942 年 7 月 20 日；《我在霞村的時候》，新知書店，大連，1946 年。
〔註40〕 張愛玲〈傾城之戀〉，《雜誌》第 11 卷第 6 期第 58～72 頁，第 12 卷第 1 期第 98～110 頁，上海，1943 年 9 月 10 日，10 月 10 日。
〔註41〕 同前頁注 1 第 24 頁。

族的「脊梁」間清醒的自我定位,「我以我血薦軒轅」,碧血丹心,絕不做媚悅上層欺壓下層的統治者的奴才或幫兇。因此,魯迅身上有強烈的反叛性,一切被壓迫者都會得到精神滋養的能量。成爲底層反叛者的精神上的《聖經》,他的雜文,在現世的、現時性的維度上,將古今、中外的時空區隔拆解,讓其間荒謬的,或反諷的或對峙的諸種關係直接呈露出來,揭示塗飾下的罪惡,關係的脆弱及改變的可能。

　　沈從文在抗戰時期的筆記體散文,其日記一類的當屬另類,其所謂接近於「雜文」的,在文體上多以唐宋人筆記的片段爲行文起點,在相關或相類的歷史細節的綴聯中,輾轉反映作者內心對抗戰當下某種社會風習、某類人性情弱點的抨擊和嘲諷。其嘲諷對象,多集中於古代「士」之階層、今之知識分子階層,他們游離於民族抗戰大義的某種嗜好或風氣,比如徹夜打橋牌的益智遊戲、宴飲徵逐的享樂與放鬆,等等,都受沈從文的指斥。純樸的「鄉下人」進城後,漸薰染城裏人的浮華和矯飾,沈從文也會批評,比如他文中曾嘲諷一個家中的女僕,即是此例。沈從文是「杞人無事憂天傾」,他憂慮的是中國既有社會行將墜落,而作爲中流砥柱的中堅,上下聯結的紐帶,「知識階層」的不能盡責拯救。「上官碧」之名,可以言盡矣。儘管以寫「鄉下人」而聞名於世,但「鄉下人」對沈從文而言,其階層或階級的意義,要小於地域的意義。所以,沈從文所做抨擊,多是無關秩序大體的、可以改變的東西,其對抗戰陣營中工農階層的地位上升,及左翼政黨的文化組織和社會動員能力,是深感戒懼的。沈從文心憂的是,在這種種變動之下,國民政府及其文化體系內部的傾軋、腐朽與無能。其擬唐宋人筆記式作品,徵引與剪切甚多,個人行文用語,也多與引文風格接近,沈從文在繁多的引文中,偶露自己的聲音,雖似深隱,實亦強調。這與日本佔領的北平城中,周作人出任教育督辦前後的行文策略,是相當近似的。但沈從文所彰顯的是心憂中國衰頹,國脈不存的眞誠,以及擬俳諧實正言的自我保護策略,周作人則雖以挽救中國文化及黎民自命,但難掩其爲日人侵略和統治中國上「治安策」的眞面,其歷史效果,的確如此,在人民被魚肉,生死不保之際,那高渺入雲的「文化」,即使有「文化山」的優待和保護,也難以超脫玄妙如初,很可能墜入污泥中,徹底毀滅。

　　沈從文對「知識者」閹寺性的批判,在擬日記體的散文,或《燭虛》、《七色魘》及《看虹摘星錄》等散文或小說中,其實也是他「民族重造」思路的

一個表徵，為改變知識者身上「閹寺性」的孱弱，不惜步入「瘋狂」。「狂者進取，涓者有所不為」，所謂「戰國策」派的陳銓與賀麟、馮至，其「承擔」精神，其實都有瘋狂的因子。馮至的一篇小說《愛與死》，寫海浪般激情的愛欲，很有瘋狂的一面，不像《伍子胥》、《山水》和《十四行集》的以沉思般的氣質，緩釋了「決斷」的瞬間包蘊的瘋狂。〔註42〕

在〈都市的刺激〉中，沈從文的「以鄉觀城」和「以城觀鄉」也發生了更為複雜的變形。沈從文在內外交困之際，新興都市昆明的壓迫下，神經緊張地走向昆明街頭，開始細察昆明新興氣象中的城市的細節，這是近乎赤裸般的直接對面，肉搏，再無什麼躲閃和幻想。以「美」之眼，來審視源自日本的「美術字」與中國鄉土與都市的協調性。

沈從文此時將失「愛」之痛，轉移至及身而遇的瞬時現象與微末小事，所以才有「見微齋筆談」之類雜文性作品的產生，那種貫穿性的痛楚感。而〈都市的刺激〉之「鄉下人」身份與視角的著意保持，種種錯位感的敏銳覺察，正是這種不適「感覺」的延續和發展。

另，沈從文「民族重造」、「民族重建」話語未嘗不可納入「民族精神」、「民族氣派」話語中去，亦是對它一種闡釋與呈現，不過與左翼主導的話語異質而並流罷了。

〔註42〕 馮至《愛與死》，初刊於《文聚》第 2 卷第 3 期第 22～24 頁，文末自署「三四年春改作」，昆明，1945 年 6 月；後題名改為《海夜》，收入《馮至全集》第 5 卷第 307～313 頁，河北教育出版社，石家莊，1999 年 12 月。

附錄：沈從文昆明時期佚文拾零（裴春芳輯校）

三不朽 〔註43〕

　　魯迅曾舉郭沫若一篇作品，該作品描寫一個革命青年，在革命的火線上受了傷歸來，雖經醫好，畢竟斷了一臂。但所斷的是左臂，故還剩下了可以寫字可以作詩的一臂，既能寫字作詩，這位青年是不朽了。

　　於今有一種人，雖無守土之責，卻也有與城共盡之志，後來雖奉命隨眾疏散，想一定也名垂青史了。

　　於今又有一種人，或係老年，或係壯年，或係青年，只因身在後方，遂印行文集，發表談話，或嗔民眾的沉迷，或發積極之情緒。此文此話，或有消失之時，此一番正氣勢將萬古了。

　　倒是那些暴骨戰場的士卒，更無顏色。

提倡做人的新態度 〔註44〕

　　編者先生：

　　連讀　貴刊十餘期，興奮無量。丁茲國際紛爭之局，一切演變縱橫錯雜，我們每覺目迷五色，不易尋到線索。自　貴刊揭櫫大政治的目標以後，復從地理及許多普遍的事例裏，尋出演繹式的共同原因，俾讀者可以舉一反三，有左右逢源之樂，因此反映到各國內政外交上種種問題，也就不難迎刃而解，提出對策，這是關於政治思想的方面。

　　因爲我們一向是在政治上「左傾右傾」，躑躅蹣跚，所以行爲上也缺乏一往無前的氣概，比較五四的時代似反不如。自受到「力」的哲學啓示以後，深感到做人處事的態度，有澈底改進的必要。我們需要一種豎起脊梁，「男子

〔註43〕該篇刊載於《中央日報・平明》第116期，昆明，1939年11月4日，作者署名「殘灰」。

〔註44〕該篇刊載於《戰國策》第15、16期合刊第50～51頁，昆明，1941年1月1日，作者署名「沈粥煮」，含義取自《作家間需要一種新運動》：「作家缺少一個清明合用的腦子，又缺少一枝能夠自由運用的筆，結果自然是作品一堆，意義毫無，鍋中煮粥，同歸糜爛罷了」，乃自警也。另，本篇收入2015年11月14～16日北京大學「時代重構與經典再造」會議論文中後，《現代中文學刊》2016年第5期所刊的李雪蓮〈沈從文與戰國策派的關係有多深？──沈氏佚簡《提倡做人的新態度》考釋〉一文文末亦附有此篇，可以參看。

漢一人做事一人當」的義俠風度，絕對毀棄那歪歪曲曲，陰柔取勝的卑弱心理。明知剛強易折，絕非聰明人所應走的途徑，但天地正氣就在這一點，願大家合力為我們的民族，樹立起這種風範，繼往開來！

目下智識階級的流品，簡單說起來，可分兩種：一是趨向於事業家的途徑，一是保持思想家的態度。因為政界的習氣，積重難返，所有學優登仕的新貴，多少須有所遷就，方有站得住的希望。浸染既久，逐漸受環境所改變，結果亦步亦趨不能自拔，原有的志願盡付東流，到頭來十年窗下的苦功，不過只是身入仕途的敲門磚而已，這裡頭不知道犧牲了多少足以有為的學者。我們不怪舊勢力感變人們的力量之雄大，而應當覺得士氣之不振，缺乏深固的根基，厥為主要的原因，以致一個個隨風萎靡都或為逾淮之橘，變其應有的本質。這裡面的來蹤去跡，寧不值得加以注思麼？

抑尤有進者，今日朝野上下，似皆趨向於獵取急功近利之一道，因此適於生存的類型，乃是三頭六臂善於應付的閹寺式的人物，絕不是光明磊落表裏如一主持正義之士所易於插足於其間。人們所孳孳的功利，乃是細功小利可以掛在自己賬簿上以成名的。所謂「成功不必自我」，雖有很多人說到，但可沒有很多人做到。

所謂浮士德精神者，簡言之，或者即是以眼前的不成功為最大的成功底意思。

貴刊所詔示給我們是「偉大」，是「強毅」，是「美」。我們所希望見到的人物典型，似都在字裏行間躍躍欲出。關於這方面的做人態度，望多多提倡，俾可成為一種風氣！專頌

著祺　　　　　　　　　　　　　　沈粥煮二十九，十一，二十一。

談出路 〔註45〕

戰事初起一二年後，許多人為了個人出路都感到惶恐，倒也近於人類求生存的本能，相當莊嚴，並非兒戲。這種恐怖感最近於神經過敏的例子，無過於我相熟的一個年青朋友事情。這人經我介紹到上海一個最有名的機關供職，服務還不上半個月，戰事一發生，別的不擔心，卻憂慮他個人在五百萬人口的上海，無米可買，吃飯時，發生困難。因此拋下工作，早早的就跑到

〔註45〕該篇刊載於《大國民報》第 1 期第 2 版，昆明，1943 年 3 月 31 日，作者署名「沈從文」

一個出米省份去了。（吃了將近六年的大米飯，照理說，他應當胖多了。）至於最普通常見的例子，自應數神經衰弱的讀書人跑銀行。一般人所知道的，只是大學生為出路計爭入經濟系，準備站櫃臺，使得國內辦大學教育的人，不免有點喪氣。即主持法商學院的，在學生註冊選課時，雖相當興奮，也許依然會對他們皺皺眉，想要問問：「你們是來做那樣的」？真的有詢問時，一定有些人將衝口而答：「我是來找出路的；」正因為大學習慣，雖側重在為社會培養應用人材，不盡是每個人都可望成為研究家，可是讓學校成為銀行下級職員訓練班，負責人心中也不無痛苦。其實這個現象是不能怪學生的。學生的老師，敏感而長於求生存知去就的即大有其人。作史地社會研究的，習外國文學的，考古的，……作了專家教授以後，向「生活保險庫」跑的人多哩。

有個某君算是得國家供養唯一習南歐文學的一位，回國來不想到如何用十年工夫翻譯一部《神曲》，或加入國際宣傳部作點事，卻入銀行作了「秘書」，他最得意處是不必辦公，且可用公家便利從越港辦點日用貨物。還常常充滿愉快神情告人說：「家中有最好洋酒，並養了幾隻洋狗。」他和酒，和狗，竟儼如三位一體，唯入銀行方能完備。這個例子說來並不使人為其愚而自私好笑，倒令人為國家前途悲哀。礎潤知雨，從小可以見大處，從這個人生活態度上，即可見一些人若不知自重，不明大體，教育即受得再好，也還是不濟事的。如空讀了世界上一大堆第一等頭腦寫成的好書，做人方式卻只學意大利三等國家水兵在上海過日子方式，到他成了上等人後。〔註46〕自然就只會如彼如此安排自己，〔註47〕社會上像某君者，一定常可以見到，所以我們就不必分析大學校打出路算盤的青年的是非利害，也不應單單責怪他們把個人生命看得那麼小了。用做生意作譬喻，有些人若只打量就地賣賣燒餅葵花子糊口，除糊口外對生命並無高尚理想或雄心大志，不能冒險去作其他大事業，也想不到腳下即還有個豐富的礦床，只要稍稍使力就可挖掘開發，我們從忠恕處說，還應當稱讚他們「知足守分」為合理。因為國家的重造，固然需要許多有作為的年青人，抱定宏願與堅信，好好努力學習理解一切艱深問題，學成後再來擔當重大工作，戰勝環境，克服困難，在一堆破碎瓦礫中重造一個比過去更完美的國家。但也不可少另外一種人，即一生最高理想，只是有

〔註46〕此處「。」當為「，」之誤排。
〔註47〕此處「，」當為「。」之誤排。

個安定職業混日子，養家活口。頭腦簡簡單單，衣服乾乾淨淨，待人誠誠懇懇，作事規規矩矩。年終得點例有獎金，即換顆金戒指，買雙好鞋子，或儲蓄給家中作兒女教育經費，或買張什麼儲蓄券，一家人就常常做無害於人有益於己的頭獎夢。：〔註48〕說眞話，社會的穩定性，原本就是要這個中層分子的知足守分，方能得到的，社會的繁榮，也不可缺少這種人的！在建國上我們亦不能把這個「知足守分」的好處去掉，爲的是他在一切組織機構裏，都有其良好普遍的作用。

至於作秘密消化洋酒一流人物，我們當然不必存什麼希望，因爲根基已定了，就讓他那麼下去也不妨。這是一種時代的沉渣，過不久會有方法濾去的。可是對於年青人，卻又依然還容許我們保留一點希望。即這些人有了「生活」出路以後，一部分也許能學會反省，或生活暇裕時得到機會反省。到那時，他自會打量到生命的「出路」。會懷疑生活雖有著落，生命是否即有意義？很可能將感到一點煩悶。這對個人就是一個轉機。因爲他如果是個身心健全的年青人，還會有勇氣從那個安樂窩中跑出，接受變動時代所應有的壓力與教育，重新找尋根據，創造他的事業，發展他的生命。他若還未離開學校，也許還會有勇氣重新起始在別一院系再念幾年書。與我前面說的社會穩定性也並無矛盾處。因爲跑銀行只是一種風氣，當時出於個人出路的關心，風氣一成，多數年青人便不大思索的一齊跑去。然而事實上就中卻有一部分年青朋友並不宜從那個單調而沉悶工作中討生活。到社會上一般事業發展到較平均，國家設計又見出鼓勵有作爲年青人從多方面發展時，銀行職業生活的單調，就恰好成爲一個自然的大篩，必將把不安於單調的年青人篩出。這也正是從去年起始，到處聽到朋友從銀行跑出的一個現象最合理解釋。年來大學校的學生，習理工文史的，多成績較好學生的原因。這個轉機對個人得失雖不可知，對國家社會大有好處，是顯而易見的！

這轉機據個人私見說來，還可以從一種設計上加強他的作用，並防止在未來一時的社會變動中，產生那個回覆現象。年青人的做人良心，是容易激發的。正因爲生活與社會還隔一層，不大貼近實際，追求抽象原則的勇氣，照例即比「爲衣食謀」的糊口打算爲強。廿年來這個勇氣表現於五四思想解放上，表現於五卅群眾興奮上，表現於北伐與軍閥爭鬥犧牲上，無不見出自尊心的覺醒，用得其當，所能產生的作用如何大。再從北伐統一以後的種種

〔註48〕此處「：」或爲衍文。

政治思想糾紛上，又可見出自尊心覺醒以後，若用不得當，亦可能產生多大作用。至於這種做人良心激發的方式，可說完全是新出版物安排成功的。然而到現在，新出版業中報紙副刊成爲雜誌，由雜誌成爲單行本新書，再由這個關係產生一個新出版業。將出版物當成商品之一種大量分配，除了它已經能穩定出版業本身，此外「理想」完全說不上了。即出於政治設計，從用方法與數量上看來，也見出認識這個問題還不清楚，至多不出於點綴性質。居多從最小處下手，末了正至於並點綴作用亦有限。即以若干公家新聞紙運用而言，放棄了「教育」理想，惟重在報告一點大體相同的消息，並吸收廣告收入，以收入多表示成功，這比大學生跑銀行找出路，情形即完全相同。雖繁榮了一般商業，支持了新聞紙本身，其實也就墮落了新聞紙莊嚴作用。這個墮落的傾向，是事勢的必然，還不過是風氣的會趨？我將說，這也只是出於一種習慣而已。習慣已成，便不免有點積重難反。用廣告維持報紙，是上海申新二報生存的原因。唯其是商業報紙，又在租界內有所憑藉，所以即可用社評與論文對於國家大計有所表示，而且將這種文章公諸民眾，亦可用副刊娛樂並教育一般讀物，增加讀者常識與興趣。則辛亥革命後多了些政黨，「機關報」即由此而來，意即在朝在野都可花來辦報，各在自辦報上發表對於國事主張，並用來批評攻擊另一黨派。到民八風氣一變，國家權勢只在一批北洋軍閥手中轉來轉去，一則內戰發生時，除了報上有軍人相互責難電報外，就是總統府秘書長儲漢祥先生代黎元洪草擬的排難息爭四六文章。各黨各派的政客，雖亦常常有文電在報上發表，事實上已將精力直接表現到議會會場上，所以報紙上登載他們打架拋墨盒的消息，還比通電有些作用。爲的是引人發笑！然而五四前後報紙上卻另外來了個新玩意兒，即名流學者來爲副刊寫文章。小至於短詩，大至於玄學與科學論戰，國外第一流學者的演講，……無不從報紙上介紹給讀者，煽起年青人對於國家重造的幻想和熱情。五四學生的表現，五卅工商的表現，北伐軍人的表現，無不反映報紙所產生的作用。這作用到北伐成功新出版業興起時，即已完全失去，爲定期刊物或單行本所代替。然而幾個著名報紙，社論來論尚保留一點批評國事檢討社會能力。到戰事發生後，即只有將可發表的新聞，各列標題發表，以及推測戰事說點國際預言的功用了。因此報紙差不多都少個性，少特性，也逐漸失去了本來的作用。商業報紙有時爲廣告擁擠，竟將社評地位移作廣告用，增加收入。大報紙既只能看看新聞，所以小型報紙有了個試驗機會。

從去年冬天起始，昆明市憑空多了好些週報，不到半年中，並且就見出一點選擇淘汰作用，證明在一個較新編排方式下，還可給讀者許多有益的影響，取得讀者的愛重。只要認清對象，即可教育對象。近來且聽說還有好些同類報紙在準備出版，這自然是個好現象。因如果負責方面有各能就一方面長處好好發展，卻又有個共同目的，即將報紙和讀者關係重造。資本較充實的，還可定期定量為讀者印行多種有價值的小冊子，屬於世界學術或普通常識的性質，一一印出，報紙讀者均可用最低廉價格得到。一年後，即以昆明市而言，一切情形會不同多了。所以我想這正好做辦報的一種試驗，即無從引起大報紙的革命，也可望養成一種新的風氣，將小型報紙作用提高。或盡多數找出路的大學生，明白個人出路甚多，從銀行跑出還有更寬廣的天地或可以好好發展，或鼓勵公務員與一般從業員，知愛好，肯向上。用一個健康態度去學習一切，就可以將我們個人和國家發展，打成一片，毫無衝突，好好的來接受一場戰爭所應有的困難與成功！報紙本身的出路也多，除廣告收入另外還有一種意義，足使辦報的人對於他的工作重新得到神聖莊嚴感！這種神聖莊嚴感本來是固有的，可是卻被一個不良習慣差不多毀盡了。代替而來的只是一種無盡期的疲乏，以及受限制說不出的痛苦。談到這個現象時，我們實值得對一切報業前輩的努力尊敬與同情。因為他們曾經戰鬥過來，而且個人方面也居多並未放棄將新聞紙重造的理想。只是習慣不容易改正，恰恰如五十歲銀行家不能改習地質，這事只好讓二十四五歲的年青人來作了。我希望每個新出的小報，都能抱有這個新的態度和社會對面！

見微齋筆談〔註49〕

杜甫成仙

李白入長安，因賀知章第一次見面時，就稱呼為「謫僊人」，一定因此增加了些酒量，也增加了幾分狂。一生遭遇，未必不受這個稱呼影響。世傳捉月落水，說不定倒是件真事，雖不淹死，也作了一回落水雞！因唐朝既以道教為國教，李家子弟非事實上貴族，也許他自以為是另外一種情緒上貴族。李白的仙才和他的慘死，在心理上都可能由這個貴族情感而來的。然而同時的杜甫，給人印象卻是個「正牌詩人」，意即有歷史家的感慨又不失赤子之心

〔註49〕該篇刊載於《大國民報》第3期第4版「藝苑」欄，昆明，1943年4月7日，
作者署名「上官碧」。

的詩人。兩人生前命運不同，死後命運也不同。元朝是另一個道教的時代，李白的事只在劇曲中流傳，杜甫卻成仙了。元人筆記《鈎文》說：

「秘書郎僑中山云：至元十年，自以東曹掾出使延安，還出鄜州，土人傳有杜少陵骨在石中者，因往觀之。石在州市，色青質堅，樹於道旁，中有人骨一具趺坐，與石俱化。以佩刀削之，真人骨也。」當時不傳說是五代神仙家杜光庭的骨頭，卻說是杜甫的，大約因杜甫和鄜州關係比較深些。若近人作論，說不定牽強附會，說「杜甫成佛」也未可知。正如孔融因曹操為曹丕納袁家媳婦，說當時妲己歸宿一樣，「以今會古」，想當然耳。孔子兩千年前即擔心到弟子見神說鬼，故論語有「子不語怪力亂神」，想不到兩千年後讀書人，卻專有用子不語精神過日子的。

迎接五四 〔註50〕

從五四起中國有個新文學運動，二十餘年來不僅僅在白話文試驗上，有過極大的貢獻，即以思想解放國家重造而言，這個運動所有的成就，也是極可觀的！然而到近年來，文學運動卻似乎有點萎靡不振的趨勢，一切熱鬧都是表面裝點。作家的「天真」和「勇敢」，在二十年新陳代謝中，幾幾乎全喪失了，代替而來的卻是一種適宜的商場與官場的油滑與敷衍習氣。這種印象雖只是局部的，不足以概全體，但部分的墮落，於文運影響是可以想像的。

試分析這個運動墮落原因，實由於作家被「商業」與「政治」兩種勢力所分割，所控制，產生的結果。作者的創造力一面既得迎合商人，一面又得傅會政策，目的既集中在商業作用與政治效果兩件事情上，文運墮落是必然的，無可避免的。作者由信仰真理愛重正誼的素樸雄強五四精神，逐漸變成為發財陞官的功利打算；與商人合作或合股，用一個聽候調遣的態度來活動，則可以發財；為某種政策幫忙湊趣，用一個佞倖阿諛的態度來活動，則可以做官。因此在社會表面上儘管花樣翻新，玩意兒日多，到處見得活潑而熱鬧。事實上且可說已無文運足言。

五四精神特點是「天真」和「勇敢」，如就文學運動看來，除大無畏的提出「工具重造工具重用」口號理論外，還能用天真熱誠的態度去嘗試。作品幼稚，無妨；失敗，更不在乎。大家都真有個信心，認為國家重造思想解放

〔註50〕該篇刊載於《大國民報》第11期第1版，昆明，1943年5月5日，作者署名沈從文。

爲必然。鼓勵他們信心的是求眞，毫無個人功利思想夾雜其間。要出路，要的是眞理抬頭；要解放，要的是將社會上若干不合理的迷與愚去掉；改革的對象雖抽象，實具體。熱情爲物既具有普遍傳染性，領導主持這個文學運動的，既多係學校師生，因此對學校影響也就特別大，特別深。文運一與學校脫離，與教育脫離，銷沉，變質，萎靡，墮落，都是應有的現象。學校一與文運脫離，自然也難免保守，退化，無生氣，無朝氣。

所以迎接五四，紀念五四，我們倒值得知道一點點過去情形。想發揚五四精神，得將文學運動重新做起，這是一切有自尊心的作家應有的覺悟，也是一切準備執筆的朋友應有的莊嚴義務。我們必需努力的第一件事，即從新建設一個觀念，一種態度，把文運從商場與官場兩者困辱中解放出來，依然由學校奠基，學校培養，學校著手。把文運和「教育」「學術」再度攜手，好好聯繫在一處，爭取應有的自由與應有的尊重；一面可防止作品過度商品化與作家純粹清客化，一面可防止學校中保守退化腐敗現象的擴大。能這麼辦，方可希望它明日有個更大的發展！第二件事是五四懷疑否認的精神，修正改進的願望，在文運上都得好好保留它，使用它。天眞和勇敢，尤其不可缺少。作者能於作品中浸透人生崇高理想，與求眞的勇敢批評精神。自可望將眞正的時代變動與歷史得失，好好加以表現，並在作品中鑄造一種博大堅實富於生氣的人格，這種堅貞人格，這時節雖只表現到作家的文學作品中，另一時節即可望表現到普遍讀者行爲中！若疏忽了五四之所以爲五四，那就不過「行禮如儀」，與一般場面差不多，倒以忘掉這個日子爲得計；因爲凡屬行禮如儀的事已經夠多了，年青朋友這麼紀念五四是毫無意義的！

論猥褻 〔註51〕（疑似）

金瓶梅很久以來就被視爲淫書，如日本鹽谷溫在他的中國文學概論講話中即說「金瓶梅誰也知道是古今第一的淫書，不要多說了。」自金瓶梅詞話發現，坊間遂有刪削的刊印本，金瓶梅的價值似乎提高了，讀金瓶梅的風氣也有一點改變，大抵都認爲是一本描繪人情小說的傑構，不再把它當作淫書看待。但金瓶梅的猥褻究竟如何，卻始終沒有人論過。我以爲把金瓶梅當作淫書讀的固是不長進的人，但對於它的猥褻持緘默規避的態度的人亦代表一

〔註51〕該篇刊載於《中央日報・平明》第 245 期，1940 年 6 月 30 日，昆明，作者署名「蕉篁」，此篇作者疑似沈從文。

種不健全的心理，或至少缺乏研究的精神。

世界上有所謂猥褻的文學，這種文學只要在藝術上是最成功的，都有存在的價值。從王爾德以至於近代人如玖易斯勞倫斯的一部分作品都曾受過社會上極猛烈的指謫，但沒有人因這種道德的譴責而否認它們的價值。另有一種作品描繪愛欲卻並非出於作者內心的要求，或只為迎合社會趣味而寫，則與上一種自又不同。托爾斯泰在他的藝術論中對莫泊桑的中篇小說頗致微辭，他說莫泊桑小說中猥褻描寫多是不必要的，它無非表現作者迎合當時巴黎社會趣味而已，托爾斯泰的藝術觀點與我們今日盡可不同，但托爾斯泰的這句話卻是對的。我們平衡金瓶梅的猥褻，亦正要論它藝術的價值，作者的用意，以及它與所謂淫書的區別。

大抵看過金瓶梅的人都有一個印象，即覺得凡涉及男女狎媟的描寫總是千篇一律，給人一種不愉快的感覺。這等於它在藝術上完全失敗了。金瓶梅的表現方法與用□〔註52〕，很多是未經洗煉的，它沒有完全脫去說書等的影響，如卸任逃走必用「金命水命走投無命」，寫人狼狽必用「惶惶若喪家之犬，急急如漏網之魚」一類的套語。這種表現方法到紅樓夢可說已完全沒有了。金瓶梅的好處在於細膩兩字，即凡談話行事都極詳盡逼眞。在金瓶梅中我們找不出像武松打虎那樣生動的描寫，但它的敘事排比卻是水滸所萬萬比不上的。可是描繪愛欲與敘事不同，它需要純粹描寫。金瓶梅的優點不能幫助它寫愛欲，它的缺點正是寫愛欲所需要的手法。我以為中國文學所用的方式根本就不宜這一類的描寫，西廂記的酬簡，豔則豔，但並非全書最有價值的部分。而且最好的愛欲小說，必須含最多的心理表現在內。這也是金瓶梅跟勞倫斯的小說相比也不恰當。（□郁達夫閒書）因為勞倫斯的小說代表一個現代人所有的心理問題，而生在金瓶梅那個時代的作者則絕不會有這種感情。勞倫斯的早期作品如《兒子與情人》並沒有什麼大膽的描寫，但它所表現的性愛的心理不比洽特來夫人的情人簡單。所以勞倫斯的價值與對於現代人的意義在於他的性的態度，不因為他的大膽與用字的豐富，金瓶梅所用的表現方法既不適合，又缺乏心理的因素，它的性愛描寫自然要失敗了，且也一定不能滿足一個現代讀者的要求。不過它的失敗不能歸咎於作者，因為那種時代只能有那種的寫法。

〔註52〕原文此處一字模糊不清，代之以□，下同，或當為「筆」。

金瓶梅不是一部淫書，它與專門挑拔感情的下流作品有別。它的猥褻的意義包括在作者對於全書的用意之內。作者寫性愛是要表示西門慶的罔顧廉恥與歡欲無度。它的每一個性的場面都是種下後來西門慶縱慾得病的原因。我們對於這種描寫當然只會感覺重複厭惡，但須知這是作者的用意所在。金瓶梅中的男女依作者的看法可以分成三類，一類是善而有壽的如吳月娘，孟玉樓，一類是淫而惡的如西門慶，陳經濟，潘金蓮，一類是淫然而未爲惡的如李瓶兒，春梅。淫而惡者必不得善終，光是淫的人，所謂好風月的婦人，雖不壽，或死於淫，然非殺身的死。金瓶梅中男女狎媟之處與兩個最淫的人即西門慶與潘金蓮的關係亦最多。其實金瓶梅猥褻的描寫也有一二可取之徒〔註 53〕，它寫與動作相關聯的對話常極逼眞。如第九十八回寫陳經濟與韓愛姐之歡會接著即是「經濟問你叫□姐，那韓愛姐到奴是端午所生就叫五姐，又名愛姐」。這種對話全書中用得極多，故亦容易被人忽略。

金瓶梅的猥褻是作者所要寫的明末衰落社會的一個寫照，或竟是多少年的中國一部分人眞實的性生活的記載。它在藝術上即使失敗了，但是它是作者所有意要寫的。所以我們應該把它與淫書區別，因爲淫書除了□□感情外別無目的。它與上面所說的莫泊桑的小說也不同，因爲莫泊桑的過失不是技巧的而是寫作的動機。我們可以原諒金瓶梅的作者，但不能饒恕像茅盾小說中常有的你〔註 54〕些猥褻描寫，這種的猥褻正是我們所要擯斥的。

（該文係中國博士後基金會面上資助項目「抗戰及四十年代『小品散文』研究」的階段性成果）

〔註 53〕 「徒」或當爲「處」字之誤排。
〔註 54〕 「你」或當爲「那」字之誤排。

未完成的「新經典」：從《雪晴》系列看沈從文四十年代的形式理想與實踐

路　楊

（北京大學中文系）

　　早在沈從文三十年代有關文壇風氣的公開發言中，當下的文學作品如何獲得「經典的意義與價值」就已成為其關注的重點。沈從文一方面將「經典」與民族道德問題相關聯，同時也呼籲一種「新的經典概念的展寬」。〔註1〕及至四十年代，在反思新文學運動的基礎上，沈從文明確提出了「重造新經典」的期許。1940 年前後，在〈燭虛〉等一系列寫作中，沈從文提出「兩千年來經典的形式，多用格言來表現抽象原則。這些經典或已失去了意義，或已不合運用」〔註2〕；而「新經典的原則，當從一個嶄新觀點去建設這個國家有形社會和無形觀念。尤其是屬於做人的無形觀念。」〔註3〕可見這裡的「經典」，已經將「文學」上升到了與儒家經典為代表的、塑造民族性格與道德文化體系的、具有規範性和權威性的文化典籍同等的高度。在「新經典」的形式實踐上，沈從文則主張：「明日的新的經典，既為人而預備，很可能是用『人事』來做說明的」〔註4〕，因而「經典的重造，在體裁上更覺得用小說形式為便利。」〔註5〕

　　與這一「用『小說』來代替『經典』」〔註6〕的鮮明主張與宏大抱負相比，

〔註1〕沈從文，〈文學界聯合戰線所有的意義〉，《沈從文全集》第 17 卷（太原：北嶽文藝出版社，2002 年），第 109 頁。

〔註2〕沈從文，〈學習寫作〉，《沈從文全集》第 17 卷，第 332 頁。

〔註3〕沈從文，〈長庚〉，《沈從文全集》第 12 卷，第 40 頁。

〔註4〕沈從文，〈學習寫作〉，《沈從文全集》第 17 卷，第 332 頁。

〔註5〕沈從文，〈長庚〉，《沈從文全集》第 12 卷，第 40 頁。

〔註6〕沈從文，〈短篇小說〉，《沈從文全集》第 16 卷，第 494 頁。

沈從文自身的小說創作卻在四十年代陷入了持續的困境。無論是面向歷史與現實的「十城記」，還是致力於抽象探索的「看虹摘星錄」，都停留在一種「未完成」或「試驗品」的狀態。其中有一組內容上前後連貫的短篇小說系列尤其值得關注，即沈從文發表於 1945 至 1947 年間的小說〈赤魘〉、〈雪晴〉、〈巧秀和多生〉與〈傳奇不奇〉四篇。〔註7〕這組小說講述的是一個想做畫家的少年司書「我」跟隨幾個同鄉到高枧鄉下做客，在雪後新晴的鄉村風景中，「我」卻耳聞目睹了當地兩大家族之間的一場慘烈卻無謂的仇殺，由此構成了一段「不奇」的「傳奇」。1982 年，戴乃迭將其中後三篇收入英文選譯本《湘西散記》，在序言中，沈從文談到其最初的寫作計劃與發表情況：「全部計劃分六段寫」，而「故事原只完成四段，曾於一九四七年分別發表於國內報刊中」。〔註8〕由此可以推測，這四篇相互關聯的小說有可能是沈從文的一個未完成的中篇構想中幾個帶有試筆色彩的章節。

《雪晴》中的故事確有其「本事」。1920 年 12 月底，在湘西「靖國聯軍」游擊隊做上士司書的沈從文因部隊全軍覆沒，辰州留守處也隨之解散。十八歲的沈從文在被遣散回鄉的途中，隨同學滿叔遠到其高枧鄉家中過年，繼而目睹了滿家與另一大族田家之間「為了一件小事，彼此負氣不相上下」，「前後因之死亡了二三十個人」以致「仇怨延續了兩代」〔註9〕的悲劇。值得注意的是，這組小說雖圍繞同一本事展開，然而與內容和情節上的連貫相繼不同，在敘述方式和文體風格上，〈赤魘〉、〈雪晴〉兩篇與其後的〈巧秀與多生〉、〈傳奇不奇〉之間則存在著明顯的差異與斷裂。前兩篇小說在「我」帶有強烈主觀性的觀看方式之下，充斥著種種記憶的細節與碎片化的意象，顯示出一種試圖通過感官與情致的觸知生成「印象」，從而獲致「生命」之超驗體悟的「再現」與抒情機制，其主題可用〈赤魘〉的題記來概括：「我有機會作畫家，到時卻只好放棄了。」〔註10〕這使其在文體上更近於一種「《追憶似水年華》般

〔註7〕 沈從文自己曾有「〈雪晴〉六章」的說法（〈題《阿黑小史》卷首〉），《沈從文全集》第 10 卷則將這互有關聯的四篇小說一同編為《雪晴》集，故本文將沿用這一提法，將其作為一個整體稱之為「《雪晴》系列」；單獨涉及第三篇〈雪晴〉時則使用「〈雪晴〉一篇」的提法加以區分。

〔註8〕 沈從文，〈《湘西散記》序〉，《沈從文全集》第 16 卷，第 393～394 頁。

〔註9〕 同上，第 393 頁。

〔註10〕 沈從文，〈赤魘〉，《沈從文全集》第 10 卷，第 401 頁。本文中涉及《雪晴》系列小說文本的引文除特別標注與說明外，皆出自《沈從文全集》第 10 卷《雪晴》集收錄的版本，引文之具體頁碼不再另行標注。

的藝術家自傳似的寫法」。〔註11〕然而在後兩篇中，印象式的抒情開始讓位於寫實主義筆法，十八歲少年充滿幻想的限知視角，也被一個隱蔽的、全知全能的敘事人所取代。這使其放棄了前兩篇中帶有抒情色彩與抽象興趣的「藝術家自傳」，而轉向了以情節敘事和寫實爲主的鄉土暴力傳奇。尤其是在〈巧秀和多生〉的內部，似乎存在著要將這些彼此斷裂的文體加以過渡、銜接乃至整合的痕跡。其中既有從〈雪晴〉中延續而來的悵惘情緒與「把生命浮起」的抽象體悟，又有巧秀媽往事中宛若向〈邊城〉或〈長河〉回歸的抒情話語，更奇特的是，竟然還像沈從文1943年時在〈芸廬紀事〉、〈動靜〉等小說中嘗試過的那樣，將一種政論性文字植入到小說敘事中，由於缺乏形象與敘事的依託，這段雜文式的議論顯然更近於一種形式上的冗餘物。在《雪晴》系列小說總體的閱讀感受中，這樣的形式裂隙也並非個例。

由此可見，在抒情與敘事、抽象與寫實、「藝術家自傳」與鄉土暴力傳奇之間的分裂構成了《雪晴》系列小說主要的形式問題。與沈從文四十年代的一系列文本實驗的命運相類，或許正是由於這種無法解決的文本分裂，最終導致了這部中篇計劃的未完成。然而問題是，文體的分裂固然可能是小說在美學上未曾解決的難題，但是否也隱藏著作家某種形式實踐意圖的秘密？這種分裂是作家的思想困境在創作中無意識的投射，還是某種有意識的構建？我們應當如何看待《雪晴》系列在沈從文四十年代的湘西寫作乃至文學創作中的位置與意義？在「以小說重造經典」的主張與屢敗屢戰的嘗試中，到底什麼樣的小說才是沈從文所謂「新經典」的理想形式？這就有待於我們對這一文本分裂背後的某些內在的形式關聯，及其所可能包蘊的形式構想做出考察與分析。

一、

對於沈從文而言，《雪晴》系列所依據的傳奇性本事，實在是一個令他念念不忘的故事。1980年3月，沈從文在爲香港出版的《從文散文選》所做的題記中，談及由巴金處重獲《雪晴》系列後三篇之舊稿的始末時曾特別提到：「所有事件已過了六十年，每個細節，至今還重重疊疊壓縮在我腦系中襞摺深處，毫不模糊。」〔註12〕事實上，這組小說在四十年代末相繼發表時，沈

〔註11〕 吳曉東，〈從「故事」到「小說」——沈從文的敘事歷程〉，《長沙理工大學學報（社會科學版）》第26卷第2期（2011年3月），第82～89頁。
〔註12〕 沈從文，〈《從文散文選》題記〉，《沈從文全集》第16卷，第382頁。

從文便反覆對各篇進行回顧與校改〔註 13〕；即使是在此後逐漸告別其文學生涯的歲月裡，也曾在不同情境下多次念及這部未完成之作。

1949 年前後，沈從文在一些「舊作題識」中曾多次憶及《雪晴》系列的本事。在其小說集《老實人》的卷首中，沈從文題寫道：「文多發表於《晨副》、《現代評論》等刊物。可作初期習作代表。只第一篇『記滿叔遠』可留在全集中。卅七年所寫〈雪晴〉、〈巧秀〉等連續短篇，即用彼昆仲家中事直敘本事。」〔註 14〕這裡所謂「記滿叔遠」一篇，即沈從文發表於 1927 年 12 月的小說〈船上岸上〉，而同年 10 月發表的小說〈雪〉，記敘的正是沈從文 1920 年隨叔遠回到高梘滿家時的初雪即景，文中的「叔遠母親」正是滿老太太的原型。而在《阿黑小史》單行本扉頁的題識中，沈從文則交代了此次高梘之行後滿家成員的悲劇命運：

> 本書（指《阿黑小史》──引注）用鄉村「牧歌」體裁，用離城四十里的高梘滿家油房作背景寫成。約民七前後，曾住此村子裡約卅天。另寫有《雪晴》六章，敘述較好。十七年已刊過的散失。

> 住叔遠家，約十天。院中有一大胡桃樹。叔遠哥哥當家，後於病床上被仇家拖到院下砍碎，將肢體五臟掛於樹上，呼嘯散去。其子時二歲，改住城中，八歲時上墳，又復為仇家殺死。叔遠則於十二年同至北京，因為戀家，回即結婚死去。〔註 15〕

在封面題識中，沈從文將《阿黑小史》與《雪晴》等章相聯繫：「後來《雪晴》第二，各篇章均從抒情為起點，將來宜兩者合二為一。」〔註 16〕可見沈從文在完成了現存的四篇小說之後，仍有將其重新整合的打算。

1952 年 1 月 24 日，沈從文在給妻子張兆和的信中再次回憶起這段高梘見聞，並記述了以其為本事寫作《雪晴》系列的具體過程。除去對創作動因的追述，沈從文還分析了長期未能將這一本事付諸筆端的原因：

〔註 13〕從這組小說文末重重疊疊的時間標識中即可以見出。

〔註 14〕沈從文，〈題《老實人》卷首〉，《沈從文全集》第 14 卷，第 459 頁。

〔註 15〕沈從文，〈題《阿黑小史》卷首〉，《沈從文全集》第 14 卷，第 460 頁。此處題識所謂「另寫有《雪晴》六章」與沈從文在其他回憶性文字中關於《雪晴》計劃六章、僅完成四章的說法矛盾。

〔註 16〕沈從文，〈題《阿黑小史》卷首〉，《沈從文全集》第 14 卷，第 460 頁。《沈從文全集》對該題識的注釋認為：「這裡說的《雪晴》當是〈雪晴〉、〈巧秀與冬生〉和〈傳奇不奇〉三個連續性短篇小說的總稱，因此『《雪晴》第二』實指〈巧秀與冬生〉和〈傳奇不奇〉兩篇。」《沈從文全集》第 14 卷，第 461 頁。

　　　　一面是作客的孤寂情緒，一面是客觀存在種種。現實一切存在，
都如和生命理想太不一致，也和社會應有秩序不相符合，只覺得不
可解。因難於將印象結合反映到文字中，所以這個特別有傳奇性的
事件，卻從不在我寫作計劃中。直到卅五年復員回到北京時，才試
寫《雪晴》等章。即寫它，還不免如作風景畫，少人民立場，比〈湘
行散記〉還不如。……如能將作風景畫的舊方法放棄，平平實實的
把事件敘述下去，一定即可得到較好效果。因為本來事情就比〈李
家莊的變遷〉生動得多，波瀾壯闊及關合巧奇得多。〔註17〕

由此可見，沈從文對於《雪晴》系列中的文本分裂未必沒有自覺，甚至從一
開始，這段高椇見聞賦予沈從文的實感經驗本身，就存在著某種在「印象」
與「現實」、「情緒」與「客觀」之間「不可解」的分裂性。沈從文對《雪晴》
系列之所以失敗的反思，集中在「如作風景畫」的寫法。而80年代的沈從文
在回顧這組舊作時，也往往更樂於強調小說的「紀實性」〔註18〕，彷彿是想
藉此轉移讀者對小說之「風景畫」意味的關注。更重要的是，沈從文還揭示
了這一題材史詩性（「波瀾壯闊」）與傳奇性（「關合巧奇」）並存的豐富蘊涵。

　　分裂與豐富，大概既是這一「本事」給與沈從文的總體感受，也是《雪
晴》系列在文本上的總體特徵。或許正是出於上述向「寫實」與「敘事」遷
移的「重寫」訴求，沈從文曾對小說進行過一次改寫。當沈從文從巴金處重
獲〈雪晴〉、〈巧秀和多生〉與〈傳奇不奇〉的舊稿並以〈劫後殘稿〉為題收
入香港版的《從文散文選》時，〈雪晴〉一篇的面貌相較於初刊本中已發生了
不小的改變。〔註19〕沈從文不僅未將實際上處在敘事開端的〈赤魘〉一篇收

〔註17〕　沈從文，〈19520124 致張兆和〉，《沈從文全集》第19卷，第310頁。

〔註18〕　沈從文在〈《從文散文選》題記〉中便將《雪晴》後三篇稱之為「純粹記錄性
　　　　中篇故事」（《沈從文全集》第16卷，第382頁），而在《湘西散記》序〉中，
　　　　則將其稱之為「紀實性的回憶錄」（《沈從文全集》第16卷，第393頁）。

〔註19〕　《雪晴》曾於1946年10月20日初刊於《經世日報・文藝》，又於同年11月
　　　　4日再刊於《中國日報・文藝週刊》。但由於後一再刊本尚難以得見，僅就入
　　　　集的版本比較可見，〈雪晴〉一篇的版本有二。一是《沈從文全集》據《雪晴》
　　　　的初刊本編入的版本，一則是香港時代圖書有限公司的《從文散文選》收入
　　　　的〈雪晴〉版本，是沈從文根據從巴金處重獲的「原稿」編入的，與《全集》
　　　　本差異較大。廣州花城版《沈從文文集》中的〈雪晴〉一篇與港本相同。但
　　　　港本〈雪晴〉的具體改動時間尚難以考證，文末亦無時間標識；《全集》本文
　　　　末標有「十月十二重寫」字樣；但矛盾的是，不同於《全集》本的《文集》
　　　　本文末亦標有「十月十二重寫」字樣。此外，《散文選》與《文集》中的〈巧

入，同時還刪去了〈雪晴〉初刊本中的敘事者「我」聽說巧秀私奔後「再也不能作畫家」的幻滅感。〔註 20〕由此，改動後的《雪晴》後三篇作為一個整體，便基本上過濾掉了「藝術家自傳」的部分，而將敘事集中在「鄉土暴力傳奇」之上，正是希望在一定程度上抹除這種文本上的分裂感。然而值得注意的是，〈傳奇不奇〉於 1947 年 11 月最初發表時，文前卻特別注明：「本文係接赤魘、雪晴、巧秀和冬生，為故事第四篇」。〔註 21〕可見至少在初創階段，沈從文還是抱有將上述分裂而豐富的諸種面向納入到某種整體性形式中的期待。有些具有整體性的設計雖未能成功地貫穿于整個文本系列，卻以一種形式上的「碎片」或「冗餘物」的方式保留在文本的縫隙之中。若能辨認出這些未完成的結構性設想，我們或許就能一點點接近沈從文理想中的寫作樣式。

秀和冬生〉、〈傳奇不奇〉兩篇與《全集》本依據的初刊本相比幾乎無改動，但文末對寫作時間的標注亦與《全集》本不同。據港本〈巧秀和冬生〉文末標有「一九八〇年三月重校」與「一九八〇年三月兆和校」的字樣而另兩篇沒有可以推知，沈從文可能並沒有在 80 年代對這份〈雪晴〉原稿進行校改。如果〈雪晴〉的改動是原稿中已有的，那麼依據沈從文在《從文散文選・題記》中曾提及，巴金寄還他的舊稿是沈從文「三十年前託他保存的」，又鑒於沈從文在〈湘西散記〉序中提到，這三篇「原稿連綴成一整幅」的細節，可推測〈雪晴〉的改動可能發生在 1949 年至 1950 年前後，而沈從文當時可能已有將後三篇整合為一個整體的意圖。而根據港本〈巧秀和冬生〉文末標注的「一九四七年七月末北平」、「一九四九年元日校」均晚於《全集》本文末標注之「一九四七年三月末北平」，以及港本《傳奇不奇》文末標注的「三十六年末一日北平」、「卅七年末一日重看」均晚於初刊本發表時間即 1947 年 11 月，可見這一份巴金保存的「連綴成一整幅」的原稿正是沈從文於 1947 年後反覆在底稿基礎上，試圖對這三篇小說進行思考或改寫的產物。

〔註 20〕 港本〈雪晴〉對初刊本的結構性改動主要有四處：1、刪去小說開頭「巧秀，巧秀，……」「可是叫我？哥哥！」這一夢中聲響（第 315 頁），並刪去後文中與之相照應的「巧秀，巧秀！」「可是叫我？哥哥！」「這對話是可能的？我得迴向過去，和時間逆行，追尋這個語音的蹤跡，如同在雪谷中一串狐狸腳跡中，找尋那個聰明機靈小歐的窟穴。」（第 316 頁）2、開頭第一段末尾增加「這是我初到『高枧』地方第二天一個雪晴的早晨。」3、將初刊本中「這個情緒集中的一剎那，使我意識到兩件事，即眉毛比較已無可希望，而我再也不能作畫家。」改為「這個情緒集中的一剎那，使我意識到一件事，即眉毛比較已無可希望。」（第 321 頁）4、將初刊本中結尾「不過事實上我倒應分說得到了一點什麼。得到的究竟是什麼？我問你讀者，算算時間……」改為「不過事實上倒應當說『得到了一點什麼』。只是『得到的究竟是什麼』？我問你。算算時間……」（第見沈從文：〈雪晴〉，《從文散文選》，香港時代圖書有限公司，1980 年 12 月版。

〔註 21〕 港本〈傳奇不奇〉文前無此句。

　　事實上，在斷裂感最強的前兩篇與後兩篇之間，大量富於象徵性的意象與場景在整組小說中的反覆出現、前後照應與修辭關聯，構成了某種貫穿性的「母題」。在這個意義上，相對於後兩篇中的情節敘事，前兩篇小說更近於一種寓言／預言式的「超敘事」〔註22〕形態。最為突出的是〈赤魘〉、〈雪晴〉兩篇中反覆出現的「圍獵」場景：

> 　　靜寂的景物雖可從彩繪中見出生命，至於生命本身的動，那分象徵生命律動與歡欣在寒氣中發抖的角聲，那派表示生命興奮而狂熱的犬吠聲，以及在這個聲音交錯重疊綜合中，帶著碎心的惶恐，絕望的低噑，緊迫的喘息，從微融殘雪潮濕叢莽間奔竄的狐狸和獲兔，對於憂患來臨掙扎求生所抱的生命意識，可決不是任何畫家所能從事的工作！

而當「我」見到幾隻獵狗對狐狸進行圍捕與撲殺的刹那，卻產生了這樣的聯想：「在激情中充滿歡欣的願望，正如同呂馬童等當年在垓下爭奪項羽死屍一樣情形。」在這一充滿緊張感與戲劇性的「圍捕」場景中，值得注意的是修辭的混雜與不穩定性：「律動」、「歡欣」、「興奮」、「狂熱」與「碎心」、「惶恐」、「絕望」、「緊迫」之間的並置，在對「生命」的頌贊背後打開了一個征服與被征服、殺戮與求生同在的悖論性空間。而進一步將歷史事件與自然活動相併置的隱喻性聯想，既以「爭奪死屍」為「生命的歡欣」增添了幾分微諷，又以獸性對人事的反照折射出一絲悲憫。在這些矛盾性的修辭中，生命的律動不再單純是美的象徵或神性的顯現，還透露出欲望、暴力與動物性的一面。

　　對於〈傳奇不奇〉中滿家對田家的「圍捕」而言，這一「圍獵」的母題在前兩篇中的反覆出現近於一種寓言／預言。在書寫剿匪隊伍之老虎洞一役時，沈從文再次大量使用了這種與狩獵相關的並置性修辭：「都不像在進行一件不必要的殘殺，只是一種及時田獵的行樂」；「一切設計還依然從漁獵時取得經驗，且充滿了漁獵基本興奮。」〈雪晴〉一篇中被捕殺的種種獵物「遺體

〔註22〕這裡的「超敘事」概念，借用了熱奈特在《敘事話語》中談論敘事分層時，在「外敘事的」extradiégétique 基礎上提出的「超敘事的」métadiégétique 概念。這一概念在「diégétique」（敘事／故事內部的）之前加上了首碼「méta-」（「在……之上」、「超越於……」之意），指的是一個凌駕於故事敘事之上的敘事層次。在熱奈特的理論中，「超敘事」與故事敘事之間的關係分為三種，即解釋性關聯、主題性關聯與無明確關聯。本文對這一概念的使用集中在第二種，即與故事敘事存在主題性關聯的一種「超情節敘事」的敘事層級。

陳列到這片雪地上」的「動人的彩畫」，則與〈傳奇不奇〉中勝利歸來的隊長
將砍下的白手「一串一串掛到局門前胡桃樹下示眾」的奇觀化場景構成了一
種詭譎的照應。然而此時，暴力的現實性與殘酷性已經開始對「生命的複雜
與多方」這樣的審美體驗形成一種質詢的壓力。借由「圍獵」這一母題的展
開，「暴力」攜帶著某種非理性的因素，成爲這組小說中一個具有思辨意味的
主題。生命力與暴力的相互扭結，超驗體悟與現實經驗的彼此衝突，既造成
了小說在修辭上的混雜性，又導致了敘事者姿態的遷移。從讚歎與震驚，到
不動聲色，再到悲憫與質詢，種種矛盾印象的重疊與相悖，意味著價值與道
德圖景的混沌不明。《雪晴》系列中的鄉村道德世界與沈從文自身的價值立
場，顯然已非〈邊城〉中的清新明快，亦無如〈長河〉或〈芸廬紀事〉中之
分明斬截。

這些寓言性的「母題」同時也具備了一定的結構性功能。鄉村美景與圍
獵殺戮，星光雲影與沉潭慘劇，雪後新晴與清鄉剿匪，這一系列抒情與暴力
的對照構成了小說內部的基本結構。由此，巧秀與巧秀媽悲劇之間的「宿命」
性關係，已經不再單純像〈邊城〉或〈蕭蕭〉一樣僅在女性命運的意義上構
成一種輪迴。據〈阿黑小史〉題識可以推知，六章計劃中未寫出的兩章處理
的可能正是老虎洞一役後沈從文未能親見的部分——老虎洞火拼時田老九的
復仇賭咒也正預告了此後滿大隊長與其子先後皆爲田家所殺，隊長「被仇家
拖到院下砍碎，將肢體五臟掛於樹上，呼嘯散去」〔註23〕的命運。《雪晴》系
列中的「宿命」主題，實則是以一種「冤冤相報何時了」的方式，對某種迴
圈性的暴力發出的質詢。在這個意義上，前兩篇中的「超敘事」形態正是以
風景與人事、雪晴與殺戮的「動靜相對」作爲一種結構性的象徵，蘊含著鄉
村歷史中的變與常、偶發與迴圈、傳奇與不奇之間的辯證關係。

在〈雪晴〉一篇的結尾，敘事者「我」畫家夢的破滅與成長時刻的到來，
實際上已經顯示出小說從上述這一具有寓言性的「超敘事」向情節性敘事的
過渡。但即使是在〈巧秀和冬生〉一篇中，沈從文也並沒有完全放棄以這一
「成長故事」結構全篇的可能。在聽說巧秀私奔後，「我」以「喜歡單獨」爲
由搬出了滿家，力圖從一種佛洛德式的愛欲悵惘中擺脫出來，開始渴望獲得
一種清醒的理性。而敘事者「我」的居住空間也發生了遷移，從當事人家中

〔註23〕沈從文，〈題《阿黑小史》卷首〉，《沈從文全集》第14卷，第460頁。

搬入了藥王廟這一「村中最高議會所在地」。從一個宗族內部的倫理空間，轉移到整個鄉村的政治空間與公共輿論空間，既預示了敘述視角的改變，也保證了「我」獲知鄉村歷史與現實信息的來源。由此可見，在沈從文最初的構想中，或許仍是想借助「我」的見聞來組織整個故事。〔註24〕與此同時，這一從感性步入理性的「成長」，也與寫法上從主觀抒情與抽象聯想轉向對客觀世界的冷靜旁觀與歷史性描述相契合。〈巧秀和冬生〉中那段冗長的政論式分析，本意在於像〈長河〉或〈小砦〉的開篇所做的那樣，通過勾勒出一個總體性的社會結構圖式，為後文中的滿家、田家乃至縣長找到其各自的位置。由此，這個「鄉土暴力傳奇」才能獲得一個地方與國家的總體性視野，其內在的政治性與歷史性才能得以凸顯。但問題在於，在如此短暫的故事時間中，即使「我」能獲得一種旁觀者的智性姿態，也不可能獲得上述這一超出人物認知與歷史情境本身的歷史認識。換言之，強烈的說理欲望與批判意圖，使得沈從文缺乏在一個「成長小說」內部結構故事的耐心，一個屬於作家沈從文而非敘事者「我」的歷史認知，還來不及透過「我」的視角、感知與成長加以形象化和故事化的處理。這使得沈從文不得不以一個隱含的全知敘事者偷換了「我」的限知敘事，最終衝破了這一整體性設想的限度。

由此可見，沈從文關於《雪晴》系列的整體性思路雖然未能實現，但仍在這些形式的裂隙、碎片乃至冗餘物之中得到了保留。這些或隱而未發、或半途中輟、又或彼此衝突的結構與寫法，顯示出一種將個人經驗與地方知識、抒情話語與傳奇敘事、感官情致與理性剖析、抽象興趣與現實關懷、人性思考與歷史認知相融合的整體性視野。值得追問的是，經過了 1937 至 1943 年間的〈長河〉、〈芸廬紀事〉中對現實題材的史詩性嘗試，以及 1945 至 1946 年間「看虹摘星」系列小說中的抽象探索，上述這些過於豐富的面向是否僅僅是沈從文四十年代各種形式實驗痕跡的一種遺存與雜糅，還是另有其自覺的形式期待？《雪晴》系列到底寄寓著作家怎樣一種形式理想呢？

二、

在那封 1952 年的家書中，沈從文分析自己遲遲不曾將這個傳奇性本事付諸筆端的原因在於孤寂情緒、客觀現實、生命理想與社會秩序之間「不可解」

〔註24〕如〈巧秀和冬生〉結尾對「我」聽師爺講述巧秀媽往事一段的補敘便顯示出這種努力。

的衝突與雜陳，「因難於將印象結合反映到文字中」。〔註25〕事實上，當他 1945
年從〈赤魘〉的寫作開始，終於將這些糾結紛亂的種種面向形諸敘事時，所
使用的正是一種「印象的重疊」式的寫法。〈赤魘〉中的動靜交疊，到〈雪晴〉
中「已如離奇的夢魘，加上另外一堆印象」，「增加了我對於現實處境的迷惑，
因此各個印象不免重迭起來。」然而在種種交錯相對的印象之上，沈從文卻
描述了一種交響樂式的形式：

> 雖重疊卻並不混淆，正如同一支在演奏中的樂曲，兼有細膩和
> 壯麗，每件樂器所發出的各個聲響，即再低微也異常清晰，且若各
> 有位置，獨立存在，一一可以攝取。

這一印象形式的總體性不僅在於各種印象之間的重疊或雜糅，而且在於一種
內在的秩序感。各種元素各安其位，並最終融合成一種難以把握的綜合形式：

> 我眼中被屋外積雪返光形成一朵朵紫茸茸的金黃鑲邊的葵花，
> 在蕩動不居情況中老是變化，想把握無從把握，希望它稍稍停頓也
> 不能停頓。過去一切印象也因之隨同這個幻美花朵而動盪，華麗，
> 鮮明，難把握，不停頓！
>
> 眼中的葵花已由紫和金黃轉成一片金綠相錯的幻畫，還正旋轉
> 不已。

這種變動不居的錯綜印象，與其說是對一個前現代鄉村之地方風俗的感觀，
倒不如說更近於一種現代性的體驗。在這個詭奇多變的印象中，我們彷彿看
到了波德賴爾眼中現代經驗的特徵：「現代性就是過渡、短暫、偶然，就是
藝術的一半，另一半是永恆與不變。」〔註26〕誠如吳曉東所言，四十年代的
沈從文已經從「說故事的人」轉變爲了一個孤獨的現代個體。〔註27〕在以這
朵變幻不停、金綠交錯的葵花爲象喻的描述中，沈從文指涉的實則是一種瞬
息萬變、充滿短暫性與偶然性的現代經驗。因而從「印象的重疊」到「印象
的綜合」，沈從文已不僅是在進行風景的描摹或氣氛的營造，而是在尋找一
種具有總體性的結構爲這一現代經驗賦形，並試圖從中抽象出永恆的意義與
美感。

〔註25〕沈從文，〈19520124 致張兆和〉，《沈從文全集》第 19 卷，第 310 頁。

〔註26〕波德賴爾著，郭宏安譯，《波德賴爾美學論文選》（北京：人民文學出版社，
1987 年），第 485 頁。

〔註27〕吳曉東，〈從「故事」到「小說」——沈從文的敘事歷程〉，《長沙理工大學學
報（社會科學版）》第 26 卷第 2 期（2011 年 3 月），第 82～89 頁。

也正是在這個意義上，沈從文才會在小說中將這個以地方鄉土人事爲題材的故事，指涉爲一個「現代傳奇」。〔註28〕而與之構成對位性指涉的則是〈聊齋誌異〉、〈梁山伯〉、〈天雨花〉這類在小說中屢次出現的「古代傳奇」符碼。在〈巧秀和冬生〉中，沈從文兩次將〈聊齋誌異〉與巧秀媽的故事相提並論，而這一古典愛欲想像每一次都會在現實面前失掉傳奇性的光彩：「以爲那一切都是古代傳奇，不會在人間發生」，「覺得拋下那幾本殘破小書大有道理，因爲隨意流覽另外一本大書某一章節，都無不生命活躍引人入勝！」在鄉下姑娘巧秀的眼中，自己的私奔與滿田兩家長達一月之久的衝突與對峙，「眞好像是整本〈梁山泊〉、〈天雨花〉，卻更比那些傳奇唱本故事離奇動人。」這意味著，無論是〈聊齋誌異〉或〈梁山伯〉中的愛欲想像，還是〈天雨花〉中的殘酷鬥爭，古代傳奇在歷史經驗的互文性之外，已無法在形式上提供一種體貼有效的現實圖景與經驗表述。也是在這個意義上，「我」在〈傳奇不奇〉的結尾發出了這樣的感歎：「我還不曾看過什麼『傳奇』，比我這一陣子親身參加的更荒謬更離奇。」而沈從文以「現代傳奇」對小說進行自我指涉，昭示出的正是以一部具有總體性的「大書」爲這一荒誕現實與現代經驗賦形的自我期許與形式抱負。

《雪晴》系列試圖處理的是一種以「分解」和「荒誕」爲主要特徵的現代經驗。與直接書寫「『現代』二字已到了湘西」〔註29〕的〈長河〉不同，在《雪晴》系列中，沈從文在故事時間上回到了鄉土社會分崩離析的起點，自1900年庚子拳亂始，「近二十年社會既常在變動中，二十年內戰自殘自黷的割據局面，分解了農村社會本來的一切」。而這一鄉土暴力傳奇雖起因於一種唯實唯利的「社會現實知識」導致的利益紛爭，然而從「不必要的殘殺」到「騎虎難下」的相持，再到「想活而不能活」的絕望，整個暴力過程顯然已經被一種「不得已」的非理性力量所裹挾，縈繞著一種揮之不去的荒誕感。這些關於「變動」與「分解」的體驗，打碎了邊城中天人相合、渾融一體的牧歌圖景，呈現爲一堆支離破碎的印象。除去實感經驗本身的紛亂與破碎，這也與沈從文從戰時社會現實中獲得的現代認識有關。沈從文一方面在以〈燭虛〉、〈七色魘〉爲代表的思想探索式寫作中反覆對大後方日常生活尤其是知識分子生活展開觀察與批評，一方面又不斷以紀念「五四」爲名對以「新文

〔註28〕 在〈雪晴〉中，沈從文曾兩次將故事指涉爲「現代傳奇」：「我明白，我又起始活在一種現代傳奇中了。」（第407頁）第二次是在「現在我又呼吸於這個現代傳奇中了」（第412頁）
〔註29〕 沈從文，〈長河・題記〉，《沈從文全集》第10卷，第3頁。

化運動」爲開端的中國現代進程進行歷史性的分析與反思。沈從文曾將〈七色魘〉之「魘」解釋爲「從生活中發現社會的分解變化的噩夢意思」。〔註30〕而「分解變化」不僅是沈從文對中國近現代社會狀況的概括性描述，也是對現代經驗的體認與把握。

在四十年代初的大後方生活中，沈從文開始懷疑一切意義與價值的穩定性：「一切事物在『時間』下都無固定性，存在的意義，有些是偶然的，存在的價值，多與原來的情形不合。」〔註31〕伴隨著這種「一切堅固的東西都煙消雲散」之感，沈從文「試從二十五歲到五十歲左右某一部分留在後方的知識分子來觀察」〔註32〕，看到的卻是一種「糊糊塗塗拖拖混混」〔註33〕、百無聊賴、消磨生命的墮落狀態。四十年代的沈從文對於人類本性的抽象思考，混合著其二、三十年代寫作中對於現代都市文明的審視，在種種「假時髦」與「新紳士」〔註34〕身上發現了現代社會的精神危機：敬畏感與羞恥心的喪失、「庸俗腐敗小氣自私市儈人生觀」〔註35〕的流行、「功利計較和世故運用」〔註36〕的氾濫等一系列「唯實唯利的庸俗人生觀」。〔註37〕在這種墮落的社會環境中，沈從文感到「生命儼然只是煩瑣繼續煩瑣，什麼都無意義」，繼而產生了一種強烈的「吾喪我」之感：

> 我發現在城市中活下來的我，生命儼然只淘剩一個空殼。譬喻說，正如一個荒涼的原野，一切在社會上具有商業價值的知識種子，或道德意義的觀念種子，都不能生根發芽。個人的努力或他人的關心，都無結果。〔註38〕

這種無法拯救的「荒原感」近於一種艾略特式的現代經驗。在沈從文心目中曾經由「五四」喚起的那個「天眞」而「勇敢」〔註39〕、擁有獨立創造性的「自我」，已經在這樣一種瑣碎、庸俗的現代狀況中逐漸銷蝕掉了。

〔註30〕 沈從文，〈題《黑魘》校樣〉，《沈從文全集》第14卷，第471頁。
〔註31〕 沈從文，〈燭虛〉，《沈從文全集》第12卷，第4頁。
〔註32〕 沈從文，〈一種態度〉，《沈從文全集》第14卷，第127頁。
〔註33〕 沈從文，〈給青年朋友〉，《沈從文全集》第14卷，第123頁。
〔註34〕 沈從文，〈燭虛〉，《沈從文全集》第12卷，第14頁。
〔註35〕 沈從文，〈長庚〉，《沈從文全集》第12卷，第39頁。
〔註36〕 沈從文，〈紀念五四〉，《沈從文全集》第12卷，第299頁。
〔註37〕 沈從文，〈長河‧題記〉，《沈從文全集》第10卷，第3頁。
〔註38〕 沈從文，〈燭虛〉，《沈從文全集》第12卷，第23頁。
〔註39〕 沈從文，〈「五四」二十一年〉，《沈從文全集》第14卷，第135頁。

　　面對這種支離破碎的現代性經驗，沈從文寄望於一種新觀念所具有的整合作用：「生命或靈魂，都已破破碎碎，得重新用一種帶膠性觀念把它粘合起來，或者用別一種人格的光和熱照耀烘炙，方能有一個新的我。」〔註 40〕而對「自我」的重造，正是沈從文在四十年代希望以抗戰爲契機進行「民族重造」的起點。沈從文在抗戰時期「對抽象人生圖式的探究」〔註 41〕，以及這樣一個「我恰如在尋找中」〔註 42〕的求索形象，讓人聯想起波德賴爾筆下那個在奔跑中不斷找尋「審美現代性」的「孤獨者」，「對他來說，問題在於從流行的東西中提取出它可能包含著的在歷史中富有詩意的東西，從過渡中抽出永恆。」〔註 43〕而沈從文四十年代中期的各種形式試驗，也可視爲是要從現代經驗這一「可變」的軀體中，找到那屬於「永恆」的「藝術的靈魂」。〔註 44〕

　　1943 年 5 月，沈從文將其寫於 1940 年的小說〈夢與現實〉重寫後，於 1944 年 1 月以〈摘星錄〉之名重新發表。〔註 45〕在這篇小說中，沈從文將自己處在抽象與現實之間的精神困境，結構爲一個女大學生的多角戀愛故事。在女主角的諸多追求者中，「老朋友」作爲一個「善於從一堆抽象發瘋的詩人」，代表著十九世紀的古典情致；而「大學生」則恰恰是沈從文在其雜文中屢屢批判的「時髦青年」形象，正是一個「二十世紀的典型」。〔註 46〕在對多方追求的權衡中，小說借女主角的自我辯難構築了一系列由理想與事實、靈魂與生活、抽象與具體、古典與現代、詩與散文組成的對位結構。女主角一心嚮往「詩與火」，卻苦惱於自己「活得像一篇『無章無韻的散文』」，感慨「這時代，一切都近於實際，也近於散文，與浪漫小說或詩歌抒寫的情境相去太遠了。」〔註 47〕由此，沈從文以「詩」和「散文」兩種文類作爲核心譬喻，

〔註 40〕 沈從文，〈燭虛〉，《沈從文全集》第 12 卷，第 27 頁。
〔註 41〕 吳曉東，〈現代「詩化小說」探索〉，《文學評論》，1997 年第 1 期，第 118～127 頁。
〔註 42〕 沈從文，〈燭虛〉，《沈從文全集》第 12 卷，第 27 頁。
〔註 43〕 波德賴爾著，郭宏安譯，《波德賴爾美學論文選》（北京：人民文學出版社，1987 年），第 484 頁。
〔註 44〕 同上，第 475 頁。
〔註 45〕 參見裴春芳的考證：〈沈從文小說拾遺〉，〈虹影星光或可證——沈從文四十年代小說的愛欲內涵發微〉，《經典的誕生：敘事話語、文本發現及田野調查》（北京：社會科學文獻出版社，2014 年），第 135～219 頁。本文引文及論述皆基於全集本。
〔註 46〕 沈從文：〈摘星錄〉，《沈從文全集》第 10 卷，第 377 頁。
〔註 47〕 沈從文：〈摘星錄〉，《沈從文全集》第 10 卷，第 355，366 頁。

構建了一組二元對立的生活方式、經驗世界與價值體系，並對現代經驗做出了某種黑格爾式的概括。事實上，四十年代的沈從文對於湘西人事變遷的考察、對「五四」以來現代教育與社會狀況的觀察、以及對戰時青年和知識分子庸俗無聊的人生態度與生活方式的批評，所指向的一種功利化、庸俗、瑣碎的現代體驗，的確近於黑格爾所描述的「散文氣味的現代狀況」。〔註48〕在沈從文看來，中國的現代化過程作爲一個「未完成」的重造運動，「主張多，結論少，糾紛多，成就少，破壞多，建設少」〔註49〕，從一個初衷良好的「創造性」開端逐漸走向了墮落。

基於對這一以新文化運動爲開端的現代進程的反思，沈從文提出了「重造新經典」的期許，並具體指向了小說形式的重造。四十年代的沈從文將自己定位爲「二十世紀最後一個浪漫派」，並自詡要「在『神』之解體的時代，重新給神做一種光明讚頌。在充滿古典莊雅的詩歌失去價值和意義時，來謹謹愼愼寫最後一首抒情詩。」〔註50〕由此可見，沈從文所探求的正是：在這種「散文氣的現代狀況」之下，抒情詩如何可能？因而沈從文的形式實踐，也就並非如王德威在其「抒情傳統」論中所示，朝向對某一偉大傳統的回歸〔註51〕，而恰恰是要處理這樣的一個問題：當現代性經驗已經超越了傳統的「詩」的時候，如何在文學形式的內部得到一個象徵性解決，並進一步影響到文學的外部以重建某種現實性的可能。沈從文之所以將小說確立爲重造「新經典」的方式，正是希望尋求一種綜合性的形式：「小說既以人事爲經緯，舉凡機智的說教，夢幻的抒情，一切有關人類向上的抽象原則的說明，都無不可以把它綜合到一個故事發展中」〔註52〕，從而「將生命化零爲整」，「粘合重造」〔註53〕，「走出這個瑣碎，懶惰，敷衍，虛僞的衣冠社會。」〔註54〕質言之，沈從文是要以一種近於波德賴爾的方式，爲破碎的現代經驗尋找一種整體性形式，而他有望建立的或許正是一種既不同於中國古典、也不同於西方現代派的文學樣式。

〔註48〕黑格爾，《美學》第一卷（北京：商務印書館，1996年11月第二版），第246頁。
〔註49〕沈從文，〈談進步〉，《沈從文全集》第16卷，第487頁。
〔註50〕沈從文，〈水雲〉，《沈從文全集》第12卷，第127，128頁。
〔註51〕王德威，〈「有情」的歷史：抒情傳統與中國文學現代性〉，《抒情傳統與中國現代性》（北京：北京大學出版社，2010年），第98～132頁。
〔註52〕沈從文，〈短篇小說〉，《沈從文全集》第16卷，第494頁。
〔註53〕沈從文，〈一種新希望〉，《沈從文全集》第14卷，第280頁。
〔註54〕沈從文，〈燭虛〉，《沈從文全集》第12卷，第16頁。

　　1941 年 5 月 2 日，沈從文在西南聯大國文學會上以〈短篇小說〉爲題發表的演講，從各個方面論述了他理想中的「小說」形式、文學尺度以及文學所應具備的倫理承擔與社會政治功能。具體而言，沈從文這一「綜合」的形式理想，是要將現實人事、道德訓誡、智性說理與詩意抒情全部融合在小說敘事中的一種總體性形式。而所謂小說中的「人事」概念，本身就是由「社會現象」與「夢的現象」綜合而成。文學傳統之於沈從文的意義，亦不在於某種形式的遺產，而「主要是有個傳統藝術空氣，以及產生這種種藝術品的心理習慣」。〔註 55〕在《雪晴》系列小說中，我們看到的正是一種現代經驗、文化傳統與地方性知識的綜合。在與《雪晴》系列的寫作同期的 1946 年，沈從文以「神話」之名，再次提出了這一「綜合」的形式理想：

　　　　我們似乎需要「人」來重新寫作「神話」。這神話不僅綜合過去
　　人類的抒情幻想與夢，加以現實成分重新處理。應當是綜合過去人
　　類求生的經驗，以及人類對於人的認識，爲未來有所安排。〔註 56〕

這一綜合了過去與現在、抒情與現實、人性與本能、超驗與經驗的形式，不由使人聯想起另一位以重寫「神話」的總體性形式處理現代經驗的小說家——喬伊絲。沈從文在梳理自己四十年代創作的思想資源時曾提到：「尼采式的誇大而孤立的原則」，「佛教的虛無主義，幻異情感，和文選諸子學等等的雜糅混合」，「還顯然有佛洛依德、喬依司等等作品支離破碎的反映。」〔註 57〕雖然沒有材料能夠證明沈從文閱讀過喬伊絲的〈尤利西斯〉，也沒有必要在《雪晴》系列與〈尤利西斯〉之間作出生硬的比附，但從《雪晴》系列中鮮明的現代主義技法、對潛意識的印象式書寫、寓言性的超敘事層面與自覺的元敘述傾向中，已足可見出沈從文對於喬伊絲的親近感。更重要的是，《雪晴》系列中蘊含的總體性思路已經顯示出一種新的文學式樣追求「綜合」的核心質素。在某種程度上，這也符合薩義德對「現代主義文學」的觀察：現代主義是一種「新的，綜合的方式」，「建立在從不同地區、來源和文化中有意識汲取的，舊有的、甚至過時的東西之上的一種全新的形式」，「現代主義的一個標誌就是它的喜與悲、高與低、普遍與怪異、熟悉與陌生的奇特的並列。」而「解決這種矛盾最有創造力的方法就是喬伊絲的方法。」〔註 58〕只是遺憾的是，

〔註 55〕　沈從文，〈短篇小說〉，《沈從文全集》第 16 卷，第 493，503 頁。
〔註 56〕　沈從文，〈北平的印象與感想〉，《沈從文全集》第 12 卷，第 284 頁。
〔註 57〕　沈從文，〈我的學習〉，《沈從文全集》第 12 卷，第 366，367 頁。
〔註 58〕　薩義德，《文化與帝國主義》（北京：三聯書店，2003 年），第 269，270 頁。

面對這些錯綜複雜的悖論性因素，沈從文最終也沒能寫出一部像〈尤利西斯〉那樣成功的綜合性「神話」。

在四十年代的中國文壇，沈從文這一朝向「綜合」的形式理想並非個案，而是爲眾多寫作者所共用的思考向度與藝術追求。尤其是由受到現代主義思潮影響頗深的西南聯大學生構成的北方青年作家群體，如以袁可嘉、穆旦爲代表的中國新詩派，即在其現代詩論中提倡一種「現實、象徵、玄學的綜合」。〔註59〕詩人卞之琳在 1941 至 1943 年間也轉向了「小說」這一涵容量更大、綜合能力更強的文類，其長篇小說〈山山水水〉也是「妄想寫一部『大作』，用形象表現，在文化上，精神上，豎貫古今，橫貫東西，溝通瞭解，挽救『世道人心』」〔註60〕，從而顯示出「建構一種具有總體性的小說敘事圖景的宏大企圖。」〔註61〕四十年代的文學創作在整體上都表現出一種探索與實驗的傾向，以及在小說、散文、詩歌乃至雜文等不同文類之間的滲透與擴散，而沈從文這一「綜合」的形式理想也是處在四十年代小說追求豐富性與總體性的美學範式轉換內部的。

三、

在沈從文試圖將現代經驗、古典傳統與地方性知識加以綜合的過程中，對「暴力」與「宿命」的探問構成了《雪晴》系列的核心主題。將美麗印象與殘酷故事相融合的努力，使這一「現代傳奇」既書寫了暴力的輪迴，又似乎隱含了一點以人性的寬恕超渡暴力的願景。這種帶有抒情意味的「超渡」之感，是通過「我」的聯想借巧秀媽的眼睛看到的：

> 我彷彿看到那隻向長潭中槳去的小船，彷彿即穩坐在那隻小船上，彷彿有人下了水，船已掉了頭。……水天平靜，什麼都完事了。一切東西都不怎麼堅宰，只有一樣東西能眞實的永遠存在，即從那個小寡婦一雙明亮、溫柔，饒恕了一切也帶走了愛的眼睛中看出去，所看到的那一片溫柔沉靜的黃昏暮色，以及兩個船槳攪碎水中的雲影星光。

〔註59〕 袁可嘉，〈新詩現代化〉，《論新詩現代化》（北京：三聯書店，1988 年），第 7 頁。
〔註60〕 卞之琳，〈雕蟲紀曆・自序〉，《人與詩：憶舊說新》（合肥：安徽教育出版社，2007 年），第 289 頁。
〔註61〕 吳曉東，〈《山山水水》中的政治、戰爭與詩意〉，《文學評論》，2014 年第 4 期，第 103～113 頁。

在生與死交界的刹那，巧秀媽看到的是超越生死之外的自然之永恆。當一切堅固的東西都煙消雲散之時，沈從文試圖把握的正是這劇烈變動之中的那一點永恆之美。然而「一切事情還沒有完結，只是一個起始。」悲劇只是下一個悲劇的開端。正如巧秀媽的寬恕與「不要記仇」的囑託並沒有換來巧秀的安穩，而巧秀的悲劇又引發了此後滿家人的慘死。悲劇性事件之「變」在「宿命」式的迴圈中轉變爲了「常」。因而這些水天平靜、氣氛莊嚴的抒情性場景作爲一種悲劇的淨化機制也就不可能是一次性的。換言之，〈雪晴〉故事最大的悲劇性來自於暴力的迴圈與不可終結，每一次悲劇產生的淨化效果都會被下一次悲劇的發生所抹消。在〈傳奇不奇〉的結尾，新年裡換上的新匾額正預示了下一場悲劇的延續。從「樂善好施」到「安良除暴」，意味著鄉土社會固有的桑梓情感與倫理價值已經開始崩塌，從一種好生向善之德轉向了對暴力的合法化言說。所謂「安良除暴」，正是以「安良」的名義，內在地許可了一種「以暴制暴」的邏輯。文本內部的和解已無法達成，那未及寫出的兩章又預示著更大的不安與惶恐。因而無論是在現實還是美學的層面上，巧秀媽眼中的星光雲影，與以滿老太太爲代表的人生形式，在這種週期性迴圈的暴力面前，都已經失去了力量。

在〈傳奇不奇〉的結尾，我們看到的是「我」在這一迴圈性悲劇面前的震撼與領悟：「我還不曾看過什麼『傳奇』比我這一陣子親身參加的更荒謬更離奇。也想不出還有什麼『人生』比我遇到的更自然更合乎人的本性！」沈從文對於歷史暴力背後的某種普遍本質與超越之途的探尋，使其在一定程度上脫出了此前的湘西敘事中一貫的區域性視野而取得了某種普遍性的觀照。沈從文之所以選取一村一寨、一宗一族之間的紛爭作爲樣本，是由於「這事看來離奇又十分平常，爲的是整個社會的矛盾的發展與存在，即與這部分的情形完全一致。」〔註62〕從宗族間的爭奪，到鄉村與地方的分解，再到整個國家的割據分裂，最終上升到的是人性與生命的複雜與多方。在〈雪晴〉一篇剛剛完成不久，沈從文便在一篇寓言式的〈青色魘〉中提出，「我們需要的是一種明確而單純的新的信仰」，「一種廣博偉大悲憫眞誠的愛」。〔註63〕與此前那個爲「抽象」發瘋的沉思者不同，沈從文開始探索一種將「抽象」與「事實」相結合的新思路。實際上在寫作〈雪晴〉的同

〔註62〕沈從文，〈巧秀和冬生〉，《沈從文全集》第10卷，第426頁。
〔註63〕沈從文，〈青色魘〉，《沈從文全集》第12卷，第190頁。

時，沈從文已在另一篇〈向現實學習〉中描述了一種以抽象觀念「重造現實」的理想：「由頭腦出發，用人生的光和熱所蓄聚綜合所作成的種種優美原則，用各種材料加以表現處理，彼此相黏合，相融匯，相傳染，慢慢形成一種新的勢能、新的秩序的憧憬來代替。」〔註64〕可見沈從文所謂的「綜合」形式，還蘊含著一種新的社會秩序與團結形式的可能。這也是四十年代的沈從文重新安排「文學」與「政治」的位置，賦予文學介入現實的社會功用與政治潛能。因而在這一要「為未來有所安排」〔註65〕的設想中，文學形式的「綜合」在整體性圖景之外，還應提供一種有效的歷史遠景。然而在《雪晴》系列中，我們看到的卻是一個無始無終、循環往復的歷史怪圈，在一個封閉性的歷史邏輯內部，無論是抽象原則還是抒情姿態，都難以真正構成打破這一迴圈的力量。正如吳曉東所說，「歷史遠景的匱乏，意義世界與未來價值形態的難以捕捉構成了沈從文的小說無法結尾的真正原因。」〔註66〕《雪晴》系列在形式上的分裂與最終的未完成，或許正在於這種「抽象」或「抒情」之於現實的無力感，不僅無法通過淨化的機制滌除憐憫與恐懼，以「在人類群體中重鑄更高的理性（與哲學）權威」〔註67〕，也更加難以達成文本之外的現實效用。

　　《雪晴》系列對這種週期性迴圈的暴力的質詢，使其變成了一個關於「內戰」的寓言。與抗戰時期將戰爭視為「民族重造」之契機的態度不同，國共內戰的爆發開始促使沈從文在一個更長時段的歷史視野中去探析內戰頻仍的根源，其建設性的構想也由「民族重造」轉向了「國家重造」。自 1946 年以後，沈從文對於「五四」的反思也從「重建新文運」的目標具體轉向了一種「反內戰」的訴求。〔註68〕通過對內戰歷史的回溯性考察，沈從文更傾向於將這種迴圈性的暴力視為一種非理性的現象：「戰爭是社會常態，是不得已，是人類心智進步失調所形成的一種暫時挫敗現象」〔註69〕，是「由於武力和

〔註64〕沈從文，〈從現實學習〉，《沈從文全集》第 13 卷，第 392 頁。
〔註65〕沈從文，〈北平的印象與感想〉，《沈從文全集》第 12 卷，第 284 頁。
〔註66〕吳曉東，〈從「故事」到「小說」——沈從文的敘事歷程〉，《長沙理工大學學報（社會科學版）》第 26 卷第 2 期（2011 年 3 月），第 82～89 頁。
〔註67〕安敏成，《現實主義的限制：革命時代的中國小說》（南京：江蘇人民出版社，2011 年），第 18 頁。
〔註68〕可參見沈從文，〈五四〉（1947 年 5 月 4 日），〈紀念五四〉（1948 年 5 月 4 日），〈五四和五四人〉（1948 年 5 月 4 日）
〔註69〕沈從文，〈一種新希望〉，《沈從文全集》第 14 卷，第 278 頁。

武器，一種有傳染性的自足自恃情緒擴張的結果。」〔註70〕在小說中，滿家人實乃騎虎難下，田家人又不肯善罷甘休，在沈從文看來，將爭鬥雙方逼入這一荒誕絕境的皆是這樣一種「不得已」。如果說在《雪晴》系列中，沈從文本是想借助抒情話語與人性思考的力量，在這一非理性暴力的歷史迴圈之外找到一種超越性的姿態與更高的理性；那麼在文本之外，沈從文希望藉以打破這一歷史怪圈的，則是「新理性」的重造。沈從文對「理性」的呼喚，基本上仍屬於五四啓蒙的話語範疇，但他認爲，對於自覺理性的培養恰恰是「五四」未完成的歷史任務。沈從文通過對新文化運動與現代教育的反思獲得的「理性」概念，是一種脫離了愚迷與習慣性的依附，能夠獨立自主地運用自己的理性的狀態，指向的是一個擁有獨立性與創造性的自我，即「對生命能作有效的控制，戰勝自己被物態征服的弱點，從剋制中取得一個完全獨立的人格，以及創造表現的絕對自主性起始。」〔註71〕沈從文對於「偉人」政治與武力政治的批判，揭示了上述這一康德式「啓蒙」的未完成性以及五四啓蒙背後樹立新偶像、崇拜強力的癥結所在。而對「理性」的啓發與重造，則可以起到剋制武力、「平衡武力」乃至「取代武力」的作用，因而「要想方設法使理性完全抬頭，從武力武器以外求各種合理解決，這個國家的明日方好辦！」〔註72〕從〈長河〉到〈芸廬紀事〉再到〈雪晴〉等篇，沈從文四十年代的一系列現實題材的寫作也正是希望「把人生歷史一齊攤在眼前，用頭腦加以檢討，分析，條理，排比，選擇，組織，處分」的理性方式，來探究「這個民族近數十年的愛和恨如何形成，如何分解了這個國家人民的觀念和願望，隨後便到處是血與火氾濫焚燒，又如何造成完全的犧牲和毀滅。」〔註73〕

在對上述命題的思考中，湘西問題及其地方性視野仍舊是沈從文所依賴的重要資源。在連載於 1942 年的〈芸廬紀事〉中，沈從文便藉以沈雲麓爲原型的「大先生」的思考，從湘西歷史出發對辛亥以來的內戰歷史這「一筆拖賴支吾作成的帳目」〔註74〕進行了回溯性的分析與批判。1948 年 2 月，沈從文在其雜文中通過回顧辛亥以來的軍閥割據與湘軍歷史，矚目於「新舊勢力

〔註70〕沈從文，〈五四〉，《沈從文全集》第 14 卷，第 269 頁。
〔註71〕沈從文，〈一個傳奇的本事〉，《沈從文全集》第 12 卷，第 231 頁。
〔註72〕沈從文，〈憶北平〉，《沈從文全集》第 12 卷，第 271 頁。
〔註73〕沈從文，〈關於學習〉，《沈從文全集》第 14 卷，第 347～348 頁。
〔註74〕沈從文，〈芸廬紀事〉，《沈從文全集》第 10 卷，第 235 頁。

之間」以及「政府上層與區域派系之間」的衝突。〔註 75〕與〈長河〉、〈芸廬紀事〉不同的是，在《雪晴》系列中，「現代」的入侵與「二十年內戰的歷史」都已不能完全解釋鄉土社會分崩離析的根源。不同於「新生活」運動或抗戰時期的湘西，《雪晴》系列回到了 1920 年的湘西這一更接近前現代的歷史時空。與〈長河〉相比，這裡並沒有多少外來力量的明顯入侵，但社會內部的腐蝕與瓦解已經開始。正如金介甫所觀察的那樣：「沒有外來人親自滲入這個苗民地區，既沒有人強迫當地人廢棄傳統道德，也沒有樹立過壞的典型。鴉片買賣是當地人幹的。小丑式的縣長用清鄉名義剝削村民，但縣長也是本地人。因此，並非由於外來人的壓迫，而是腐化已經深入到社會內部，造成全民族社會經濟的腐朽。」〔註 76〕

在《雪晴》系列中，巧秀媽的悲劇作為這一迴圈性暴力的開端，構成了鄉人們原罪一般的創傷經驗。在〈湘西・鳳凰〉和〈長河〉中，這個沉潭的故事都曾以一種反覆敘事的方式被處理成湘西生命的常態，而〈巧秀和冬生〉雖然在情節上完全搬用了這個故事，卻開始從心理和道德層面探究這一群體性暴力的根源。滿、田兩家之間的衝突一方面延續了這種非理性的暴力，同時則被處理成了一個由「鄉紳」和「土匪」組成的社會結構內部的鄉村政治事件。〈巧秀和冬生〉中那段政論式分析描述了這樣一種鄉土格局的生成：全國割據風氣日盛，軍人政治深入縣鄉，鄉村中不勞而獲的「游離分子」藉此一躍成為「嶄新階級」，而傳統的鄉紳階層為保全個人利益也被迫武裝自身，二者只是在多年「矛盾的調和」與「利益平分」中才獲得一種「對立的平衡」。〔註 77〕然而苟以利合，必以利散。煙土、武器、權威和政績的爭奪，導致了暴力持續升級——鄉紳與土匪之間以「家邊人」的名義維繫的「平衡」就此打破。由此，沈從文在這一看似穩定的鄉村共同體內部，發掘出了分解、對立與不穩定的因素：暴力的根源並不在於這一平衡的打破，而在於這一平衡背後的階層分化與脆弱的利益關係。

「二十年內戰自殘自黷的割據局面」固然是導致鄉土社會瓦解的一個重要因素，但在《雪晴》系列中，沈從文更重視的卻是「鄉村游俠情緒和某種

〔註75〕 沈從文，〈新黨中一個湖南鄉下人和一個湖南人的朋友〉，《沈從文全集》第 10 卷，第 283 頁。
〔註76〕 金介甫，《沈從文傳》（北京：國際文化出版公司，2010 年），第 312 頁。
〔註77〕 沈從文，〈巧秀和冬生〉，《沈從文全集》第 10 卷，第 425～426 頁。

社會現實知識」〔註78〕的合力作用。以田家兄弟爲代表，沈從文在鄉土社會中發現了一個近於流氓無產者的階層，並將這種不遵鄉約、脫離土地、不勞而獲的「游離分子」不無反諷地稱之爲「鄉村革命分子」。也正是這個內生性的墮落因素，在軍閥割據的武力政治中得到擴大，逐漸成爲了「土豪」或「土匪」這樣的食利階層，並最終導致了鄉土社會的瓦解。由此可見，《雪晴》系列探究的實則是地方問題的內部動因，而非針對「現代」的單方面問責。沈從文不再單純地將湘西地方視爲民族活力與理想道德的保有者或「現代」進程的受害者，而是顯示出反思與探問地方歷史的意圖。此時的沈從文對於地方經驗的態度辯證大於認同，對於湘西未來的期待則是救贖大於守護。在對地方歷史的考察中，小說處理的已然不是同質性的「常」遭遇異質性的「變」這樣一個有關斷裂的現代性命題，而是在一個貌似同質性的鄉土社會內部，發現了非同質性與不穩定性的存在。

如果說〈長河〉關注的是外部的「變」對湘西的介入與湘西的反應，那麼《雪晴》系列討論的則是：是否有一個內部的「常」要爲湘西社會格局的變動和歷史暴力負責。《雪晴》時期的沈從文已經開始從歷史與現實中的地方經驗內部，反思「地方性格」的兩面性。與連載於1938年的《湘西》中的〈鳳凰〉一篇將「游俠者精神」奉爲湘西地方性格的精髓相比，1946年的《雪晴》系列則發現了這種「游俠」性格在「俠」與「匪」之間的辯證關係。「鄉村游俠情緒」不僅成爲了鄉村瓦解的內在根源，又極易與湘西兩百年來形成的黷武好戰風氣相結合。1947年3月，在寫作〈巧秀和冬生〉的同時，沈從文在一篇介紹黃永玉木刻的散文中「借題發揮」，對鳳凰這個「小小地方近兩個世紀以來形成的歷史發展和悲劇結局，加以概括性的記錄」。〔註79〕在這篇原題爲〈一個傳奇的故事〉的散文中，沈從文追溯了湘西筸軍從建軍「征苗」到鎮壓太平天國，從辛亥之後的護法運動到抗戰中的「興登堡防線」再到南昌保衛戰，最終在1947年膠東一役中全軍覆沒的悲劇歷史。而沈從文更爲關注的則是千千萬萬筸軍青年在這一「近乎週期性的悲劇夙命」〔註80〕中無意義的消耗，及其家庭遭受的苦難與創傷。在這個意義上，與〈傳奇不

〔註78〕沈從文，〈巧秀和冬生〉，《沈從文全集》第10卷，第425頁。

〔註79〕沈從文，〈一個傳奇的本事‧附記〉，《沈從文全集》第12卷，的233，234頁。

〔註80〕沈從文，〈一個傳奇的本事〉，《沈從文全集》第12卷，第229頁。初刊於1947年3月23日的《大公報‧星期文藝》時名爲「一個傳奇的故事」，入集時改爲「一個傳奇的本事」。

奇〉中的迴圈性暴力相比，這段波瀾壯闊的「筸軍興衰史」儼然就是同一個「傳奇」。

在這兩段互文性的暴力傳奇中，沈從文的私人記憶都佔據著不小的分量。黃永玉的父親與〈雪晴〉本事中滿大隊長的弟弟滿書遠，都曾與沈從文一同離家求學，卻皆在婚後回到家鄉，又相繼在湘西歷史的動盪衰敗之中死去，和其他留在家鄉的大多數親友以及筸軍青年們一樣在多年「消耗戰中消耗將近」。〔註81〕唯有眞正走出了湘西、已成爲作家的沈從文與成爲畫家的黃永玉，獲得了某種自外於這一迴圈性暴力的命運。這對於沈從文而言，恰恰意味著某種超越地方局限與歷史宿命的可能：

> 我也想到由於一種偶然機會，少數游離於這個共同趨勢以外，由此產生的各種形式的衍化物。我和這一位年紀青青的木刻作家，恰代表一個小地方的另一種情形：一則處理生命的方式，和地方積習已完全游離，而出於地方性的熱情和幻念，卻正猶十分旺盛，因之結合成種種少安定性的發展。

雖然沈從文仍擔心「不免因另外一種地方性的特質和負氣，會和了一點古典的游俠情感與儒家的樸素人生觀」而導致「生活上的敗北」，但仍寄望於現代知識的脫域機制能對這一地方性格的兩面性有所揚棄，從而「保存這種衍化物的戰鬥性，持久存在與廣泛發展」〔註82〕，並最終重造出一種擁有自覺理性的現代個人。

由此，沈從文將自己與黃永玉作爲有別於大多數湘西青年的僥倖者，提出了一條不同的人生道路，即通過知識與藝術的現代教育與志業選擇確立自我的歷史位置，從而將自身從「變」的洪流與「常」的宿命中抽離出來，達到對一種普遍的歷史命運的超越。這種歷史位置的自我抽象，基於沈從文對以青年爲對象的現代主體的期許與設計：使青年既能掙脫地方積習的束縛，又能保有地方性格中的積極面，來接受現代、重造現代。以沈從文與黃永玉的人生道路爲喻，「出走」也便成爲了一個現實性與象徵性並存的動作，既是重造這一現代主體的第一步，也是一條打破歷史迴圈的現實之路。值得注意的是，沈從文理想中的「重造」與「現代化」目標，攜帶著對現代歷史和地方經驗的雙重反思，因而既不是單純線性的「進步」

〔註81〕同上，第 224 頁。
〔註82〕同上，第 230～231 頁。

概念，也不是回望式的文化守成，而是一種集結了現代經驗、文化傳統與地方知識，能夠粘合「各方面的情感、願望、能力」的「新的綜合」。〔註 83〕在沈從文的理想中，這一新的秩序既能夠取代「武力」，調和歷史與現實中的政治衝突，又具有自我反思、檢查與更新的能力。也正是在對內戰現實的批判與地方歷史的回顧中，四十年代後期的沈從文逐漸獲得了某種整體性的現代想像。

結 語

敘事中的超越性姿態似乎也決定了沈從文的「綜合」理想注定是一種「不及物」的美學。沈從文既無法在文本內部給出想像性的解決，又不能提供有效的歷史遠景，《雪晴》系列的「未完成」幾乎是一種必然。在文本世界的外部，沈從文對文學藝術的「綜合」作用則抱有更大的期待。在自由主義的民主政治和專家政治的基礎上，沈從文構建了某種「政治—學術—文化」的三元結構，並賦予「文學」以統攝性的地位：「它將在政治學術以外作更廣泛的粘合與吸收，且能於更新的世界局勢中作有效適應。這個新的綜合有個根本不同起點，即重在給予而不重在獲得，重在未來而不重在當前」；「舉凡一切增加上層組織彈性和效率，而又能溝通、中和多方面對立、矛盾，以及病態的集權與殘忍的勢能，都必然是從這個新的綜合所形成的培養液中寄託希望」。〔註 84〕在這裡，文學形式上的「綜合」已經從美學追求投射到了社會制度和政治治理的層面，蘊含著對一種新的社會秩序與團結形式的期待，即以藝術的調和思維取代武力，協調社會矛盾與利益分配，「重新建設一個公平合理的民主國家」〔註 85〕。

這一總體上的政治理念又進一步具體化爲「藝術重造政治〔註 86〕的設想，並由此衍生出〈蘇格拉底談北平所需〉、〈一個理想的美術館〉〔註 87〕等一系列空想式寫作。但問題在於，沈從文之「專家政治」或「美育政治」的

〔註 83〕 沈從文，〈一種新希望〉，《沈從文全集》第 14 卷，第 280 頁。

〔註 84〕 沈從文，〈一種新希望〉，《沈從文全集》第 14 卷，第 280 頁。

〔註 85〕 沈從文，〈「中國往何處去」〉，《沈從文全集》第 14 卷，第 323 頁。

〔註 86〕 沈從文，〈試談藝術與文化——北平通信之四〉，《沈從文全集》第 14 卷，第 389，384 頁。

〔註 87〕 〈一個理想的美術館〉刊載於 1946 年 7 月 21 日上海《世界晨報》第二版，署名沈從文，屬《全集》中未收佚文，見解志熙輯佚：〈沈從文佚文輯補〉，長沙理工大學學報（社會科學版），2011 年 3 月，第 95～98 頁。

構想，皆以知識分子的精英階層爲對象和主體，這使其理想中的國家形態只能停留在對一個「文化／城」的想像之中，而不能解決鄉土與地方的現實問題。換言之，這一政治理想恰恰懸置了沈從文四十年代以來一直在思考的農村社會與地方現實。與沈從文失敗的形式理想相類，這同樣是一種「不及物」的政治理念。而沈從文四十年代以來的現實題材寫作往往呈現爲碎片化與未完成的狀態，或許也與其政治思考脈絡內部的分裂有關。1948 年 9 月，沈從文在雜文〈迎接秋天〉中寫道：

> 此時誠需要一種嶄新人生哲學，來好好使此多數得重新分工合作，各就地位，各執樂器，各按曲譜，合奏一新中國進行曲。……惟音樂雖能使人類情感諧和，必樂曲、樂隊、樂人、三者齊備而又合作方可期望見出效果。余私意誠深深盼望此樂隊之組織，能包括廣大。〔註88〕

沈從文以「交響樂」爲喻，勾勒出一幅人（樂人）、事（樂器）、理（樂譜）協調合一的政治圖景，不禁令人聯想起〈雪晴〉中那個「雖重疊卻並不混淆，正如同一支在演奏中的樂曲，兼有細膩和壯麗，每件樂器所發出的各個聲響，即再低微也異常清晰，且若各有位置，獨立存在，一一可以攝取」〔註 89〕的美麗印象。也許在抽象思考中，從美學設想跨越到政治理念只有一步之遙，但若想跨越這二者與現實之間的距離卻是遙不可及的。沈從文對「文學」位置的過高安放，不僅高估了文學介入現實的能力，甚至也超出了文學本身所能承載的限度。

正如《雪晴》系列中那個想做畫家的「我」感到「動」的內容之難以描畫，在更大的歷史變局即將到來之時，沈從文也開始意識到自己缺乏眞正把握歷史之「動」的能力。〔註90〕直到 1952 年，《雪晴》系列仍使他念念不忘。在給張兆和的信中，沈從文將趙樹理寫於 1945 年底的長篇小說〈李家莊變遷〉作爲「競爭」的對象，表達出一種希望以「區域史」折射「現代史」、以一地一事的命運反映整個中國社會現代變遷的抱負，以及向「人民立場」和階級鬥爭視角靠攏的意願，反映出五十年代的沈從文對馬克思主義歷史分析方法艱難的「學習」。此時，那個帶有現代主義色彩「綜合」理想已經被一種朝向

〔註88〕沈從文，〈迎接秋天——北平通信〉，《沈從文全集》第 14 卷，第 397 頁。
〔註89〕沈從文，〈雪晴〉，《沈從文全集》第 10 卷，第 408 頁。
〔註90〕沈從文，〈覆姚清明信〉，《沈從文全集》第 17 卷，第 487 頁。

現實主義的設想所取代。然而直到 1980 年重刊〈雪晴〉舊稿，這部計劃中的「新《雪晴》」也終究未能寫出，這一「遲到」的階級視角與歷史觀也終究沒有到來。

　　1948 年 12 月 31 日，沈從文在〈傳奇不奇〉的文稿後寫下題識：「卅七年末一日重看，這故事想已無希望完成。」〔註 91〕《雪晴》系列小說雖處在沈從文四十年代形式實驗序列的終點，寄託了其「綜合」的形式理想與「經典重造」的實踐努力，卻仍然停留在未完成的狀態。作為沈從文自身思想困境的文學症候，這組小說在美學上也仍是一部充滿裂隙之作。在形式實踐的意義上，《雪晴》系列濃厚的現代主義傾向及其試圖綜合現代經驗、文化傳統與地方知識的諸多面向，都蘊含了某種「本土式現代主義」發生的可能。但其自身的分裂、悖論與終究未完成的命運，也宣示了沈從文這一文學與政治上的「現代化」思路的「不合時宜」與非現實性。其實從三十年代開始，沈從文的歷史認知就一直保持著某種一貫性，這與四十年代末現實中的歷史條件，以及一個即將到來的歷史遠景之間，始終存在著巨大的錯位。

主要參引文獻

專書

1. 卞之琳，《人與詩：憶舊說新》，合肥，安徽教育出版社，2007 年。

2. 王德威，《抒情傳統與中國現代性》，北京：北京大學出版社，2010 年。

3. 安敏成，《現實主義的限制：革命時代的中國小說》，南京，江蘇人民出版社，2011 年。

4. 沈從文，《沈從文全集》，太原，北嶽文藝出版社，2002 年。

5. 沈從文，《從文散文選》，香港香港時代圖書有限公司，1980 年。

6. 波德萊爾著，郭宏安譯，《波德萊爾美學論文選》，北京，人民文學出版社，1987 年。

7. 金介甫，《沈從文傳》，北京，國際文化出版公司，2010 年。

8. 袁可嘉，《論新詩現代化》，北京，三聯書店，1988 年。

9. 裴春芳，《經典的誕生：敘事話語、文本發現及田野調查》，北京，社會科學文獻出版社，2014 年。

〔註91〕沈從文，〈傳奇不奇〉，《從文散文選》（香港：香港時代出版公司，1980 年），第 365 頁。

10. 熱奈特著，王文融譯，《敘事話語　新敘事話語》，北京，中國社會科學文獻出版社，1990 年。

11. 薩義德，《文化與帝國主義》，北京，三聯書店，2003 年。

期刊論文

1. 吳曉東，〈現代「詩化小說」探索〉，《文學評論》，1997 年第 1 期。

2. 吳曉東，〈從「故事」到「小說」——沈從文的敘事歷程〉，《長沙理工大學學報（社會科學版）》，2011 年 3 月。

3. 吳曉東，〈《山山水水》中的政治、戰爭與詩意〉，《文學評論》，2014 年第 4 期。

4. 解志熙，〈沈從文佚文輯補〉，《長沙理工大學學報（社會科學版）》，2011 年 3 月。

詩可以群：新文學家的儒教烏托邦想像
——廢名《莫須有先生坐飛機以後》的主題與方法

張一帆

（北京大學中文系）

　　廢名《莫須有先生坐飛機以後》一書問世以來，文壇學界向稱難解，甚至其主題與基本的寫作方法也並無公論。此前研究，或者關注主人公莫須有先生的「主體精神特徵」，〔註1〕或者探求作者廢名在戰時的閱歷和心態，〔註2〕或者論述此書「超克『五四』現代性困境，重建古典理性啓蒙」的思想史意義，〔註3〕各有心得，卻都不曾從廢名寫作這一著作時自身的用意與此書的內在結構出發來展開討論。其實在《坐飛機以後》一書中，廢名對其思想與寫作觀念多有解說，自有其別樣的認知。本文即由此入手，試圖對此書的主題與方法做全局的把握，希望能夠爲後來者進入此書提供一種較爲可靠的路徑。概言之，本文認爲廢名在本書中的主旨，在於想要彰顯其以儒家禮教規約鄉間民俗，從而爲抗戰後的新中國確立倫理基礎的用意。而在形式一端，則在兼採東西文體之後別創一格，使用了本文界定爲「格物的意境化」的寫作方法。

〔註1〕 錢理群，〈中國現代堂‧吉訶德的「歸來」——《莫須有先生傳》、《莫須有先生坐飛機以後》簡論〉，《雲夢學刊》第1期（1991年）。

〔註2〕 吳曉東，〈戰亂年代的另類書寫——試論廢名的《莫須有先生坐飛機以後》〉，《現代中國》第六輯（2005年10月）。

〔註3〕 段從學，〈走向古典理性的啓蒙——《莫須有先生坐飛機以後》新解〉，《中國現代文學研究叢刊》第5期（2015年）。

一、「五倫俱全」的「事實」

　　1937 年抗戰全面爆發，北大撤離北平。副教授以上人員隨校內遷，講師以下則自行安排。北大講師廢名即於同年歲末返回湖北黃梅老家，直到 1946 年 9 月才離開家鄉，先到南京老虎橋監獄探望在押的老師周作人，隨後坐飛機回到北京。雖然書中託言莫須有先生，大體而言講的卻是廢名一家在家鄉避難時的日常生活。

　　對於此書的性質，廢名在〈開場白〉中寫道：

> 《莫須有先生傳》可以說是小說，即是說那裏面的名字都是假的，——其實那裏面的事實也都是假的，等於莫須有先生做了一場夢，莫須有先生好久就想登報聲明，若就事實說，則《莫須有先生坐飛機以後》完全是事實，其中五倫俱全，莫須有先生不是過著孤獨的生活了。它可以說是歷史，它簡直還是一部哲學。本來照赫格爾的學說歷史就是哲學。我們還是從俗，把《莫須有先生坐飛機以後》當作一部傳記文學。〔註4〕

莫須有先生所謂「小說」是指虛構而言，在〈一天的事情〉一章中論說周作人與熊十力時也說到：「現在本書越來越是傳記，是歷史，不是小說，無隱名之必要，應該把名字都拿出來了。」〔註5〕這裡與眾不同的是他對於「事實」的界定。按他所言，事實可以是假的，等於一場夢。而在《坐飛機以後》一書中「事實」之所以能成立，則是因為其中「五倫俱全，莫須有先生不是過著孤獨的生活了」。

　　「五倫」是儒家的核心概念，語出〈孟子・滕文公上〉：

> 后稷教民稼穡，樹藝五穀；五穀熟而民人育。人之有道也，飽食、暖衣、逸居而無教，則近於禽獸。聖人有憂之，使契為司徒，教以人倫，——父子有親，君臣有義，夫婦有別，長幼有序，朋友有信。〔註6〕

這裡的「聖人」是指舜。「人之有道也」，朱熹在《四書章句集注》中解作：「人之有道，言其皆有秉彝之性也。然無教則亦放逸怠惰而失之，故聖人設官而

〔註 4〕廢名著，王風編，《莫須有先生坐飛機以後》（以下簡稱《坐飛機以後》），《廢名集》第二卷（北京：北京大學出版社，2009 年），第 809 頁。

〔註 5〕〈坐飛機以後・一天的事情〉，《廢名集》第二卷，第 972 頁。

〔註 6〕朱熹，《孟子集注卷五》，《四書章句集注》（北京：中華書局，1983 年），第 259 頁。

教以人倫，亦因其固有者而道之耳。」〔註7〕莫須有先生極爲認同朱熹，即使
廢名在寫作這一段文字時不曾想到朱熹在字句上的解讀，他們對於民的認識
卻是一致的。在〈停前看會〉一章中就曾表示：「『斯民也三代之所以直道而
行』，他們沒有不好的，他們沒有對不起國家的」。〔註8〕更爲直接的表述則是
在〈到後山鋪去〉一章：

> 莫須有先生一向稱贊中國的農民，並不是不知道中國農民的狡
> 猾，只是中國農民的狡猾無損其對國家盡義務罷了。莫須有先生稱
> 贊中國的家族制度，也並不是不知道家族當中的黑暗與悲慘，只是
> 中國的國易爲讀書人所亡，而中國的社會以農人爲基礎，家族有以
> 鞏固罷了。教忠教孝，只要有教，基礎是現成的了。

這也正是朱熹所說的人自有道而仍需聖人之徒教之的道理。在《坐飛機以後》
一書中，莫須有先生就一直充任「教以人倫」的聖人之徒的角色。此書有意
寫五倫，在父子、夫婦、長幼、朋友四方面都可以直接落實，應作解釋的是
「君臣」一項。在莫須有先生看來，「君」應該被「國」所代替。在〈莫須有
先生教英語〉一章中即寫道：

> 中國的憲法只是「中華民國」這四個字，誰違背這四個字便是大
> 逆不道，誰也決不能違背這四個字的，這個憲法早已寫在中國農民的
> 「祖宗牌」上面了，「天地國親師位」，他們不約而同以一個「國」字
> 代替昔日的「君」字了，所以大家非忠於「中華民國」不可。有這個
> 四個字的憲法，此外便半部《論語》可以治天下，士大夫都應該讀經
> 了，而小學生則要用莫須有先生這樣的國語教師去教國語。〔註9〕

農人對於「中華民國」本身有無感情並不重要，要緊的是這個名號已經作爲
既定事實爲他們所接受。他們對於政府的要求不過是政府允許他們能夠生
存，「此外便半部《論語》可以治天下」，這也正是莫須有先生教化農人的辦
法。通觀《坐飛機以後》，教化農人踐行這五種人倫既是此書的範圍，也是此
書的價值指向。所謂「五倫俱全」以後就不孤獨，正是《論語》章所講的「德
不孤，必有鄰」。〔註10〕這是莫須有先生自信他的教化有收效的表達。

〔註7〕 同上，第 259～260 頁。
〔註8〕 〈坐飛機以後・停前看會〉，見《廢名集》第二卷，第 919 頁。
〔註9〕 〈坐飛機以後・莫須有先生教英語〉，見《廢名集》第二卷，第 1055 頁。
〔註10〕 朱熹，《論語集注卷二》，《四書章句集注》，第 74 頁。

　　莫須有先生曾表達對於陶淵明的佩服，以爲「在魏晉風流之下有誰像陶公是真正的儒家呢？因爲他在倫常當中過日子」，進而提出「農人是社會的基礎，農人生活是真實的生活基礎，修身齊家治國平天下都在這裡了」。〔註11〕《坐飛機以後》一書也正是講述倫常之中的農人生活，希望能夠藉此實現治國平天下的理念。《大學》有言：「古之欲明明德於天下者，先治其國；欲治其國者，先齊其家；欲齊其家者，先修其身；欲修其身者，先正其心；欲正其心者，先誠其意；欲誠其意者，先致其知；致知在格物。」〔註12〕可見一切發展的根源在於格物。朱熹提出：「格，至也。物，猶事也。窮至事物之理，欲其極處無不到也。」〔註13〕然而就是在「窮至事物之理」的過程中，莫須有先生認識到他的「終身之憂」，並且在克服這一精神危機的過程中顯示出他接受儒家的來由。

　　在〈一天的事情〉一章中，莫須有先生講他因爲貪吃芋頭「結果有終身之憂」，一個人跑到松樹腳下自我反省，發了一大段議論，而且強調「這是一篇散文，是一天的日記，決不是小說」。〔註14〕所謂「終身之憂」語出〈孟子・離婁下〉，意思是說君子一心求仁講禮，如果別人蠻橫無理，君子一定反躬問自己是否不仁、無禮、不忠，如果君子都做到了，對方還是蠻橫如故，那麼對方和禽獸也沒有區別，君子不會因其蠻橫而產生突發的痛苦，也即「一朝之患」。君子的「終身之憂」在於：

　　　　舜，人也；我，亦人也。舜爲法於天下，可傳於後世，我由未免爲鄉人也，是則可憂也。憂之如何？如舜而已矣。若夫君子所患則亡矣。非仁無爲也，非禮無行也。如有一朝之患，則君子不患矣。

〔註15〕

這一段是說舜已經成爲天下人的榜樣，而我仍是鄉人而已，這才是君子的憂慮，而有了這樣的憂慮，也只有用心向舜學習罷了，君子不會做不仁與無禮的行爲。

　　落實回莫須有先生自己，他的憂慮在於從自己的貪吃聯想到儒家的真理。具體而言，他很想要信奉儒家，奉孔子爲體現真理和實踐德行的代表，

〔註11〕〈坐飛機以後・留客吃飯的事情〉，見《廢名集》第二卷，第 1024 頁。
〔註12〕朱熹，《大學章句》，《四書章句集注》，第 3 頁。
〔註13〕同上，第 4 頁。
〔註14〕〈坐飛機以後・一天的事情〉，見《廢名集》第二卷，第 967 頁。
〔註15〕朱熹，《孟子集注卷八》，《四書章句集注》，第 297 頁。

然而他不能接受孔子食肉的事實，因為他相信食肉就成了長犬齒的獸而非人。〈孟子‧梁惠王上〉中，孟子曾問梁惠王，殺人「以刃與政，有以異乎？」梁惠王回答：「無以異也」。〔註16〕在莫須有先生看來，用尖銳的牙齒食肉，與用刀子殺人、用政治害死人，都一樣本應是儒家所極力反對的，孔子食肉正是其不合理之處。於是「莫須有先生乃不懂得孔子。真理未必如此，生活豈可以不是真理嗎」？因為莫須有先生相信，孔子既然是聖人，那麼他生活中的言行一定都是符合道理的。他隨即解釋說：

> 中庸正是真理，是絕對的，不是折衷的意思。「不偏之謂中，不易之謂庸」，這個解釋是不錯的，他無所不在而不偏，無事不可應用而不易，佛教的「真如」正是這個意義了。本著這個意義，我們的生活應以這句話為標準：「君子食無求飽，居無求安，敏於事而慎於言，就有道而正焉。」我們的居與食，我們活著，是為得懂道理的，不可以因活著而違背道理了。「食無求飽」，莫須有先生認為是食的最好的標準，即是中庸之道了。莫須有先生總喜歡援引《論語》作為他的就正道，而其出發點是宗教，是佛教。這是他同一般佛教徒引經據典不同的。同程朱陸王引經據典亦有不同。〔註17〕

莫須有先生本來是佛教徒，而且認為儒家也是宗教，因為「凡屬真理一定超過哲學範圍而為宗教」，從孔子的為人中他相信孔子本來應該代表真理，然而從佛教徒的信仰來看他又相信真理是不可以食肉，這種矛盾就是他的苦悶所在。

莫須有先生不能認同《論語》中所講的孔子食肉的行為，然而他也還是要從《論語》中尋找自己行動的標準，也就是「食無求飽」，這就是上文所說的「如舜而已矣」，要繼續用儒家的倫理來規範自己。甚至莫須有先生批評孔子，也要從孔子身上尋求依據：

> 莫須有先生由詩人的惜陰進而入孔門的好學矣，今日則敢批評孔子，千載之下完全有一個批評的精神矣。這個批評的精神便是道義，即使人生在世不可以錯，錯了而別人知道不要緊，故孔子說，「丘也幸，苟有過，人必知之。」除了孔子而外，那裏有這樣親切的話

〔註16〕 朱熹，《孟子集注卷一》，《四書章句集注》，第205頁。
〔註17〕 〈坐飛機以後‧一天的事情〉，見《廢名集》第二卷，第969頁。

呢？除了孔子而外，那裏有這樣絕對不錯的心情呢？這個心情便是
聖人。〔註18〕

莫須有先生信奉佛教，其能夠接受儒家的前提在於認為「儒家的生活除了食
肉而外，除了祭祀殺生而外，沒有與佛教衝突的」。〔註19〕而且按他的觀點，
佛和孔子都是德行完全的人，足以表現真理，相較而言，孔子因為食肉還不
如佛更為圓滿。那麼莫須有先生又為什麼一定要以儒家的倫理來規範自己
呢？這是因為孔子的為人是可以為人所知的。莫須有先生雖然相信佛的道理
必然是生活，但是對佛的生活確實是不知道，不知道則不能作為標準和示範，
不能有日常生活的教益。而孔子有《論語》傳世，其生活可以作為示範，所
以莫須有先生相信，人類要想通過聖人來表現真理，就只有孔子可以做這個
代表，這也就是所謂「文不在茲乎」。

於是莫須有先生往往引《論語》為自己言行的標準。如〈莫須有先生動
手著論〉一章，莫須有先生要破除進化論，他說他沒有料到這麼大的一個敵
人，「舉世的妄想，莫須有先生不費篇幅破了」。因為「真理是活的，凡屬違
背真理的思想，必然是死的了，以活的道理去拘拿死的東西，故非常之容易
下手了」。〔註20〕這裡莫須有先生所說的真理是從佛教中體悟到的，隨後便拿
來與孔子相印證：

孔子曰，「溫故而知新，可以為師矣。」莫須有先生於孔子的話
很自安慰，莫須有先生是溫故而知新，可以印證於孔子了。故是歷
史，新是今日，歷史與今日都是世界，都是人生，豈有一個對，一
個不對嗎？以前的人未必沒有做父母，做父母之道不是止於慈嗎？
以前的人未必不與人交，與國人交之道不是止於信嗎？什麼叫做進
化呢？你們為什麼不從道德說話而從耳目見聞呢？〔註21〕

莫須有先生信奉孔子的「溫故而知新」，以為道德是古今一貫的，因此無論新
興學說發展到何種地步，都可以引儒家學說相印證，這也是莫須有先生在日
常生活中能夠援引《論語》作為他的就正道的內在依據。因此無論莫須有先
生議論的是五四運動，是進化論，還是熊十力等等，都是首先認定儒家是合

〔註18〕 〈坐飛機以後‧一天的事情〉，見《廢名集》第二卷，第971～972頁。
〔註19〕 〈坐飛機以後‧莫須有先生動手著論〉，見《廢名集》第二卷，第1086頁。
〔註20〕 〈坐飛機以後‧莫須有先生動手著論〉，見《廢名集》第二卷，第1083頁。
〔註21〕 同上，第1085頁。

真理的宗教，然後引新學說與儒家信仰相印證。所以他所發的議論，都不會
更深入地探求對方思想的基礎或邏輯。儒家講格物，當然是以儒家的道理來
格物，不會以進化論為底色的。

在這一章中有一處意境，講莫須有先生與其子女慈與純在樹林裏揀柴，
看見鄉下孩子來揀糞，莫須有先生對於這個小孩子有很多聯想，然而他們不
曾說一句話。莫須有先生想：

> 人各一宇宙，此人的宇宙與彼人的宇宙無法雷同，此揀野糞的
> 小孩如何而能理解霜林裏天才的喜悅呢？便是聲音笑貌也自有智愚
> 美醜之懸殊，彷彿同類而不一類了，是遺傳之差嗎？環境之異嗎？
> 不是的，根本的問題不是這個，遺傳與環境是大同小異，問題在於
> 靈魂是各人自己的了……我們大家都是有三世因果的，故無法強
> 同，莫須有先生望著提著糞籃的小孩子的後影，很是悵惘，人生是
> 夢，而夢是事實，所謂同床異夢。〔註22〕

因為人各一宇宙，有三世因果而無法強同，因此人與人之間的經驗就難以傳
達，只能是「同床異夢」。這也就退回到廢名此前寫作的《莫須有先生傳》的
境地，而不能有「五倫俱全」的事實。要想建立人與人之間的關係，實現教
化，就只有依靠儒家的倫理。莫須有先生有心救國，這卻是佛教所不能承擔
的。因此，《坐飛機以後》一書可以說是佛教徒廢名借鄉間日常生活講儒家倫
理的傳道之書。

二、格物的意境化

明確了《坐飛機以後》一書的主題，然後可以討論廢名寫作此書的方法。
在〈上回的事情沒有講完〉一章中，國語教師莫須有先生曾嚮學生自誇，說
他作文向來不需要注解，隨即迅速反省：「這卻有點近乎《莫須有先生傳》的
作風，宣傳自己，莫須有先生又好笑了。《莫須有先生坐飛機以後》，則要具
有教育的意義，不是為己，要為人。」〔註23〕由此出發，首先可以從莫須有
先生對於不同文體功能的好惡說起。

在〈莫須有先生教國語〉一章中，莫須有先生曾經將莎士比亞和庾信相
提並論：

〔註22〕同上，第 1075 頁。
〔註23〕〈坐飛機以後‧上回的事情沒有講完〉，見《廢名集》第二卷，第 909 頁。

　　　我是負責任的話，我的話一點也不錯，無論英國的莎士比亞，
無論中國的庾子山，詩人自己好比是春天，或者秋天，於是世界便
是題材，好比是各樣花木，一碰到春天便開花了，所謂萬紫千紅總
是春，或者一葉落知天下秋。我讀莎士比亞，讀庾子山，只認得一
個詩人，處處是這個詩人自己表現，不過莎士比亞是以故事人物來
表現自己，中國詩人則是以辭藻典故來表現自己，一個表現於生活，
一個表現於意境。表現生活也好，表現意境也好，都可以說是用典
故，因為生活不是現實生活，意境不是當前意境，都是詩人的想像。
只要看莎士比亞的戲劇都是舊材料的編造，便可以見我的話不錯。
〔註24〕

詩人偏重自我表現，自然為一心為人的莫須有先生所不取。況且就他而言，
對於詩人還有另一方面的定義，就是沒有學問。他在論陶淵明時曾說道：「他
曾說陶公是詩人，不能談學問了」，「而莫須有先生甚愛他，而莫須有先生覺
得學問之事難言，以陶公之辛勤一生而不能言學問，真是可懼」。〔註25〕從莫
須有先生對於陶淵明的評價說開去，不妨暫時脫離《坐飛機以後》一書的語
境，回到廢名本人對於詩人的論述，或者可以形成參照。就在寫作《坐飛機
以後》一書同時，廢名曾發表自己對於馮至《十四行集》的評論，提出：

　　　作者是一個詩人，他的思想與中國文化沒有關係，與西洋的關
係也很淺，他是赤裸裸的一個詩人，詩人而又是一個凡人，凡人故
不免投降於生活，詩人故不免嚮往於美麗，這樣也便叫做「心為形
役」。〔註26〕

「心為形役」正出自陶淵明的〈歸去來辭〉。陶淵明致力於擺脫「心為形役」
的狀態，仍被莫須有先生視為不能言學問，是詩人，不過「總算是中人以上，
其固窮之節能令頑夫廉懦夫有立志」〔註27〕而已。馮至則更等而下之，因其
在思想上赤裸裸空無依傍，因此只能是一個凡人，既投降於生活，也被嚮往美
麗所奴役。廢名說：「詩人的美麗便是這樣的自然，不奈人生偏有世俗」。〔註28〕
在廢名看來，無法真正書寫世俗人生，正是新詩人自我表現的局限之處。

〔註24〕　〈坐飛機以後・莫須有先生教國語〉，見《廢名集》第二卷，第 881 頁。
〔註25〕　〈坐飛機以後・一天的事情〉，見《廢名集》第二卷，第 971 頁。
〔註26〕　〈談新詩・十四行集〉，見《廢名集》第四卷，第 1811 頁。
〔註27〕　〈坐飛機以後・一天的事情〉，見《廢名集》第二卷，第 970 頁。
〔註28〕　〈談新詩・十四行集〉，見《廢名集》第四卷，第 1812 頁。

對於小說與散文，莫須有先生同樣有完整的論述：

> 莫須有先生現在所喜歡的文學要具有教育的意義，即是喜歡散文，不喜歡小說，散文注重事實，注重生活，不求安排布置，只求寫得有趣，讀之可以興觀，可以群，能夠多識於鳥獸草木之名更好，小說則注重情節，注重結構，因之不自然，可以見作者個人的理想，是詩，是心理，不是人情風俗。必於人情風俗方面有所記錄乃多有教育的意義。最要緊的是寫得自然，不在乎結構，此莫須有先生之所以喜歡散文。他簡直還有心將以前所寫的小說都給還原，即是不假裝，事實都恢復原狀，那便成了散文，不過此事已是有志未逮了。〔註29〕

在他看來，小說表現作者個人，近於詩，散文則較為理想，因其可以有教育的意義。具體而言，在於「讀之可以興觀，可以群，能夠多識於鳥獸草木之名更好」。這一句語出〈論語・陽貨〉：「子曰：小子何莫學夫詩？詩，可以興，可以觀，可以群，可以怨。邇之事父，遠之事君；多識於鳥獸草木之名」。〔註30〕按《論語》所言，興觀群怨四者本來並列，各有所指，莫須有先生意在教育，以為「必於人情風俗方面有所記錄乃多有教育的意義」，則其用心其實在於突出「可以群」的指向。在他看來，借助於他所界定的散文，《坐飛機以後》應該承擔起孔子心目中《詩經》所承擔的教育功能。

確定了散文這一文體，仍需關注《坐飛機以後》一書更為內在的形式。接續庾信與莎士比亞的話題，莫須有先生還曾提出：

> 莫須有先生說他說一句決不誇大的話，他可以編劇本與英國的莎士比亞爭一日的短長，但決不能寫庾信的兩句文章。庾信文章是成熟的溢露，莎翁劇本則是由發展而達到成熟了。即此一事已是中西文化根本不同之點。因為是發展，故靠故事。因為是溢露，故恃典故。莫須有先生是中國人，他自然也屬於溢露一派，即是不由發展而達到成熟。但他富有意境而不富有才情，故他的溢露仍必須靠情節，近乎莎翁的發展，他不會有許多典故的。〔註31〕

莫須有先生自認與庾信同屬於「成熟的溢露」一派，而又富有意境，如莎士比亞一樣依靠情節，通觀《坐飛機以後》全書，這已經是作者有意道出寫作

〔註29〕 〈坐飛機以後・上回的事情沒有講完〉，見《廢名集》第二卷，第909頁。
〔註30〕 朱熹，《論語集注卷九》，《四書章句集注》，第178頁。
〔註31〕 〈坐飛機以後・民國庚辰元旦〉，見《廢名集》第二卷，第1002頁。

的用心了。而如想要更準確地把握此書的形式，則還應注意莫須有先生另一方面的言說。

在〈上回的事情沒有講完〉一章中，莫須有先生開篇就陳述了他教國語的心得：

> 莫須有先生教國語，第一要學生知道寫什麼，第二要怎麼寫，說起來是兩件事，其實是一件，只要你知道寫什麼，你自然知道怎麼寫，正如光之於熱。所以最要緊的還是寫什麼的問題。這個問題簡直關乎國家民族的存亡。〔註32〕

教國語的心得，自然也是莫須有先生自己寫作的心得。如上一節所述，《坐飛機以後》一書是寫莫須有先生在農人日常生活中宣揚儒家的倫理。由裏言之，是講孔子的「溫故而知新」；由表言之，則是「援引《論語》作為他的就正道」，與現實生活相印證。於是這裡的「表」，自然也就成為此書形式上的特徵。一方面，此書寫作依靠意境、情節，卻又不是在情節中求思想認識的發展，而是自然顯露合乎儒家倫理的言行；另一方面，則是每遇一事，往往援引《論語》中的句子為言行的標準。這正是廢名寫作此書時所遵循的形式自覺。

試舉例言之：

在〈關於徵兵〉一章中，莫須有先生思考是否要給自己的同族人三記寫信，為他辯護不該被拉去抽兵。「莫須有先生於此乃費了很大的思索。莫須有先生又很快的有一個很大的回答。他本著他的良心回答，他說本著良心解決一切的問題是不會有錯的。孔子七十從心所欲不逾矩，所謂矩就是良心，就是『仁』」。〔註33〕於是寫信。

同一章中，三記的大哥花子被鄉里捉去了，二哥竹老逃了，竹老的妻子卻很高興，於是莫須有先生批評她，隨後是「莫須有先生連忙又寂寞告退了，因為他看著那婦人不屑教誨，莫須有先生正正經經地同她講話，她還是把她的一隻小腳盤在一隻大腿之上，像北京人騎驢子那樣，毫不在乎。同時她卻易孔子之所謂『色難』，她對著莫須有先生滿臉堆笑了，她從來沒有聽過教訓」。〔註34〕

〈路上及其他〉一章中，莫須有先生記錄鄉間讀書人的壞處，為是否要公佈他們的名字而為難。「因為心裏有這樣一躊躇，莫須有先生又憶起《論語》

〔註32〕　〈坐飛機以後・上回的事情沒有講完〉，見《廢名集》第二卷，第897頁。
〔註33〕　〈坐飛機以後・關於徵兵〉，見《廢名集》第二卷，第943頁。
〔註34〕　同上，第949頁。

之爲書了，《論語》原來也就是《春秋》，孔子常常褒貶人，如記『孟之反不
伐，奔而殿，將入門，策其馬曰：非敢後也，馬不進也。』這是多麼可愛的
記載，當亂世，很少有有德之人，莫須有先生常常喜歡讀此種文字了，眞是
孔子的小品文，見聖人的胸懷。」〔註35〕

　　試就此作簡要的解說。第一則講莫須有先生先費了很大的思索，探求行
動的指向，然而不需很久，又很快有了回答，這就是想到了《論語》的句子。
想到《論語》，方向就沿著《論語》走下去，不必更多斟酌。第二則不是以《論
語》教，卻是以《論語》的標準而不教，因爲所對非人，所以莫須有先生不
教而退。以這一章中莫須有先生對竹老和順的妻子流露出來的態度，以爲「女
人爲什麼這樣偏狹呢？」可見這裡還隱含著一句不曾說出來的《論語》中的
句子：「唯女子與小人爲難養也」。〔註36〕第三則的關節在於「一躊躇」，因爲
有「一躊躇」，不知道怎麼辦好，所以就格外要引《論語》，以之爲準繩。可
見莫須有先生對於《論語》的確是一個印證的態度，並不推究邏輯，如他所
言，信之而已。所以才有這三例中的：「很快的」有一個回答，「連忙又寂寞
告退了」，以及緊跟「一躊躇」而來的「又憶起」。

　　莫須有先生未曾提及的是，因爲不必在意邏輯，這種由信仰而來的印證
就自然獲得了思想與寫作上的自由，在倫理的意義以外，還產生了類似於在
文字中用典故的效果。莫須有先生說庾信是「天才的海裏頭自然有許多典故
之魚」，〔註37〕莫須有先生則可以說是「儒教徒的海裏頭自然有許多《論語》
之魚」。因爲同屬於「溢露」一派，所以也就自然顯示出相近的面貌。反過來
說，這也更顯示出莫須有先生和庾信的區別，就是他的近於用典故，是要嚴
格限制在儒家倫理以內的。而且因爲《論語》可以「溫故而知新」，所以他的
典故就並非舊材料。他的生活是現實生活，他的意境也正是當前意境。

　　莫須有先生將其寫作指認爲散文，用心在於推崇寫實、削弱描寫、結構
自然、摒棄個人情感。從各章內部來看，這種意圖的確得到貫徹，然而從全
書整體著眼，歷史上卻從來不曾有過這樣的散文體式。此書以莫須有先生爲
主人公，全書使用第三人稱，敘事者相當剋制，絕不打擾莫須有先生體道傳
道，因此往往只在各章開頭出現，如〈莫須有先生買白糖〉一章開頭「上回

〔註35〕〈坐飛機以後・路上及其他〉，見《廢名集》第二卷，第 1119 頁。
〔註36〕朱熹，《論語集注卷九》，《四書章句集注》，第 182 頁。
〔註37〕〈坐飛機以後・民國庚辰元旦〉，見《廢名集》第二卷，第 994 頁。

我們說莫須有先生赴小學履新時有資本三元，我們現在就從莫須有先生赴小學履新說起」，〔註38〕或是〈無題〉一章開頭「莫須有先生一家四人到了蠟樹窠石老爹家，各人有各人不同的觀感。我們且說莫須有先生的觀感」。〔註39〕可見作者雖然有心指認，此書的形式卻很難被看作是長篇散文，反而更近於章回小說的格式。然而因爲主人公莫須有先生（也就是作者廢名）的用意，在各章以內卻又是近於散文的。

　　大體描述此書的形式以後，不妨更對其產生機制，也就是莫須有先生的思想作進一步的考量。其實這種結構的形成是有兩方面前提的，莫須有先生曾在不同章節中先後講出，那就是：

　　　　莫須有先生認爲科學只有一個答案，哲學可有好幾個答案，宗教最好以孔子與佛爲代表也只有一個答案，不過這一個答案不固定，隨處可有這一個答案，——但決沒有兩個答案。〔註40〕

　　　　莫須有先生於中國大賢佩服孟子，佩服程朱，因爲他們都是信孔子，他們都是溫故而知新，溫故而知新故信孔子。孟子道性善，是孟子的溫故而知新。程子格外提出致知在格物，是程子的溫故而知新。〔註41〕

前一處是說儒家和佛教一樣都是宗教，所以其信仰裏只有一個答案，也就是莫須有先生所言眞理。這一個答案不固定在某處，而是隨處都可以感受到眞理的存在。《論語》中所講的孔子的日常生活，每一處都指向並且豐富著眞理，這就是廢名得以營造一個又一個意境，借展示格物的過程來說明同一個眞理的前提。後一處則是說，孟子有孟子溫故而知新的方式，程子有程子溫故而知新的方式。於是莫須有先生之營造意境，在意境中或者獨自思考，或者與人相交，從中體會眞理的存在，並且將《論語》中孔子的言行嵌套進自己的言行之中，這就可以看作是莫須有先生溫故而知新的方式。

　　就此給此書的寫作方法下一個定義，可以叫做「格物的意境化」。格物在內，被外在的意境所包容。將格物意境化，置於情節之中，這就將窮理的過程轉化成動態的場景。在意境中，莫須有先生既可以展現自己的思考，也可

〔註38〕　〈坐飛機以後・莫須有先生買白糖〉，見《廢名集》第二卷，第812頁。
〔註39〕　〈坐飛機以後・無題〉，見《廢名集》第二卷，第822頁。
〔註40〕　〈坐飛機以後・一天的事情〉，見《廢名集》第二卷，第974頁。
〔註41〕　〈坐飛機以後・莫須有先生動手著論〉，見《廢名集》第二卷，第1086頁。

以與他人在言行上相互切磋。無論莫須有先生自己，妻子兒女，還是鄰里同族，都不是虛幻的理，而有了實際的形象，實際的動作。這就不僅爲故鄉的農人，也爲《坐飛機以後》一書的讀者提供了更爲豐富的直接來自於日常生活的行動示範。意境中每每有不盡之意，不僅可以說理，更可見人、見事、見景，形成一個讓人親近的氛圍，這自然是宋儒無法做到的。即使不能深入體會莫須有先生的用心，不能窮其理，僅從其中對於日常生活的應對上，也就可以直接獲得教益。《坐飛機以後》全書共十九章，並不追求完整的結構，只是如佛教串珠一般，將意境中的格物進程一一串起，最終形成的卻是一個儒家倫理的世界。

　　格物的意境化，同時也就是格物的日常生活化。在農人中記錄人情風俗，直接提供日常生活的示範，正是莫須有先生區別於宋儒的根本。這還要從莫須有先生對於宋儒的不滿說起。〈莫須有先生教國語〉一章有這樣的論斷：

　　　　宋儒能懂得二帝三王的哲學，但他不能懂得二帝三王的事功，於是宋儒有功於哲學，有害於民族國家，說宋明以來中國的歷史是宋儒製造的亦無不可。中國的命脈還存之於民族精神，即求生存不做奴隸，如果說奴隸是官的奴隸不是異族的奴隸。宋儒是孔子的功臣，而他不知他迫害了這個民族精神。〔註42〕

莫須有先生的不滿，在於宋儒一心引導讀書人做官，卻不顧一般農人的日常生活，講政治而疏於教化。相反莫須有先生卻是以教化農人爲己任。教化不是通過講理，而是通過德行的實踐，通過引導農民本身的根性來實現。正因爲有這樣的用心，所以才會有這樣的文體。

　　以莫須有先生的情志而言，此書在文學上從屬於怎樣的體式不會是他關注的重點，他關注的是從孔子、孟子到程朱，再到他自己的這樣一條儒家內部的精神脈絡。如果要瞭解他在文章上的追求，那麼其實可以借他對於司馬遷的評論來說明。莫須有先生推崇司馬遷的〈孔子世家贊〉，以爲「這是第一篇佩服孔子的文章，寫得很別致，有感情，有意思，而且文體也是司馬遷創造的，正因爲他的心裏有文章」。這也正是莫須有先生對於自己文章的期許。

〔註42〕〈坐飛機以後‧莫須有先生教國語〉，見《廢名集》第二卷，第 889 頁。

三、新文學的倫理承擔

在修身一端，莫須有先生是儒家信徒，時時以孔門之徒的標準來要求自己；在齊家一端，莫須有先生爲人子、爲人夫、爲人父、爲宗族榜樣，也都用心踐行儒家倫理的規範。然而若要從修身齊家推廣至於治國平天下，使倫理德行超出一鄉之間，這就更要考察莫須有先生的社會身份。莫須有先生在家鄉是做國語教師，此後雖曾出於無奈去做英語教師，但其認同是在做國語教師。然而在學校同事看來，莫須有先生又與他們截然不同，因爲莫須有先生是新文學家。

新文學家而不用教育部審定的新式國語課本，莫須有先生以爲其不適宜於鄉村社會，「他教『人之初』，教『子曰學而』，教『關關雎鳩』」，〔註43〕還是儒家教育，教材似與舊式私塾無二，教法卻是新文學家的教法。「第一堂課考翻譯，考的是《論語》中的句子：「子曰：孰謂微生高直？或乞醯焉，乞諸其鄰而與之」。莫須有先生自己翻譯過來就是「孔子說道，『誰說微生高直呢？有人向他討一點醋，他自己家裏沒有，卻要向他的鄰家討了來給人家』」。學生問，孔子怎麼說醬油醋的醋呢？莫須有先生答曰：「孔子的書上都是我們平常過日子的話」，又解釋說：

> 我教你們做這個翻譯，還不是要你們懂孔子，是告訴你們作文要寫自己生活上的事情，你們在私塾裏所讀的《論語》正是孔子同他的學生們平常說的話作的事，同我同你們在學校裏說的話作的事一樣。〔註44〕

將《論語》的句子譯成語體文，不僅是語言上的翻譯，更是教化上的傳承，莫須有先生想要借《論語》教學生親近生活的態度。所謂寫「我們平常過日子的話」，也就是「寫實」。「莫須有先生諄諄教誨總是要他們寫實，只要能夠寫實，便可上與古人齊。若唐以後的中國文章，一言以蔽之曰，是不能夠寫實了。」莫須有先生且進一步說：

> 作文應該同作詩一樣，詩寫蟋蟀，文也可以作蟋蟀。詩寫「清明時節雨紛紛」，寫九月九日「遙知兄弟登高處，遍插茱萸少一人」，文也可以寫清明，寫九月九日登高。但中國的文章裏頭你們讀過這樣的文章嗎？一篇也沒有讀過！這原故便因爲以前的文章都不是寫實，而詩則還是寫實的。我現在教你們作文，便同以前作詩是一樣，

〔註43〕同上，第 891 頁。
〔註44〕同上，第 892～893 頁。

> 一切的事情都可以寫的。以前的文章則是一切的事情都不能寫，寫
> 的都是與生活沒有關係的事情。〔註45〕

這裡的作文如作詩，詩是指舊體詩，其觀念正是廢名早年在《談新詩》中所
說的「已往的詩文學，無論舊詩也好，詞也好，乃是散文的內容」。只是當時
的廢名重藝術，關心在於新詩；今日的莫須有先生講學問，反而推崇散文。

以寫實爲標準，一面追求「上與古人齊」，一面批評唐以後之文章，莫須
有先生對於中國文學史自有其堅定的主張，以爲：

> 中國學文學者不懂得三百篇好不足以談中國文學，不懂得庾信
> 文章好亦不足以談中國文學。這裡頭要有許多經驗，許多修養，然
> 後才能排除成見，擺脱習氣，因爲中國文學史完全爲成見所包圍，
> 習氣所沾染了。有成見，染習氣，乃不能見文學的天眞與文學的道
> 德。庾信文章乃眞能見文學的天眞與文學的道德罷了。一天眞便是
> 道德。天眞有什麼難懂呢？因爲你不天眞你便不懂得。〔註46〕

莫須有先生推崇庾信，以爲庾信之用典故，並非來自查書堆砌，而是因爲體
察生活，意識中的典故能夠隨時溢露；以爲「庾信正表現中國文字文章之長，
而且因爲詩人天眞的原故，正是哀而不傷樂而不淫」。〔註47〕「樂而不淫，哀
而不傷」語出《論語》，〔註48〕本來是孔子對於《詩經》第一篇〈關雎〉的評
價，是儒家欣賞的典範。可見莫須有先生的推崇庾信，也仍然植根於其儒家
信徒的身份，是認爲庾信文章有著與《詩經》一致的精神。上文講莫須有先
生喜歡散文，因其有教育意義，「讀之可以興觀，可以群」，也正是同樣的標
準。日常生活以《論語》爲標準，文學則在《論語》以外，還可以儒家推崇
的《詩經》爲標準。所謂「天眞」、「道德」，都應該在儒家範疇以內來理解，
天眞正是寫實，寫實才見倫理，有行爲的倫理，也才有文學的道德。

與推崇《詩經》、庾信相反，莫須有先生厭棄唐宋古文與八股。他曾論韓
愈說：「你想韓文裏有什麼呢？只是腔調而已。外國文學裏有這樣的文章嗎？
人家的文章裏都有材料」，反之韓文則「沒有感情，沒有意思，只同唱舊戲一
樣裝模作樣」。此外批評王安石〈讀孟嘗君傳〉：「你完全不知道什麼叫做文章，

〔註45〕〈坐飛機以後‧上回的事情沒有講完〉，見《廢名集》第二卷，第 904 頁。
〔註46〕〈坐飛機以後‧民國庚辰元旦〉，見《廢名集》第二卷，第 993 頁。
〔註47〕同上，第 995 頁。
〔註48〕朱熹，《論語集注卷二》，《四書章句集注》，第 66 頁。

你也不知道什麼叫做學問，你只是無病呻吟罷了」。〔註49〕八股也是一樣，莫須有先生要給鄉公所寫信，不知如何下筆，因為「他除了寫實而外不能杜撰一句空話，而中國人寫信以及寫一切的文章正要連篇累牘的空話」，寫出來也只是八股信罷了。

在莫須有先生的表述中，八股不僅是指明清八股文，更是指與寫實相對的文章做法。他看了蘇軾的古文〈李氏山房藏書記〉，大怒說「這不是八股是什麼？」在他看來，「原來八股就是做題目，他痛恨蘇軾的〈李氏山房藏書記〉正因為滿篇字句都是做題目，而葉紹鈞的〈晨〉是寫實不是做題目……其實中國本來也不做題目，六經以及諸子沒有一篇文章是有題目的，有題目便是後來的古文與八股了」。〔註50〕

莫須有先生教學講《詩經》、《論語》，推崇庾信，反對古文、八股，看似與新文學無關，其實從未放棄其新文學家的身份，只是他所謂新文學，卻不是指五四以來的白話文學，而是有他的重新定義。在他看來，無論文言白話，能寫實就是新文學，做題目就是八股。是要以寫實為標準，在中國文學史中重新為新文學確立典範。在〈莫須有先生教國語〉一章中，莫須有先生觀察到金家寨小學校長喜歡韓愈，決心直言不諱，以為「新文學家即別無定義，如因反抗古文而便為新文學家，則莫須有先生自認為新文學家不諱」。他且表明自己喜歡庾信，「這一來於他的新文學定義完全無損，因為他認庾信的文學是新文學」。〔註51〕

這裡說葉紹鈞的〈晨〉是寫實不是做題目，莫須有先生還曾推崇陳學昭的〈雪地裏〉，以為有此一篇，「令人不相信中國曾經有古文了，新鮮文字如小兒初生下地了」。〔註52〕以今日眼光來看，這兩篇都不能算作新文學的代表作，然而在莫須有先生看來，這正體現出新文學運動初期的朝氣，作者有書寫生活的誠意，「只可惜國是日非，而國語之事日非，大家都已失了誠意，在文壇上八股又已經占勢力了」。〔註53〕這裡講八股，自然不是指傳統的八股文，而是指時人多以為是新文學者，然而以莫須有先生的標準，若不寫實，就是八股，則新文學的發展卻是不進反退。

〔註49〕　〈坐飛機以後・莫須有先生教國語〉，見《廢名集》第二卷，第882頁。
〔註50〕　〈坐飛機以後・莫須有先生教英語〉，見《廢名集》第二卷，第1049頁。
〔註51〕　〈坐飛機以後・莫須有先生教國語〉，見《廢名集》第二卷，第880～881頁。
〔註52〕　〈坐飛機以後・上回的事情沒有講完〉，見《廢名集》第二卷，第913頁。
〔註53〕　同上。

　　莫須有先生教國語，常有激烈言辭，如教學生知道「寫什麼」和「怎麼寫」是一件事，就說「這個問題簡直關乎國家民族的存亡」。〔註54〕或是「中國的語言文字陷溺久矣，教小孩子知道寫什麼，中國始有希望！」〔註55〕或是「八股本是亡國的，教育而是統治階級愚民的工具，洋八股則是自暴自棄，最初是無知，結果是無恥，勢非如顧亭林所說的亡天下不可」。〔註56〕將教國語上升到亡國亡天下的地步，正因為國語承擔著從修身齊家向治國平天下跨越的職責。莫須有先生提出：「中國教育的課程應該以修身為主，便是《大學》所謂『自天子以至於庶人壹是皆以修身為本』」。讀書人以修身為本，「齊國治家平天下都是分內的事」，才能做到「己欲立而立人，己欲達而達人」，用功獲得學問道德。用功也就是「明明德」，懂得倫理德行。「故《大學》之道在『明明德』。即小學亦然，孔子教弟子『行有餘力則以學文』，所謂『行』，便是德行之事也。」〔註57〕與其相反，中國之難治，則在於「讀書人都成了小人」。這是因為有不講德行的空洞的八股教育，讀書人不知以天下為己任，各私其家，才將中國推向危難。

　　莫須有先生情見乎詞，控訴說：

> 　　你們作秀才的只要以天下為己任，你們只要自己良心發現，國事馬上好轉了。因為中國的百姓都在那裏治，只要你們幫忙好了，所謂無為而治。你們要替國家立法，你們不知道中國的政治哲學就是教育哲學，你們無須乎要大眾監督你們，你們只要自己好好地做一個教育家好了，所謂「政者，正也。」你們為什麼偏不談這個坐而言之可以起而行之的事實，而偏要喊口號貼標語呢？〔註58〕

教育以修身為主，能夠承擔這一任務的只有國語一科，所以莫須有先生在不得已轉教英語以後才感到極為痛苦。在他看來，以儒家之道教小學生，「文」還在其次，首先還是要指引他們行有德行之事，所以才要講《論語》，講日常生活。相反若接受八股教育，讀書人不知修身，德行不能貫徹，則中國政治也必然要日趨敗亡了。國語一科既然有這樣重大的地位，而教授國語要依靠莫須有先生定義中的寫實的新文學，則新文學在莫須有先生眼中將承擔起宣

〔註54〕同上，第897頁。
〔註55〕同上，第900頁。
〔註56〕〈坐飛機以後‧莫須有先生教英語〉，見《廢名集》第二卷，第1049頁。
〔註57〕同上，第1051～1052頁。
〔註58〕同上，第1053～1054頁。

揚儒家倫理的使命。這並不是要新文學去刻意宣講儒家學說，莫須有先生要求的只是寫實，只是關心日常，日常中就自然可見農村社會的基礎，則讀書人也就懂得中國的國情。在他看來，聖人是中國農人的代表，讀書人也應該延續聖人的道路。

由此可見在莫須有先生眼中，新文學實在關係重大，作爲傳道的工具而承擔著宣揚儒家倫理的使命。對此，不妨作兩方面的理解。從儒家倫理著眼，新文學使得國語教師在自身修身齊家以外，能夠以儒家倫理教化學生，使讀書人走上正途。而從新文學自身著眼，因爲承擔起這樣的使命，也才能夠獲得生機，在未來理想的中國佔據一席之地。莫須有先生既是儒家信徒，又是新文學家，所以自然當仁不讓，將教國語看作自己在其想像中的儒教烏托邦中國所應承擔的使命。

小　結

新文學從其建立之初，就一直以城市爲依託，雖然也有意尋求從核心城市向周邊、內陸地區擴散，然而效果並不理想。在抗日戰爭爆發以後，新文學如何能夠回應這一新的時代命題，就成爲眾多作家亟待解決的重要難題。

廢名《坐飛機以後》的意義，不僅在於其深切關注這一主題，更在於其書寫形式與該主題的高度契合。廢名回溯新文學的發展歷程，汲取文學創作的技巧，將其應用於超越文學範疇的主題，且同時反省新文學自身在時代與國家之中所應處的位置。這種衝擊新文學邊界的努力，在劇烈的時代變遷之中反而能夠將新文學的核心與實質凸顯出來。因此，重新論述這一作品，將廢名在寫作之際的用心傳達出來，就成爲我們既關注新文學在戰爭中的位置，更追溯新文學的起源問題的重要依據。

主要參引文獻

1. 廢名著，王風編，《廢名集》，北京，北京大學出版社，2009 年。
2. 朱熹著，《四書章句集注》，北京，中華書局，1983 年。